生命跑道

田慧君 ◎ 著

中国文联出版社

图书在版编目（CIP）数据

生命跑道 / 田慧君著 . -- 北京：中国文联出版社，
2023.1
ISBN 978 - 7 - 5190 - 4947 - 8

Ⅰ.①生… Ⅱ.①田… Ⅲ.①散文集—中国—当代
Ⅳ.①I267

中国版本图书馆 CIP 数据核字（2022）第 237755 号

著　　者	田慧君	
责任编辑	周　欣	
责任校对	李佳莹	
装帧设计	中联华文	

出版发行　中国文联出版社有限公司
地　　址　北京市朝阳区农展馆南里 10 号　　　邮编　100125
电　　话　010 - 85923025（发行部）　　　85923091（总编室）
经　　销　全国新华书店等
印　　刷　三河市华东印刷有限公司

开　　本　710 毫米×1000 毫米　　1/16
印　　张　13.5
字　　数　196 千字
版　　次　2023 年 1 月第 1 版第 1 次印刷
定　　价　68.00 元

序

随着全民健身运动的广泛开展，越来越多的人加入到跑步的队伍当中，留下自己的足迹和风采，享受长跑带来的健康和快乐。在庞大的跑者群体中，有天赋异禀的大神，有刻苦勤奋的苦行僧，有叱咤风云的大人物，也有默默无闻的耕耘者，还有开朗快乐的达观之人。

清华跑者更有特点，有耄耋之年践行为祖国健康工作 50 年的定海神针，有国际马拉松比赛名列前茅的优秀跑者，有行业翘楚和学界精英，有企业老总和专业大师，还有政协委员和人大代表。作为一个自 2018 年冬天开始从走路到跑步的跑者，作者能够把自己四年多来的心路历程，记录下来，出版成书，这是一个跑者的纯粹和本心，是清华跑者的写照和初心，是一个文学爱好者的热爱和真心。

在本书中，作者以独特的女性视角和细腻的笔触，真实再现了从一个跑步小白成长为长跑达人的运动锻炼经历，以及在奔跑过程中对天地万物的观察和感应，对奥林匹克运动的认知和感悟。作者长期工作学习在清华园，像所有清华人一样，对清华园有着深深的眷恋，她潜心阅读清华时间简史，探究清华体育传统的思想根源，通过对清华校友优秀跑者的几位代表人物和年级跑团的纪实书写，让我们感受到生生不息的清华体育精神和一代又一代清华人的体育情结。

清华校友跑步爱好者协会，是由清华大学校友自发组织的一个群众体育组织，拥有 3500 多名成员，遍布全球各地，每年的全球线上冬季勇士赛、清华校园马拉松、校庆日西大操场接力跑圈和校园迷你马拉松，都是校友参加比较踊跃的活动。在这些活动中，作者不仅是赛场上的运动员，而且是参与活动报道的编辑。有这样一位跑步爱好者同时也是校友跑协的热心志愿者，详实记录下一次次体育活动，成为未来的美好回忆，是一件幸事。

希望有更多的跑步爱好者，能够把自己的故事写下来，这是一个中国人站起来、富起来到强起来的历史阶段的真实写照，是清华人"为祖国健康工作五十年"的生动再现。未来，希望有专门成册的更多的文章，能够把清华校友跑者的故事都写下来，也希望有专门的课题，研究清华体育传统和清华体育之于教育对于校友们的教诲与影响。

符 全

北京马拉松协会常务理事 副会长

清华校友跑步爱好者协会 会长

2023 年 1 月

目　录
CONTENTS

一、缘起颐和园

1. 冬至

邯郸冬至夜思家

白居易（唐）

邯郸驿里逢冬至，

抱膝灯前影伴身。

想得家中夜深坐，

还应说着远行人。

今日晴，这是我连续第三个周末在颐和园里健步走。午后从北如意门入园，避开熙熙攘攘入园的人群，快步走向界湖桥，一路向南，准备经西堤和东堤，缓步绕昆明湖一圈，静静地看一看天朗气清下的昆明湖。今天的阳光格外好，从高远的天空，向苍茫大地撒下一层泛着金光的透明薄纱，轻轻地落在绵延的山坡上、静静的湖面上、光秃秃的树上，也轻轻地披挂在我的身上，使我倍感冬日里暖阳的柔软与温润。

我虽然在北京工作生活多年，却少有时间、更难有心境走进这座闻名中外的皇家园林。每个周末，我放下工作、推掉家务，来到颐和园，用时3小时左右，在园中完成一次次健步走，有很多原因。面对生活的压力和工作的挑战，总是苛求自己做到尽善尽美；年迈的老母亲身边离不了人，总想事必躬亲，对她多一些照料；遥望着国外求学的女儿，平添许多嘱咐和唠叨……身体和精神的不堪重负，让我处于亚健康状态，酷爱运动的师妹，羽毛球、跑步、瑜伽样样在行，她三番五次提醒我，快快逃离亚健康，让自己动起来。

看着师妹每天充满朝气、活力满满的样子，我难免有些心动。然而，自认为天生缺乏运动细胞，以及长期以来养成了久坐于电脑前的习惯，让我一度无所适从，明明知道自己状态欠佳，却不知道怎样才能让自己摆脱困境。思来想去，跑步，也许是最好的选择，因为在我看来，跑步，不需要太多的器材和装备，不需要特别的场地设施，更不需要专业的培训指导。在一个晴朗的下午，简单换上运动装，来到学校操场跑步，结果大出我所料，没跑几步，我已经上气不接下气，看着操场上健步如飞的老师和学生，我狼狈不堪地草草收场。一时兴起的运动念头，就这样备受打击。

然而，执拗的性格使我认定要做的事情，就一定要做下去，跑不动，就先走起来。在好朋友的介绍下，我认识了一对有着多年跑马经历的夫妇，他们虽然已经年近六十，但仍身轻体健，精神饱满，谈起长跑，夫妇二人神采奕奕，分享了他们的跑步经历，在他们的建议下，我开始了颐和园健步走，于是，便有了今年初冬每个周末与颐和园的一次次约会。入冬之后，颐和园进入游园淡季，园内少了游人，多了画面；少了喧闹，多了静默；少了花的簇拥，多了水的浸染。历经二百多年的锦绣华园，不再是风雨梦乐园，而是回归原本的山水胜景，恬淡而绝妙。

我跨过界湖桥，向南行进。顺着堤岸向东望去，昆明湖一池碧水渐渐变得开阔，冷艳宁静。经过豳风桥，飘逸灵动的玉带桥出现了，抬眼望着她纤秀曼妙的身姿，却要格外小心地踏上一级级青石台阶，终于爬到了桥上，扶着桥栏上精美的汉白玉望柱，俯瞰桥下的昆明湖，整个人顿时变得轻松愉悦，之后加快了脚步，飞身下桥。

漫步在西堤之上，我的目光一刻也离不开昆明湖，紧锁的心扉慢慢地打开。浩渺而不张狂的水面，平静得像一面明镜，湖岸边已经凝结了少许的冰棱，但是在午后暖阳的照耀下，冰水交融，呈现出一朵朵晶莹的冰凌花。向北望去，依山而坐的佛香阁，气度非凡，镇定自若。湖边，一只优雅的黑天鹅，单脚独立，低下高傲的曲颈，享受着难得的温和丽日。西堤之上，欣赏着暖阳下碧水青山的人们，步子缓了，欢笑声高了。

不知不觉中，来到了位于西堤与东堤交界处的绣漪桥，它是长河和昆明湖的界桥，是清朝时期帝后们从紫禁城乘船沿长河水路进入昆明湖的必经之桥。绣漪桥的桥身高，坡度大，为了便于行人和车辆通行，在它的南侧修建了一座石平桥。站在石平桥上，向北回望绣漪桥，高拱挺拔的汉白玉桥孔，映衬着黛蓝色的湖水，宁静秀美。此时，橘红色的太阳，似乎燃尽了所有的能量，驾着彩云慢慢滑落，播撒着最后一丝丝温暖，寒意随之袭来。然而，三三两两的行人，好像赴约似的，沿着东堤向十七孔桥奔去。

我顺着人流，在东堤上前行，远处的西山群峰，玉泉塔影，在波澜不惊的湖水的映衬下，就像一幅绝美的水墨画长卷。从十七孔桥向西，越来越多的人聚集在湖边，向桥的方向望去，架着"长枪短炮"的摄影爱好者，从园子里的各处一下子聚集在了湖边，好像在等待着一场嘉宾云集的隆重仪仗、一次宾客满园的盛宴。只有湖边的镇水铜牛，依旧圆瞪双眼，波澜不惊地凝视着昆明湖。我在人群的缝隙中穿梭，不时停下脚步，寻找着最佳角度、最佳位置，与游人们目标完全一致，向十七孔桥的方向寻去，望不尽，赏不够。

十七孔桥，长 150 米，是颐和园里最长的桥，一端连东堤，另一端接南湖岛，飞跨在昆明湖上；桥身由 17 个桥洞组成，正中的桥洞最大，向两边依次变小。日落西山，余晖穿过每一个桥洞，映满所有桥洞，像点燃起17 盏金黄色的明灯。桥两边汉白玉栏杆的一根根望柱上，500 多只形态各异的石狮，个个身披金色羽衣，威风凛凛。落日的余晖中，十七孔桥呈现出一年中难得的、独属于她的瞬间光影。人们架起相机、举起手机，记录下阳光与十七孔桥的美丽巧合。

我走走停停，时间过去了近 2 个小时，疾步穿过文昌阁城关，隐身到万寿山松林之中，独享着林中的安静自在，调整呼吸，平静心绪，准备沿着山中御道，到达山顶之后，下山走回北如意门。虽然宽阔平坦的道路一直通向山顶，我还是感觉到体力有些不支，气息有些急促，一步又一步咬牙坚持着，爬到万寿山山顶，巨大的山石之上有块视野开阔的坡地，上面站满了拿着"长枪短炮"的人。他们面朝昆明湖，不停地咔咔按下快门。我随着他们镜头的方向，伸长脖子，踮起脚尖，向山下望去，苍松翠柏掩映中的昆明湖，一道独特的金色光凌驾于平静的湖面之上，我听到人们呼唤着一个美丽的名字——"金光穿洞"！

冬至，是一年之中白昼最短、黑夜最长的一天。我们的先人认为，从这一天开始，阴气上升到极点，阳气开始生发，一年中最寒冷的日子即将到来，于此同时，太阳所带来的温暖气息悄然生发，冬至是阴阳流转变化的重要时期，自古以来，有"冬至大如年"的说法，皇帝率百官祭天，百姓家家祭天敬祖。如今，冬至的节令留传了下来，祈祷仪典却早已淹没在茫茫岁月之中。

每年冬至前后的几天，在晴朗的午后，温暖的太阳都会悄然而至，辐照着昆明湖，将万丈光芒的角度降到最低，在最短暂的时间里，放射出全部的光和热，呈现出冬日里的壮观景象，成就了颐和园里一年一度的美丽巧合。在万物近乎凋零的季节里，在新旧更替的时节，营造出充满温暖和希望的光影世界。

我呆呆地走出北如意门，脑海里还浮现着金光穿洞的惊艳奇观，日出日落的时令景观，呈现出皇家园林中的生命气象，荡涤着我的心灵，敲打着我的神经。二十四节气，大自然的节律变化，我一度与它，渐行渐远。在颐和园中的行走，让我与它，越来越近，我聆听着她韵律悠长的脉搏，回归原初，自然、简单、平淡。

（2018 年 12 月 16 日）

2. 小寒

寒夜

杜耒（宋）

寒夜客来茶当酒，

竹炉汤沸火初红。

寻常一样窗前月，

才有梅花便不同。

　　"谁道江南风景佳，移天缩地在君怀。"清乾隆时期，历经十五年建设清漪园，让北京城西郊的这片湿地发生了翻天覆地的变化。清咸丰时期，英法联军的纵火使清漪园变为一片废墟。在这座皇家园林被烧毁二十多年之后，清光绪帝为慈禧太后重修清漪园，并更名为颐和园。从清漪园到颐和园，萦绕在仁寿殿、佛香阁、玉澜堂、宜芸馆之间，有很多故事和传说，皇权争斗、变法博弈、家国恩仇，建筑凝固了历史，历史在建筑中流转。

　　历史的晴雨表，留下太多的未解谜团，任由后人浮想联翩。只有生生不息的草木和清澈荡漾的湖水，静静地记录着岁月的沉淀、时光的流逝。走进颐和园的次数多了，我更喜欢远离辉煌威严的建筑群，避开拥挤的参观人流，去亲近园子里的一草一木，呼吸自然的气息，感受万物的生长。北如意门—西堤—东堤—万寿山—北如意门的健步走路线，无疑最合我意。

　　《月令七十二候集解》中记载："小寒，十二月节。月初寒尚小，故云。月半则大矣。"古人认为，到了小寒这一天，天气虽然已经很冷，但是还未到最冷的时候。小寒之日，西北风飕飕，带来阵阵寒意，我穿戴好衣帽和手套，如常走出家门，来到颐和园。一次次的健步走，不同的时间，不同的方向，不同的视角，每一次走近她，同样的山水，却展现出不一样的景色，带给我全新的画面，让我拥有全新的心境，让我越来越离不开她。

西堤，昆明湖中一条自西北向东南逶迤的长堤，约2千米长，很适合像我这样初级健步走的人。沿途的六座桥，形态各异，或缓或陡，或亭或榭，成为我休息的驿站，或桥边驻足，或登桥远眺，或依桥而坐，歇一歇脚，缓一缓心跳。在天光云影下，在万寿山的环抱中，昆明湖的灵动和华贵，总是让我不由自主地停下脚步，看不够、望不停。匆匆脚步，依次经过西堤上的六座桥——界湖桥、豳风桥、玉带桥、镜桥、练桥、柳桥。

在西堤上漫步，西望耕织图景区，水村居的机杼声、玉河斋下的蝉鸣、澄鲜堂前的春景，一派清新淳朴的农桑景象，仿佛就在昨天。如今，亭亭的棕黄色芦苇丛中，依稀可见轻轻飘动的芦花，婆娑临照着冬季农闲时节的静寂和悠闲。

堤岸东侧的昆明湖，由于连日的低温天气，形成了一个偌大的冰场，热闹的冰上乐园已经开园了，成为严冬时节颐和园里人气最旺的地方。传统冰车、冰上自行车、电动冰狗等项目格外受欢迎。很多游客，特别是由家长带着的小朋友，尽情驰骋冰场，在泛着晶莹光泽的冰面上，或小跑，或滑行，甚至不小心滑落一脚，都化作了一阵阵欢笑。静穆的万寿山，在阳光的照耀下，彰显着皇家风范，皇家园林里的冰雪世界，别有一番韵味，人们与冰雪的亲密接触，化作寒冬里的一抹亮色。

在昆明湖边的堤岸上，一棵棵古柳巍然屹立，交织盘绕的树根牢牢地抓住大地，两三人才能环抱的庞大树干，或直立，或弯曲，斑驳的身躯勾勒出上百年的年轮。一些古柳的枝干折断了，枯萎了，但依然在牢固的钢铁架支撑下，顽强地向上生长，像历经沧桑的老者，拄着拐杖，向天空竭力伸展着弯曲的身躯。望着古树，从它身边经过，我依然能够感受到一种神奇的力量，一种使得我的步伐变得更加从容有力的力量。柳树，一种极其普通的北方树种，无论是沿路栽植，还是种于庭前，柳枝纤纤，柳荫依依，是柳树给我留下的印象，因为它的平凡，我从来没有正眼看过它一眼，更不必说细细端详了。然而，在料峭寒冬中，它顽强的生命力，让我重新认识了普通但不平凡的柳树。

玉带桥向东直至柳桥的堤岸，沿堤遍植桃树和柳树，可以想见初春时节，桃红柳绿，柳枝摇曳，游人如织，一幅多么美丽的江南风光，让人一时分不清是杭州西湖的苏堤，还是北京颐和园里的昆明湖西堤，自古以来，多少文人墨客，为之倾倒，留下许多传颂至今的诗画。出于人们对江南美景的喜爱和向往而分出彼此，似乎已没有必要，因为人们心中自有所爱。此时，东望南湖岛，如蓬莱仙境，烟云缥缈，俨然一幅水墨山水画；回望万寿山，云雾缭绕，仙山琼阁，雄伟壮丽的画卷，一览无余。

在灰暗天空的映衬下，我惊奇地发现，眼前的巨幅水墨山水画中，浓淡相宜的轮廓点缀，或曲或直的线条勾勒，竟是湖边遍植的柳树。这些柳树，早已落光了叶子，或高或矮，或粗或细，或曲或直，尽显着独特的筋骨和线条。在繁花争艳的春光里，柳叶吐绿，柳树是葱绿的底色，在炎炎夏日里，柳枝轻轻摇曳，为人们带来丝丝阴凉。然而，在寒冷的冬日，我感受到了柳树的精神。

看着景，赏着画，不知不觉已经走到了西堤尽头，折入东堤，一路向北，在自然景观的变化中，别样的山水景象，改变着我的心境，使我自由自在地切换着脚步的节奏。东堤之上，有两块昆仑石碑，一块立于绣漪桥北，刻着"几湾过雨菰蒲重，夹岸含风禾黍香"。另一块立于新建宫门内的湖边，刻着"展拓湖光千顷碧，卫临墙影一痕齐"。御笔诗文，岁月刻痕，记录下清漪园的胜景、颐和园的乾坤。

沿着仁寿殿后的御道，匆匆走进万寿山的松柏林中，满眼郁郁葱葱的墨绿，展现着松柏的勃勃生机，我享受着林中的安静和清新，丝毫感觉不到冬季的寒意，朝着北宫门的方向，快步疾走，不一会儿，人已经微汗。在半山腰小憩，环顾四周，游人稀少，小鸟的叫声不时传出，在静寂的山中显得格外清脆。

此时，从山下走上来一位精神矍铄的老人，便一路同行，交谈之中，得知老人是寻梅之人。原来，老人家住北京城东，退休之后，每周三次来颐和园散步，风雨无阻。他喜欢颐和园，对园子里的殿堂楼阁、石桥亭榭，很是熟悉；对各处栽植的植物如数家珍，春赏花、夏观叶、秋看果。然而，傲骨幽香的腊梅，实在难寻，几次来到园中，均一无所获，他一路寻到万寿山上，期待有所收获。

在山中岔路口，与老人告别，默默祝福他，能够找到心心念念的腊梅，因为小寒过后，年味渐浓。严冬过去，春天还会远吗？

（2019 年 1 月 5 日）

3. 龙头节

二月二日出郊

王庭珪（宋）

日头欲出未出时，雾失江城雨脚微。
天忽作晴山卷幔，云犹含态石披衣。
烟村南北黄鹂语，麦垄高低紫燕飞。
谁似田家知此乐，呼儿吹笛跨牛归？

初春时节，万物生发，充满希望的季节悄然而至。从冬到春的每一个周末或节假日，我都与颐和园如期相约，在园中的脚步，不曾停息，麻木的筋骨似乎舒缓了许多，血脉似乎通畅了许多。在日复一日的工作和生活中，我慢慢找回自己，学会放下包袱，从电脑前离开，走到户外去，走进大自然里。

每个周末的健步走，每次都是固定的路线，以北如意门为起点，经过西堤和东堤环绕昆明湖，避开人流集中的长廊景区，翻越万寿山，到达终点北如意门，形成一个闭环路线，全程约 5 千米。从最初体力不支而走走歇歇，到后来不间断快速走完全程，用时从 3 个多小时缩短到 1 个小时，我感觉到了自己的明显变化，身更轻了，眼更亮了，心更宽了。山还是那座山，水还是那片水，在不同的节气、不同的时刻，呈现出来的独特自然之美，让我越来越迷恋这里。更不必说，历经二百多年的沧桑岁月，这座皇家园林留下的文化艺术瑰宝，吸引我一次次走进她、了解她、读懂她。

今天是农历二月二，传说中龙抬头的日子，被称为"龙头节"，是中国民间的传统节日，在这一天，百姓划龙船，祈求事事顺利，宝宝理发剃"喜头"，庇佑健康成长。巧合的是，今天又是三八妇女节，全球女性的节日，中国节日与国际节日在同一天，真是一个美好的日子！绵绵春雨之后，天空放晴，蓝天白云，阳光明媚，难得的好天气！上午完成工作，下午放假半天。趁着好日子、好天气、好心情，享受好时光。午后，从新建宫门入园，沿着东堤，放缓步子，放飞心情，畅游园中，探索一条新的健步走路线，找寻园子里曾经被忽略的美景，聆听被遗忘的传说。

颐和园的东堤，北起文昌阁，南到绣漪桥，清乾隆时期，为保护昆明湖以东的畅春园，仿杭州西湖苏堤修建了西堤，因地制宜使得江南美景在此汇集。后来昆明湖扩建，以此为湖的东界，改名为东堤。默默静立的古码头、水闸、涵洞、桥梁，留存至今，记录了一个完整水利工程的结束和一座浩大皇家园林的建成。"西堤此日是东堤，名象何曾定可稽"，一条长堤名字的变化，已经没有多少人知晓，然而，湖光千顷碧、稻田看连畦的田园景致，静谧美好，总是让人流连忘返。

松柳夹道的东堤，与桃柳掩映的西堤相连，环绕着昆明湖宽阔的水域。曾经一次又一次行走在西堤上，依次在堤岸上的六座桥停留，依水而望，万寿山、十七孔桥，宏伟壮观，令人叹为观止！这一次的行走，移步东堤，向西南方向遥望，蜿蜒曲折的西堤，尽收眼底，造型各异的六座桥，就像六位仪态万方的仙子，飘逸下凡，依偎在堤岸上。湖边一对赏景的老夫妇，边走边指向西堤，辨识着一座座桥，欢喜的对话，就像夸奖着自家的姑娘："每一座桥，都有一个美丽的传说！"

经过南如意门，跨过绣漪桥，宽阔的道路笔直向西延伸，两侧高大的柳树，遮天蔽日，行走在道路上，仿佛走进了无尽的绿林之中。穿行在林中，一侧的昆明湖若隐若现，京密引水渠岸边、凤凰墩上，绿草茵茵，紫色和黄色的小花已经迫不及待地展开笑颜，绽放出初春的笑脸。在这条长1500米的健康大道上，三三两两的跑者健步如飞，或擦肩而过，或迎面相遇，相比于万寿山和昆明湖景区，这里闹中取静，是跑步锻炼的好地方，望着跑步者矫健的身影，我调整呼吸、加快步伐，开始小步慢跑。

未到西门，我已经上气不接下气，只得放缓脚步，重新调整呼吸。环顾四周，道路右侧的地势增高，一个遍植松树的山丘，吸引了我的目光。山脚下一丛丛迎春花开得正旺，绿树掩映中露出山上的飞檐翘角和含苞待放的桃花，我停下奔跑的脚步，沿石阶登高而上，一探究竟，其实是为自己好好歇一歇脚，找到了一个理由。一口气登上山，别样的风景，别样的气息，这里正是被我忽略了的美景——畅观堂。

高高台阶上的正殿畅观堂和两个配殿睇佳榭和怀新书屋，由游廊相连，四位老人围坐在游廊下玩着扑克，殿前的玉兰树和海棠树含苞待放，一些老人随着舒缓的音乐，一起做着健身操。半山腰中，东南的八角亭，西南的六角亭，一大一小，相映成趣。三位老人坐在稍大的八角亭中，谈古论今，争论很是激烈。曾经，乾隆皇帝在这里举办观稼诗会，与大臣们眺望园外，观稻田景色，看农夫耕耘。现如今，普通百姓在这里快乐聚会、娱乐休闲、运动健身、谈天说地。

日落西山，天色渐晚，我意犹未尽地走下山，经西门沿着西围墙向北走去。高高的围墙边，松桃间植，一棵棵精心修剪的桃树上挂满了花骨朵，圆圆的、鼓胀胀的，一个挨一个，挂满了枝丫，像羞羞答答的少女，微微露出的脸蛋儿妩媚含笑，有粉的、白的、红的、红白相间的。乍暖还寒，待到气温升高，风和日暖时，桃花必将尽情绽放，一朵朵胭脂云将在天空中悠悠飘荡。衣衫漂亮的两个女伴，拿起手机，走近桃树，对准花朵，不停地调整着角度和距离，按下快门，拍下桃花绽放之前的独特美丽。望着她们飘动的倩影，我不仅感叹："女人如花，女人更爱花！"

从姹紫嫣红的桃花路，迈进碧绿的耕织图景区，一片田园风光，心情顿然疏朗。静立的耕织图昆仑石碑、枝叶繁茂的古桑树、寂静的蚕神庙，让我静静回味着昔日男耕女织、稻香秋熟的田园景象。一千多年前，在这座皇家园林诞生之前，这里是一片湿地，那时的万寿山叫瓮山，山前的湖叫翁山泊。西山、玉泉山上的泉水汇成的溪流，流到山下，灌溉着大片水田，"驱马稻秧布，育蚕桑叶肥"，田园水乡是多么美呀！然而，水映兰香的延赏斋游廊上镶嵌的农耕石刻，昆明湖水师学堂里锈迹斑斑的永和轮，又让我陷入深深的沉思。田园中的耕与织与历史长河中的耕与织，形成强烈的反差，却又有着如此多的相似。

　　越过耕织图，渐渐靠近西堤，眼前的昆明湖上，春水涌动，湖岸边，春花竞放，行走在堤岸上，春风拂面。我从北如意门出园时，仍有不少游人进园，三五结伴，家人同行，女游客显然比平日多了许多。在这春花竞放的日子里，在春播春耕的时节，在女人们的节日里，在这座美丽的园子里，此时此景颇多感慨，最触动我的是女人美丽背后的坚强，柔顺背后的忍耐，聪慧背后的独立，贤德背后的担当……

（2019 年 3 月 8 日）

4. 端午节

端午日

殷尧藩（唐）

少年佳节倍多情，老去谁知感慨生；
不效艾符趋习俗，但祈蒲酒话升平。
鬓丝日日添白头，榴锦年年照眼明；
千载贤愚同瞬息，几人湮没几垂名。

端午节，泛龙舟、赏美景、吃粽子、佩香囊，传统习俗，丰富多彩。利用节日假期，边走路边赏景，成为首选。一大早起床，与先生一起骑着单车，来到颐和园北如意门，还未到开园时间，晨练和游园的人群便排起了长队。仲夏时节，天气慢慢热起来，清晨时分，在太阳升高之前，温度正好，湿度适宜，空气清爽，在大批游客进园之前，运动健身之余，饱览园中美景，惬意又舒适。今天，先生与我同行，还带着相机，原本的独自快步疾走，恐怕要变成慢慢地观景和拍照了。

开园时间到了，游客们有序走进园中，偌大个园子，似乎还未从清幽的晨露中醒来，只见穿着统一保洁制服的师傅们，还在认真做着地面的清扫、座椅的擦拭以及垃圾的清理工作，待到游览高峰时间，他们渐渐退隐到角落，留下清新整洁的优美环境迎接着八方游客的到来。每次清晨在园中行步，看着师傅们清除垃圾、留下洁净，使得山明亮、水至清，在饱览美景的同时，我常常会想起他们，心怀感恩，爱护环境。

与先生相伴，从北如意门口向南行百余米，拾阶而上，登上桥身宽阔、坡度舒缓的半壁桥，站在平缓的桥中间，我和先生仿佛置身云端，远处的西山横卧在苍松之上，南侧的昆明湖掩映在垂柳之中，万寿山西坡近在咫尺。环顾四周，清雾缭绕，绿树、青山、碧水，风景别样美，先生拿起相机不停地拍照。

刚刚进园，先生就被眼前的美景所吸引，我催促着先生下桥，沿着平坦的青石板路向东走去，远处的宿云檐，掩映在两侧高大的松树之中，与柔水秀桥相比，这段百米长的石板路，似乎有些凝重肃穆。在宿云檐城门前，粗壮的将军古松高耸入云，穿过城关的拱形券门，回身抬头仰望，重檐城楼、青砖城垛、之形楼梯、红柱重檐，昔日城关的威严和护卫的风采，依稀可见。

清朝乾隆时期，清漪园的东面、南面、西面以昆明湖为屏障，没有修筑围墙，只在文昌阁至西宫门之间有一段围墙，宿云檐是西面入园的门户，与万寿山东面的文昌阁相呼应，两座城关是明显的要地，有重兵值守。旧时期的皇家御苑，普通百姓严禁进入，即使官员进入，在园中也不能擅自随意走动。中华人民共和国成立之后，颐和园对公众开放，成为百姓的颐和园，城关终结了它的历史使命，成为皇家园林中一道特殊的景观，将军古松焕发出勃勃生机，更加苍翠挺拔，直指天空，高大的身躯，已经远远高过雄伟的城关。

离开宿云檐城关，与先生一前一后沿着御道，向万寿山中走去。宽宽的御道，蜿蜒而上，山中小草繁茂、野花遍布，茂密的树林撒下初夏的阴凉，空气清新湿润。林中行人稀少，成了鸟儿的乐园，它们时飞时落，叽叽喳喳叫个不停。呼吸着清新的空气、聆听着欢乐的鸟叫，我劲头十足，脚步轻盈，不一会儿就把先生甩下几十米。以前与先生一起登山，缺乏运动的我，常常上气不接下气，被他连拉带拽地拖上山。而今，我轻轻松松地把他甩下几十米。先生很是吃惊，第一次亲眼看到了，我经过几个月的行走，体能的明显变化。

两人你追我赶，不一会儿就到达了山顶，站在巨大的山石之上远望，山下的昆明湖一览无余，泛着光的水面上，大龙舟、小游船，星星点点，随波荡漾。太阳渐渐升起来了，清晨的雾气散去，照亮青山绿水。抬头向北仰望智慧海，这座万寿山上最高处的无梁佛殿，富丽堂皇，精美的黄绿琉璃瓦在阳光的映衬下，熠熠生辉。走近它，环绕着它，佛墙外壁的佛龛精美绝伦，我和先生仔细观赏着，连连感叹，相机镜头都无法记录下它的精致和美丽！

沿着御道，向西下山，陆陆续续上山的游人多起来，山下的喧闹声渐渐高了，我和先生商议后，将原本下山到昆明湖乘龙舟的节日计划，改变为游览后山谐趣园。于是，在半山腰，穿过一片松林，转向后山，坡上白色的丁香花开得正盛，闻着花香，一路下坡，来到谐趣园门前。

谐趣园，颐和园中的园中园，我喜欢逛园看景，先生喜欢园中的匾额楹联。在园中待上一整天，是常有的事。园子中的谐和趣，无处不在，找寻和发现的过程，其乐无穷。

迈步走进园门，在敞亮的门庭前驻足，近处的一汪绿水、周围的亭榭、远处的山林，尽收眼底。园中地势北高南低，池水来自后溪河，经过一片竹林流入池中，名为锦汇漪。池边的楼堂亭斋，以游廊相连，依山傍水，处处是景，畅游其中，山明水秀，目不暇接。

顺着锦汇漪南岸，沿着游廊向西，首先来到澄爽斋，斋门前有三面汉白玉栏杆的临水露台，像伸入水面的小舞台，在碧水的映衬下，古朴秀丽，水中亭亭玉立的荷叶与栏杆平齐，几朵粉红色的荷花绽放笑脸，清雅秀丽。"芝砌春光兰池夏气，菊含秋馥桂映冬荣。"斋门两侧的对联道出了这里一年四季的花开花谢。

沿着游廊继续向东，一座卷棚顶的建筑格外引人瞩目，它就是造型独特的瞩新楼。楼前山石叠放，溪水潺潺。面对着楼阁，从上到下仔细观望，三开间的楼阁分上下两层，两层的廊柱上各有一副对联，上层的对联是乾隆皇帝的御笔，"万年藤绕宜春花，百福香生避暑宫"；下层的对联是光绪皇帝的御笔，"瑶阶昼永铜龙暖，金锁风清宝麝香"。一座楼阁，两副对联，两朝皇帝亲笔所书，实为罕见。更为有趣的是，瞩新楼依地势而建，巧妙地利用了地势的高度差，在园内看是二层的小楼，在园外望时却变成了一层。在谐趣园外御路上的瞩新楼是单层的卷棚顶建筑，正对御路的门上也有一副对联，"竹外泉声招鹤至，日边桥影驾虹来"。奇妙的建筑，精美的对联，让先生在园内园外出出进进，观赏了许久，情不自禁地连连叫绝。

以瞩新楼为始，园中的游廊依偎着西北的山坡，由低向高，从南向北迂回抬升。向北跨过楼前的石板桥，径直来到涵远堂前，五开间的建筑坐北朝南，气度不凡，俨然是园中的主体建筑，堂前地势平坦，视野开阔，"西岭烟霞生袖底，东洲云海落樽前"，堂前有一个小码头，水中洁白的睡莲在油绿的圆形叶片中露出娇美的容颜。传说中，慈禧太后在此钓鱼、游玩、休息，如今在这里，常常举办国画展览，吸引很多游客前来观赏。

过了涵远堂，依山而上的游廊，迂回曲折，蜿蜒而上，吸引着我和先生沿着涵远堂西侧的台阶，走回曲廊之中。徜徉其中，一侧池水，一侧山景，很是惬意。经过兰亭，亭中立有寻诗径石碑。一位英俊的年轻老师站在碑前，讲述着唐朝诗人李贺寻诗觅句的故事，一群小朋友依廊环坐，望着寻诗径石碑，正在认真听讲。"新会忽于此，幽寻每异常。自然成迥句，底用锦为囊？"锦囊妙句固然巧妙，点滴积累才能点石成金。

听着琅琅书声，经过曲廊的圆亭，来到知春堂门前。知春堂坐落在高高的台基之上，台基两侧有石阶，通向池边，堂前两棵垂柳的婆娑柳枝伸入池水，像少女长长的秀发。堂前、檐廊上、池水边，坐着静静画画写生的人，有老人、有少年，他们面对着不同的角度，用画笔将眼前的美景描绘出来。"七宝栏杆千岁石，十洲烟景四时花。"此刻，处处是美景，似景又非景，又何妨？只要心与景有几分默契就好。

在知春堂前，古朴的知鱼桥，桥身平直，贴近水面，一位美少女漫步在古朴的知鱼桥上，顺着低矮的桥身，俯下优美的身姿，痴痴地看着自由自在的鱼儿，仿佛正在与鱼儿进行着一场"子非鱼，安知鱼之乐"的观鱼对话。此时，水中鱼儿游来游去，知鱼又非知鱼，又何故？只要人与鱼儿有几分亲近就好。

我回望着游廊水榭，走过石桥，来到谐趣园赏水观景的好地方，饮绿亭和洗秋亭。这两座柱亭，通过短廊相连，结构相仿，坐东朝西，里外双层，都是卷棚歇山顶建筑。"饮绿"立于水中，"洗秋"临水而建，一亭绿柱，另一亭红柱，一大一小，一正方形，一长方形。我久久在两座柱亭之间徘徊，上上下下仔细端详，欣赏她们相同的美，惊叹她们不同的美，仿佛眼前亭亭站立着两位相貌相似、神态各异的美丽少女，意犹未尽之时，有些迷乱恍惚，初春、盛夏、深秋、隆冬的四季景色，变幻更迭，美轮美奂。只有坐在饮绿亭中，向北望见涵远堂，才能气定神闲，淡然回归。这些能工巧匠早已故去，留给后人无限遐想。也许还有很多的异同玄妙，等着我去发现。

我环绕着水看景，先生欣赏他喜欢的楹联，时而读，时而举起相机，各得其乐，不知不觉中，已经过去了 2 个多小时。到了谐趣园闭园时间，保安师傅催促着久久不愿离去的游客们，我和先生匆匆离开，期待下次的探寻，发现更多的趣味。

（2019 年 6 月 7 日）

5. 小暑

小暑六月节

元稹（唐）

倏忽温风至，因循小暑来。

竹喧先觉雨，山暗已闻雷。

户牖深青霭，阶庭长绿苔。

鹰鹯新习学，蟋蟀莫相催。

连续一个月紧张忙碌的工作，甚至周末也在查漏补缺，确保国际工程教育培训班的顺利进行。学员们来自"一带一路"沿线的发展中国家，非常珍惜在清华园的学习机会。通过充分的沟通、精彩的教学、细致的讲解等各项安排，我和我的团队高效协同工作，在有限的时间里，让学员们看到了美丽的清华园，感悟到了卓越的清华名师，学习到了中国大学的精品课程。

也许自己太过于追求完美、注重细节，整整一个月，各项任务满满当当，整个人持续处于高度专注状态之中。培训班结束了，送走了对清华园充满依恋、对清华师生们充满感谢的学员们之后，才突然意识到，我已经疲惫不堪，需要找一个地方，回归本心、找回自我、放飞心情，我对自己说："去颐和园！"

北京的春天，美丽而短暂，五月过后，暑热便接踵而至。周日，虽然还只是小暑节气，我却已经难捱酷暑，浑身发热，心情烦躁不安。傍晚时分，我急匆匆走进颐和园东宫门，来到昆明湖东畔，临近一汪碧水，整个人顿时感觉凉爽了许多；在落日的余晖下，西山群峰、玉泉塔影，是那么柔和静谧，我心定了，神安了。

我伫立岸边，张开僵硬的双臂，舒展疲惫的身体，调整烦乱的心绪，在徐徐的微风中，听着轻轻拍岸的水波，与黛蓝的山、荡漾的水，同呼吸、共交融。郁积在心中多日的紧张、疲惫、焦虑，慢慢卸下了，悄悄溜走了，心渐渐打开了，我再次找回了自己。在广袤的山水之间，我微闭双眸，慢慢把整个身心融入其中，感觉自己越来越小，时而变成了一粒小小的尘埃，飘浮在茫茫无边的天空中；时而变成了一滴小小的水珠，落入浩瀚无垠的昆明湖里。

大约半小时的沉思遐想之后，我整个人恢复了精气神，迈大步，甩开臂，沿着昆明湖岸边，向南快步走去。夕阳西下，雄伟恢宏的十七孔桥变得柔美安详，桥上桥下熙熙攘攘的人群少了，我享受着难得的悠闲和宁静，沿着长长的桥身，缓缓向上走，人少声稀，桥面显得异常宽阔，桥两侧的汉白玉栏杆，一直延展到湖中的南湖岛，像飞逸的飘带，降落在湖中。桥栏上几百只大大小小的石狮子，少了威武，多了祥和，似乎也在享受着傍晚的宁静。

我站在桥中央，悠哉地踱步，神闲地观景，昆明湖四周的景致尽收眼底，山、水、桥、亭，遥相呼应，美不胜收。向南湖岛方向，远望着古柏掩映之中的凌霄牌楼和广润灵雨祠，慢慢下桥，徐徐行走，仿佛自己凌驾在彩虹之上，挽着飘逸的云朵，遨游在碧波之上，来到了仙境一般。

神话传说中，东海里有蓬莱、方丈、瀛洲三座仙山，山上长满了奇花异草，住着长生不老的快乐神仙。在昆明湖中，南湖岛、藻鉴堂、治镜阁三座小岛，形成鼎足之势，一池三山，堪称人间仙境。南湖岛是其中最大的岛，位于昆明湖东南部，小岛的周围有青石铺路、雕栏围护，除了十七孔桥与东堤相接形成的陆路之外，还可以乘船到达岛上的南、西、北三个码头。相传，四海龙王之首的东海龙王住在东海海底的水晶宫，统治东海之洋，主宰着凡间的雨水、雷鸣、洪灾和海啸等。乾隆时期，南湖岛上建有龙神祠，帝王祭祀烧香，祈盼风调雨顺，五谷丰收，据传在此求雨十分灵验，乾隆皇帝亲笔题祠额为"广润灵雨祠"。

登临南湖岛，沿着岛岸向北走去，随着眼前的水域变得开阔，万寿山和西山景色，呈现在眼前；回望十七孔桥，它飞跨在东堤和南湖岛之间，宛若一道洁白的祥云凌驾在碧水之上，别样的桥，别样的美。顺着湖边的栏杆，继续向前行走，地势变得平坦开阔。靠近岛一侧，假山高耸，石头台阶蜿蜒而上，重檐的涵虚堂与天相接。

一步步迈上陡峭的石阶，登临山顶，站在堂前，眼前视野开阔，四周水面辽阔，找寻着岁月留下的遗迹。据历史记载，这里曾是南湖岛的最高处——望蟾阁。乾隆时期，仿武汉黄鹤楼建成望蟾阁，与万寿山佛香阁隔湖而望，高大挺拔，是夜晚赏月的最佳处。每年夏天，在昆明湖中训练水军，乾隆皇帝曾陪母后在望蟾阁观看水军操练；嘉庆时期，由于望蟾阁基础沉降塌陷，三层的望蟾阁改建为一层的涵虚堂；咸丰年间，涵虚堂毁于英法联军的战火；光绪年间涵虚堂重建，颐和园里兴办水师学堂，光绪皇帝曾陪慈禧太后在此检阅水操。两百多年过去了，经过风雨的洗礼、岁月的磨砺，如今的南湖岛静穆葱绿、恬淡安详。

西下的夕阳映照着山石湖水，涵虚堂西侧巨大的褐色山石，稳稳地散布在松林间。一对青年男女，静静地坐在山石上，相互依偎着，一起向西远望，静静地欣赏着美丽的夕阳；坐在北码头的三位年轻人，亲近湖水，西望夕阳，好不惬意，相谈正欢，时而指向远处的佛香阁，时而望着万顷碧水，持续不断的话题是什么呢？关于万寿山上九层延寿塔为何改建成佛香阁？关于清朝时期的昆明湖水操合演还是北洋舰艇出海？关于十八万北京市民参加的昆明湖首次彻底清淤工程？

太阳像个蹦蹦跳跳的顽童，一会儿露出半个红彤彤的脸蛋儿，一会儿躲进绵绵的云层里。天空中飘浮的云朵，像羊群，像群山，像天女散花，千姿百态，任由太阳撒欢儿似地躲躲藏藏，变换着五彩斑斓的颜色。最美丽的时刻出现了，太阳升腾在浮云之上，万丈光芒将整个天空映红，顷刻之间，昆明湖就像一块无瑕的翡翠，映射出粼粼金光。心儿欢快地跳，眼睛兴奋地望，手不停地按着快门，好想把这最美的瞬间留住，留住。然而，太阳像玩耍累了的孩子，还是要落山了，云暗了，水静了，迎面吹来的风，凉了许多，柔了许多。

我久久坐在涵虚堂的廊前，临万顷湖水，望夕阳西下，观巍峨宫殿，月波还在，微风还在，云香还在。时间悄悄逝去，周而复始，太阳落山了，月亮升起来了，我下了岛，慢慢向东宫门走去。"傍晚火烧云，明天晒'死'人"，然而，我身心安静了许多，清凉了许多，明天又是美好的一天！

（2019 年 7 月 7 日）

6. 中秋节

中秋登楼望月

米芾（宋）

目穷淮海满如银，
万道虹光育蚌珍。
天上若无修月户，
桂枝撑损向西轮。

农历是中国的传统历法，依天象变化的规律而定，兼顾季节时令，五天一物候，三候一节气，三月为一季，四季为一年。天地人和，生生不息；冬去春来，花开花落。我们的先人用质朴的花语，赋予了一年中十二个月诗意的别称。正月梅花香又香，三月桃花粉面羞，六月荷花满池塘，八月桂花遍地香……农历八月，又称桂月，正是赏桂的最佳时期，也是赏月的最佳月份。

我是爱花之人，艳丽的颜色、硕大的花朵、浓郁的花香，这样的鲜花，总是吸引着我的眼球，博得我的芳心。然而，桂花，改变了我对花的认知。去年的农历八月，应朋友之邀，来到杭州西湖，看美景赏桂花。在碧波荡漾的湖边，看到了西湖的胜景，在明澈漪涟的湖水边、葱茏的树林中，我却没有看到一心向往的桂花。

我急切地问朋友："桂花在哪里？"朋友笑着避而不答，而是慢慢踱着步，与我叙着陈年旧事，我只好静下心来，一边听她说话，一边漫无目的地找寻着桂花。静下神之后，我先是闻到若有若无的清香，然后循着香气，看到一株株油绿的桂花树上，密密簇簇挂满枝头的桂花。我欣喜地走到树旁，靠近树枝细细端详，米粒般的一朵朵小花，羞羞答答地挤在一起，点缀在绿叶丛中。若是走马观花，想必很容易错过她的娇美，如果心躁气急，更会错过她独特的幽香。

这次来杭州，很是心欢，终于在西子湖畔，看到了桂花的清秀，闻到了她的幽香，游西湖的意犹未尽，寻桂花的回味无穷，给我留下了深刻印象。更为惊喜的是，离开杭州时，得到朋友的馈赠——自家腌制的糖桂花。回到北京之后，将糖桂花放在冰箱里，喝茶、煮粥，放上一小勺，香甜可口，一粒粒桂花球点缀其中，色香味俱佳。这一次的杭州游玩，让我对朋友、对桂花念念不忘，总是期待着，在每一年的金秋，能闻到她的幽香，看到她的娇美。

桂花树，性喜温暖湿润，在我国南方多地种植，但是在四季分明、干燥少雨的北京，很少能见到。旧时的北京，只有宫廷和王府里才有珍贵的桂花树，寓意吉祥富贵。幸运的是，在颐和园健步走的次数多了，对园中的一物一景越来越熟悉，我惊喜地找到了心心念念的桂花树。有着百年历史的几十棵盆栽古桂，落户颐和园，经过几代园艺师们的精心养护，成为桂花品种中的翘楚。

中秋假期，颐和园里桂花飘香，一年一度"颐和秋韵"桂花节，吸引着北京老百姓和中外游客前来品桂赏月。金秋时节，能够在皇家园林中一睹有着百年历史的古桂，真是难得的幸事。每逢传统节日和重要节气，颐和园经常举办丰富多彩的活动，同时在东堤举办系列文化展览，介绍颐和园的四季美景、造园技艺和历史文物。我常常在东堤上驻足观看学习，悠悠的文化长廊，图文并茂，寓教于乐，让我在运动健身的同时，饱尝丰盛的文化大餐，广开眼界，身心愉悦。一度与中国传统文化疏离的我，渐渐找回自己的根，寻回自己的魂。

有了去年西湖寻桂的经历，我知道了要想赏桂，偌大个颐和园，必须先打探好稀罕的桂花树盆栽集中摆放的位置，而且，闻香赏花，最好是人少心静。于是，赏桂的方式是健步走，赏桂的时间为清晨，赏桂的路线确定为新建宫门—东堤—知春亭—仁寿殿—排云殿—新建宫门，路程虽然不长，预计的时间不短。

颐和园的桂花为盆栽桂花树，常年在园外的花卉研究所养护，到了金秋时节，精心挑选的上百盆桂花才被运到园中，摆放在主要景区，供游人们观赏。湖光山色，辉煌建筑，飘香桂花，还有各色菊花和盆景，金秋的颐和园格外绚烂美丽。桂花品种有金桂、银桂和丹桂，分别种植在方形和圆形的木桶之中。金桂，花色为金黄色，香味浓；银桂，花色为乳白色，香味较淡；丹桂，花色为橙黄色，香味最淡。三种桂花树的树冠及叶子的形状、厚薄都有所区别。其中，在方形木桶里栽植的才是上百年的古桂，摆放在东宫门和仁寿殿等重点景区。

清晨，从新建宫门入园，沿着东堤向文昌阁方向快步走去，无暇顾盼沐浴着晨光的十七孔桥，而是一路向北，沿着宽阔平坦的道路，一边看着路旁一块块展板的介绍，一边寻闻着花香。走过文化长廊展板，很快来到了文昌阁城关。抬眼望城关，中间是两层主阁，四隅各有一个角廊，颇为美丽壮观。西有宿云檐，东有文昌阁，一武一文，遥相呼应，是清朝时期颐和园的要塞，牵系着清王朝的军国大事。如今，菊花盛开，桂花飘香，一片温馨祥和的节日气氛。

在文昌阁城关西侧，靠近昆明湖的知春亭，经过近一年的保护性维修，终于揭开了神秘面纱。我心中一喜，在园静人稀之时，先睹为快。一座崭新的平桥，像两条红色的飘带将小岛和东堤相连，顺着平桥走下台阶，便来到知春亭前。每年立春时节，湖水解冻，水鸟畅游，垂柳吐绿，从这里发出春天的消息，故名知春亭。

新修缮的知春亭，青石台基，红色望柱，重檐四角宝顶，整座亭子飘逸轻盈。站在亭中央，抬头望天井，苏式彩画，牡丹鲜亮，流光溢彩。亭子的四周布置了桂花盆栽，西山、万寿山、十七孔桥、南湖岛等景色，一览无余，看美景，闻花香，缥缈而虚幻，犹如进入了仙境一般。这时候，一位阿姨坐在知春亭的一角，倚靠着望柱，远望着万寿山，若有所思，自言自语道："老祖宗给我们留下了这么好的一座园子，以前只有皇帝和皇后才能享受的花园，如今成了咱老百姓的桃园仙境。"

回味着阿姨的话，离开知春亭，趁着游人还少，朝着仁寿殿的方向，去找寻古桂。来到仁寿殿前，最早进入园中的一队旅游团，围在仁寿殿门前，听着导游的讲解。殿外月台上南北两侧，各有一对铜龙凤，凤在中，龙在侧。大殿之上，曾是你死我活的斗争场，家国安定的晴雨表。仁寿殿后面的德和园大戏楼，昔日好戏连台，临湖的玉澜堂里，曾经传出凄凄的小鼓声。也许是威严肃穆的森宇殿堂带来的压抑，我匆匆远离了仁寿殿。

重新折回到东堤之上，在宽阔的道路上徜徉。太阳升起来了，游人渐多，昆明湖的游船下水了。走出新建宫门之时，我回过身去，一潭湖水碧影天，忽有淡淡桂香扑面来，我心情大好，深深地呼气，长长地吸气，将桂花的香味深深地留在了记忆里。

（2019 年 9 月 13 日）

7. 重阳节

九日登玄武山旅眺
邵大震（唐）

九月九日望遥空，
秋水秋天生夕风。
寒雁一向南去远，
游人几度菊花丛。

"九"是一个无处不在的数字，备受世人喜爱。九是个位数字中最大的一个，又是一个充满吉祥的数字，与汉字"久"同音。农历九月初九，二九重叠，称为"重九"，是中国民间传统节日重阳节。重阳节是秋天的节日，天高云淡，枫红菊黄正当时。重阳节又是敬老节，孩子们与父母欢聚一堂，感恩双亲教养，其乐融融。

无论是清漪园，还是后来的颐和园，从兴建之初，就深深地烙下"孝与寿"的印记，祈福延寿，成为支撑这座古老园林不可或缺的文化根基。清漪园建成之前，这里曾是一片湿地，万寿山那时叫做瓮山，山前的小湖称为瓮山泊。清乾隆二十九年（1764），清漪园建成，为了庆祝母亲的六十大寿，乾隆把瓮山更名为万寿山，瓮山泊命名为昆明湖。被英法联军纵火焚毁之后，荒芜的清漪园度过了二十六个春秋，清光绪十二年（1886），清漪园重建，光绪为了孝敬皇太后，取颐养冲和之意，清漪园改名为颐和园。

在美如仙境的颐和园里，有形和无形的福寿文化，望不尽，品不够。万寿山和昆明湖构成了一幅"福海寿山"的巧图。大报恩延寿寺、乐寿堂、仁寿殿、永寿斋、介寿堂、景福阁，引用"福寿"的建筑题名，无处不在。麻姑献寿、五福庆寿、八仙过海等民间传说，惟妙惟肖跃然于长廊彩画之上，更不必说景福来并匾额、无量寿佛壁砖等。从古到今，尊老敬老、福寿延年，是中华民族几千年的文化积淀，是中华儿女内心长久不衰的生命长河。

我喜欢颐和园，母亲也喜欢颐和园。曾记得，母亲第一次到北京，陪母亲来到颐和园，母亲很高兴，逛昆明湖，登万寿山，健步如飞；曾记得，母亲带着我七岁的女儿在园子里玩了一整天，一老一小兴奋不已；也曾记得，在母亲七十岁生日时，陪着母亲坐龙船，泛舟昆明湖上。每一次来到颐和园，母亲都是那么开心，像曾经的皇太后一样享受着美景。三十多年过去了，母亲从花甲老人到耄耋之年，腰弯了，背驼了，变得越来越不愿意出门，像孩子似的，怕黑怕摔。更多的时候，母亲坐在床边，我从颐和园散步回来，将园子里的美景讲给她听。

今天是重阳节，我放下健步走的计划，精心为年迈的母亲计划着游园的路线，决定让母亲重游一回颐和园。母亲连连摇头说："不去，走不动道了，爬不了山了。"我对母亲说："今天不走路，也不爬山，一定能看到你喜欢的美景！"母亲像孩子似的，高兴地笑了。年迈的母亲已经行动不便，却还像年轻时一样爱美。她早早起床、洗脸、梳头、照镜子，样样不能少，穿上我给她买的新衣服、新鞋子，静静地坐在一旁，等待我和先生带着她九点钟准时出门。

为了让母亲能够少走一些路，能够随时停下来休息，慢慢看风景。我经过几次探路发现，相比西堤和东堤的游人如潮，以及东宫门和北宫门的熙来攘往，从西门入园的游人较少，临近西门附近的山景水景，更适合母亲游览。

进入颐和园西门，搀扶着母亲跨过门口的台阶，来到平坦的石桥上，清澈的京密引水渠静静地从桥下流过，两侧高高的垂岸上，被秋色浸染的爬墙虎，像美丽少女的秀发，飘飘洒洒亲吻渠水，不禁让人豁然开朗而又心静。母亲挪动着脚步，站在桥上，向远处望去。布满皱纹的脸上，露出孩子般的微笑，混涩的眼睛里闪着亮光，母亲慢慢挪动着脚步，上下伸展着僵直的双臂，舒缓着微颤的身躯。

喜欢大自然的母亲，已经记不清楚，这是第几次在女儿的陪伴下来到颐和园了，她只记得，这是皇太后住过的地方，如今她也享受着皇太后的礼遇，看着越来越美的皇家园林风景，母亲说："日子真是越来越好过，现在的老百姓多幸福！"年少读书时，坚强的母亲像一棵大树一样，成为我的依靠。如今，我成了母亲的依靠，能让古稀之年的母亲安享晚年，很是知足，母亲是一位惜福又多福的老人。

走一步，停三步，在家睡眼萎靡的母亲渐渐有了精神，变得兴奋起来，不再让我和先生搀扶，自己迈步向前，见母亲情绪高涨，我对母亲说，"我们爬山去。"母亲高兴地应着。实际上，带母亲爬的山，只是湖边上地势较高的畅观堂，经过几次探访，选定这里是最适合母亲赏景的地方。相比万寿山，这里只是一个小山丘，道路平缓，幽静清爽。我和先生一前一后照应着母亲，母亲没有停歇，一口气登上来，来到了畅观堂的平台。

来园子之前，在独自健步走的时间里，我了解到颐和园在今天上午十点有"九九重阳日 浓情满颐和"主题活动，吃福饼、做寿桃、学插花、看福寿文物展，活动地点就在畅观堂，于是在我和先生的巧妙安排下，才有了老母亲这次难得的游园活动。

位于西湖畔的畅观堂，地势高耸，掩映在假山和树木之中，环境清幽，匆匆过客很难发现。山顶的平台宽敞，东面的平台视野最为宽阔，远眺，昆明湖、万寿山、十七孔桥、南湖岛，湖山风景，尽收眼底；向下俯视，芦花飞扬，水鸟嬉戏，宛如江南水乡。时间尚早，堂前的游人很少，母亲背着手，环绕着平台，走了一圈又一圈，眼亮了，背似乎也不驼了，仿佛在思索着什么，我和先生跟在母亲身后，远望着湖光山色。

母亲一辈子爱花养花，畅观堂的插花体验，母亲一定会喜欢。上午十点，大殿前的插花活动开始了，工作人员摆上了五颜六色的各类假花，闻讯而来的老人们，有女儿陪同的，有老两口一起来的，围拢过去，一边听插花老师娓娓道来，一边挑选着面前摆放的假花，按照老师的示范，学做艺术插花。

母亲高兴地与老人们坐在一起，很认真地听，很仔细地挑选花器、花材。在老师的指点下，母亲依次拿起红色和粉色的牡丹花各一支，折弯着花枝，调整着花朵和枝叶的高低、前后的位置，将牡丹花插入了一只景泰蓝瓷瓶中，一个花开富贵的插花作品完成了。母亲对花花草草有着特殊的灵感，做出的插花更是别有韵味，我和先生为母亲鼓掌喝彩，插花老师也连连为母亲点赞。插花作品完成后，母亲获赠一盆长寿花，油绿的叶茎端，一簇簇小花苞像满天星，露出点点粉红的小脸。母亲很开心地笑了，眯起的双眼闪动着幸福的泪花。

临近中午，与母亲一起下山，走出了西门。今天我在园子里走路不到1千米，这一次健步走的距离最短，但陪母亲的时间最长。心中默默祈祷，希望每年的重阳节，都能陪着母亲，来园子里看一看，坐一坐。

回家的路上，母亲坐在车上，小心地用手捧着长寿花，生怕磕碰了枝叶。回到家，母亲将花盆摆放在阳台上，给花浇水剪枝，是她每天最喜欢做的事情，这盆长寿花成了陪伴她的宝贝。漫漫岁月里，母亲的长寿花，花开不断，从今年的春节，一直开到来年的春天。

（2019 年 10 月 7 日）

8. 大雪

大雪

陆游（宋）

大雪江南见未曾，今年方始是严凝。

巧穿帘罅如相觅，重压林梢欲不胜。

毡幄掷卢忘夜睡，金羁立马怯晨兴。

此生自笑功名晚，空想黄河彻底冰。

　　"小雪封地，大雪封河。"这类节气谚语，在民间广为流传，用于指导农事、预知冷暖，是我们先人在长期的劳动实践中积累的宝贵经验和智慧结晶。随着气候变暖，四季分明的北京，在冬天已经很难看到雪了，我常常很期待漫天飞雪的冬日京城。今天是大雪节气，虽然没有漫天飞雪，却恰逢周末，苍茫冷寒之中，来到颐和园，节奏慢下来，脚步缓下来，心情放松下来，让自己细细看一看过往的仪典逸事，或许在圣洁安静的日子里，更能领悟历史的百转轮回、生命的气象万千。

　　午后从新建宫门入园，沿着东堤，向文昌阁走去，快步行进之中，昆明湖一直在我的视线里。在暖阳的微醺下，在远近山峦环抱之中的昆明湖，构成了一幅绝美的画卷。宽阔的湖面上，一条长长的飘逸白线，将整个湖面一分为二，一边是冰，一边是水；一边是银白色，一边是深蓝色；一边平静如镜，一边微波粼粼。我抬头仰望着温暖的太阳，感叹它的神功妙笔，绘制出如此美妙的图画。随着天气逐渐寒冷，到了元旦前后，整个湖面将完全封冻，形成巨大的冰场，成为孩子们冬日里的乐园。

　　进入冬季旅游淡季，游人渐少，位于万寿山前的金碧辉煌建筑群，更是难得的清静。颐和园里处处是美景，昆明湖、十七孔桥、万寿山、佛香阁、长廊等，是中外游客第一次游览颐和园的首选打卡地。每逢节假日，在这些景区里，游人如织，人声鼎沸，我常常望而却步。趁着今日天冷人少，我走近了位于万寿山前山中轴线上的建筑群。

　　万寿山前的排云殿建筑群和万寿山北面的佛香阁建筑群，气势巍峨而又传奇神秘，成就了万寿山前山最壮观辉煌的景观，沿着这条中轴线，从南向北，从低到高，依次为排云门、二宫门、排云殿、佛香阁以及连通各座殿堂的游廊和配房等，其中，佛香阁是众多庙宇、大殿、楼阁的中心，远远望去，它与两侧的建筑形成一只展翅高飞的蝙蝠，山前的昆明湖就像一个寿桃，"福山寿海"的美好寓意由此而来。这一片建筑群的前身是大报恩延寿寺，是乾隆为给母亲祝寿修建的大型佛寺。在第二次鸦片战争中，整座寺院几乎被英法联军烧毁，现在的建筑群是清光绪年间建造的。

　　站在昆明湖畔，北望万寿山，一座紧邻昆明湖的牌楼极为醒目，这座牌楼建筑为四柱七楼，顶覆黄色琉璃瓦，绘金龙和玺彩画，楼牌上面写着"云辉玉宇"，华丽高贵，是万寿山前山中央建筑群主轴线的起点。从起点出发，穿过云辉玉宇牌楼，来到排云门前。"排云"二字出自晋朝郭璞的诗句"神仙排云出，但见金银台"，比喻此处是云雾缭绕的灵山琼阁、仙人居住的长生不老之地。相传，在光绪十二年（1886），慈禧修建颐和园时，本想将此处作为寝宫，殿宇还未建成，她却突然生了一场大病，自认为是冲撞了神佛，于是，她在此处修建了以排云殿为中心的殿堂，专门为她祝寿庆典之用，将寝宫改在了乐寿堂。

　　在排云门外的两侧，摆放了十二块形态不同的太湖石，称为"生肖石"。这十二块石头，三个一组排列在排云门外的两侧，分辨这些生肖石，绝对是高难度的眼力考验，需要从不同的方位、不同的角度去细细辨认。也有人说，这些石头像慈禧手下的官员，规规矩矩地站在那里，听候她的指示，惟命是从。所以，这些石头又叫作"排衙石"。此外，颐和园中许多大殿和厅堂前摆放着鸟兽等铜器，做工精美，造型逼真，凸显出皇家宫殿的威严与神圣。然而，排云门前蹲坐着一对乾隆时期铸造的铜制巨狮，却少有威严与神圣，仔细观察，两只铜狮，一公一母，公狮子调皮地用一只脚踏踩着一个绣球，母狮子慈祥地用一只脚抚慰着一只小狮子，可爱有趣，温馨祥和。

　　经过排云门，踏着青石台阶一路上行，越过金水桥，沿着游廊顾盼着一座座殿堂，仿佛看到了慈禧太后的祝寿庆典，她高高地坐在排云殿内的九龙宝座之上，接受着文武百官的朝贺。在二宫门内的"万寿无疆"匾下，光绪皇帝小心翼翼地行三跪九叩礼；皇后及众公主、妃嫔们纷纷步行至排云殿内，向慈禧太后行三跪九叩礼；二品以上王公大臣们在二宫门外行礼；三品以下的文武官员远远地跪在排云门外。而如今，时过境迁，物是人非，曾经的登峰造极，都沉淀在历史的长河之中。

沿着高 20 米的八字形台阶向上攀爬，走走停停，欣赏着万寿山前山半山腰的层层院落。东侧转轮藏前的万寿山昆明湖石碑，格外引人瞩目，碑阳刻文为万寿山昆明湖，碑阴刻文为 447 字的万寿山昆明湖记。青白材质的巨石，精雕细刻的碑饰，端庄秀美的字体，留下乾隆皇帝的山水情怀和风雅气质，成为北京水利发展和颐和园历史的纪念碑。西侧的宝云阁，从建成之日起，已经静静伫立了二百六十多年，又有多少人知道，这座宏丽奇特的铜阁，是我国熔模铸造史上的稀世铜阁，历经两次鸦片战争的巨大灾难而岿然不动。

　　气喘吁吁地一路登高，来到佛香阁前。近处，飞檐、回廊、方亭，尽收眼底；远处，十七孔桥、南湖岛，昆明湖封冻，湖面像一面银镜，映衬着万寿山。环绕着佛香阁，抬头仰望，为它的恢宏气派所震撼。八面三层四重檐的全木制楼阁，高达 41 米，是颐和园中最高大的建筑。阁内用八根通长的大铁梨木柱承重，全部构造中没用一根铁钉，完全靠木材的榫卯结构建造起来。佛香阁"云外天香"，它不仅是颐和园的标志，也是中国古代建筑工艺中的珍品。无论四季更替，无论阴晴雨雪，走在园中的任何一个地方，都能望见它的璀璨雄姿。在任何一个角落，都能感受到它的存在。

　　走出佛香阁景区，沿着万寿山后山幽静的小路走向北宫门，好长时间不能从炫丽辉煌的气氛中回过神来，皇家气派和威严仪仗，离自己很遥远，留下来的一石、一碑、一阁、一亭，离自己又很近，值得徐徐回味。

（2019 年 12 月 7 日）

9. 谷雨

大观间题南京道河亭

史徽 （宋）

谷雨初晴绿涨沟，

落花流水共浮浮。

东风莫扫榆钱去，

为买残春更少留。

　　从 2018 年年末至今，转眼一年多过去了，颐和园健步走，成为周末或假期的固定活动。在闲暇时光中，健身运动、回归自然，在工作时间里，积极进取、潜心研究，平淡而又充实的生活，让我渐渐恢复了生命的活力。在收获健康快乐的同时，时常向朋友们分享颐和园的美景、播报四季花事，俨然成为了一位热心的义务宣传员。

　　天有不测风云，日有阴晴不定，周末假期，并不总是好天气，然而，我已经深深地爱上了这座园子，任由雨雪风霜，都挡不住行走的脚步。电闪雷鸣时，在夕佳楼下停留，遥望万寿山的巍然不动、昆明湖的浪涛翻滚；霏霏细雨中，在鱼藻轩里踱步，静观云雾飘渺的一山一水、雨露滋润的一草一木。

　　颐和园，是中国名园，世界名园，每日有成千上万的游客走进园中，站在茫茫人海之中，我会变得不知所措，美景与人影交错，我常常会搞不清楚，我是在看人，还是在赏景。恰恰在清晨或傍晚，还有雪天雨季等天气，我可以享受园中难得的清净，不影响到他人，也不被他人打扰，静静看，慢慢游。

　　廊，中国园林中一种独特的建筑形式，或曲或直，既是园林之美，又是连接起园中的脉络。有廊的地方，有山有水，一步一景；有廊的地方，或窗或阑，一步一画。廊上有顶，为行人遮风挡雨；廊中有栏，让行人小坐小憩。颐和园的长廊，全长七百多米，掩映在园中的中心地带。它临昆明湖，傍万寿山，东起邀月门，中间穿过排云门，西至石丈亭，以排云殿为中心，两侧对称分布在游廊中的留佳、寄澜、秋水、清遥四座重檐八角攒尖亭，寓意春夏秋冬四个季节。鱼藻轩和对鸥舫，两座临湖的水榭，对称地分布在长廊的西部和东部，是观湖赏鸟的最佳之处。整个长廊依万寿山前山的地势起伏而变化，高低错落，华美秀丽；又依昆明湖北侧岸边的形状变化而变化，弯弯曲曲，灵动通透。

　　一年四季，长廊是颐和园游人最集中的地方之一。游人们在廊中漫步，或环亭而坐，或依栏而歇，廊上的精美彩画，更是不时引得游人驻足抬头观看。长廊是世界最长的画廊，苏式彩画，壮美画卷。花卉、山水、人物、动物，流动的画中展示着鲜活的自然生命，描述着经典的民间传说。如果碰上下雨天，刚好经过长廊，在长廊中行走观画，或在鱼藻轩听雨观云。雨过天晴，站在对鸥舫前，看横空彩虹，望天上飞鸟，欣赏难得的美景，很是惬意。

　　今天傍晚五点钟，从新建宫门入园，沿着东堤环湖而行，天色变得阴沉，春风变得渐凉，我裹紧了外衣，迈上西堤，湖边的芦苇已经没过水面，道路两边的兰花开得正盛，春风吹起，湖面荡起一层层绿波。疾步翻过玉带桥，湖岸上柳树在渐急的风中不停地摇曳着长长枝条，耕织图景区里的古桑已经枝繁叶茂，心形的墨绿叶片哗哗作响。

　　虽然一场风雨即将来袭，游人们匆匆离去，可是园子里的小动物们，却与我一样，享受着难得的悠闲。一只鸭妈妈带着两只小鸭，从耕织图景区的沼泽里游上岸，大摇大摆横越过道路，来到昆明湖岸边。一只高傲的黑天鹅在湖边静卧，低下高傲的曲颈，优雅地梳洗着丰满的羽毛。水鸟们虽然已经习惯了园中的喧闹，但是在游人多时，常常会躲进沼泽和芦苇之中，或在远离人群的湖中心游动，特别是高傲的黑天鹅，更是难得一见。

　　天空中开始飘落细细的雨滴，游人们纷纷朝园外走去，我小步疾跑，跨过半壁桥，穿过宿云檐城关，转向了湖边的长廊。雨越下越急，我穿过石丈亭，扶阶而上，进入长廊，身心瞬间变得轻松了许多。廊外细雨霏霏，北望万寿山，烟雨葱绿，南望昆明湖，烟雨蒙蒙。长廊中空无一人，清新通透，我悠然信步，不时抬头看着绵延不断的彩绘，花草吐着芬芳，鸟儿叽叽喳喳，人物活灵活现，如同雨雾仙境一般。

不知不觉中来到了鱼藻轩，三五个游人在轩中或坐或立，听雨观景，恬静安然。鱼藻轩依傍着昆明湖，阔三间，三面临水，一面与长廊相连。立于轩中，整个人就像荡漾在一望无垠的湖面上。环顾四周，山峦叠嶂，西山塔影，水天一色，难得的雨中美景。只有廊檐上连成线的雨滴声，还有随风飘洒在我身上的清凉雨滴，让我恍然大悟，我在画中，画中有我。

春雨贵如油，下得如此轻，如此短，不一会儿，天空渐渐放晴，太阳从云层中腾空出世，顷刻之间，天空由暗变亮，雨停了，天晴了，一只鸟儿划过天空的静寂，自由自在地飞翔。也许是老天眷顾我行走的执着，让我在谷雨时节，徜徉在长廊之中，好好听了一场春雨。雨停了，风歇了，走出长廊，呼吸着清新的空气，感悟着春的气息，脚步轻快地走出了东宫门。

谷雨时节，雨生百谷，似乎能听到泥土中五谷的怦然萌动，看到萧条的大地被染成了绿色。谷雨有三候，浮萍生、鸟拂羽、桑叶肥，我们的先人们记录下生命的节律；文人们感叹物候更迭、时令变迁而激起情愫和诗思，伤春、苦夏、悲秋、枯冬。想起先人，我很是汗颜，不懂农事，不善诗文，然而幸运的是，在一个个时令节气中，可以亲身体验着物候，品味着诗文。春雨、桃花雨、黄梅雨……每一种雨，都有着独特的气质，巧合的是，在不同的时节，一次又一次，静心在鱼藻轩听雨。

（2020 年 4 月 19 日）

10. 立夏

乡村四月
翁卷（宋）

绿遍山原白满川，
子规声里雨如烟。
乡村四月闲人少，
才了蚕桑又插田。

立夏时节，告别鲜花烂漫的春天，开启草木葱郁的夏天。在我国传统历法中，立春、立夏、立秋、立冬，合称"四立"。以"四立"为起点，划分一年中的四季，每一立意味着一个季节的结束，另一个季节的开始。对"四立"，我们的先人充满了虔诚，常常用一场庄重的仪典来祭祀祖先，祈祷风调雨顺。

北京的春天格外短暂，一阵春风吹过之后，炎热的夏季便会很快到来。今天正午时分，正是游园的高峰期，在北如意门口，等待入园的游客络绎不绝，我随着人流进入园中，廊檐下、半壁桥上、昆明湖边，站满了亲水纳凉和观景拍照的游人。为了避让游人，寻找清凉，我当即决定去后溪河一探。

后溪河，是靠近万寿山后山的一条人工河，开凿于清朝乾隆时期的清漪园。相比于万寿山前山的恢宏肃穆以及昆明湖的开阔浩瀚，蜿蜒曲折的后溪河，有着别样的景致和野趣。女儿年幼时，最喜欢在后溪河边捉虫和探险，一家三口的游园活动，变成了一场"绿野仙踪"游戏。如今女儿长大成人，一家人少有这样的趣味了，再也没来过这里，今天放慢脚步，感受一下久违的后溪河。

来到半壁桥一侧的平桥上，向北望去，一汪静静的碧水映入眼帘，河岸两侧垂柳依依，后溪河东岸，一条窄窄的崎岖小路掩映在茂密的树林之中。我小心翼翼跳下桥，倾下身体，匍匐前行。溪水缓缓流淌，河岸边的枫树和垂柳弯着腰，向水中伸展着臂膀，低垂的枝叶轻抚着水面，与水中的鱼儿，一起嬉戏摇摆。

　　越过一片密林之后，河道开始向东折弯，渐渐变宽，河边的小路也变得宽阔，一座残破的码头出现在我面前。沿着荒芜的石阶，走上山坡，站在完整的地基遗存之上，环顾四周，空无一人，只有散落的残垣断壁，静静地消磨着时光，令人想起，这里曾经有过一座依山而建的壮美建筑，它有一个美丽的名字——绮望轩。隔岸相望，河的对岸也有一个码头，是看云起时遗址，也只剩下一堆石墩和石板。曾经浩浩荡荡的龙船，畅游昆明湖，遥望西堤和耕织图，穿过半壁桥，进入后溪河，停泊在绮望轩，"行到水穷处，坐看云起时"，多么壮观美丽的景象！绮望轩、看云起时，是后溪河两岸遥相呼应的一组美丽建筑群，也是观赏后溪河的两处最佳观景台，毁于1860年英法联军的战火，此时此刻，只有山还在、水还在，我徘徊不定，心中别样滋味，不堪回望，逃避似地折回万寿山中的御道，疾速向前狂奔，一口气跑到位于后山的松堂。

　　松堂，是山中一片宽阔的庭院，位于万寿山后山的中轴线上，院中古松遮天蔽日。北面的"慈福慧因"牌楼高高耸立，牌楼的北侧，是后溪河上的三孔石桥，昔日苏州街的热闹繁华依稀可见。庭院的南侧，是依山而建的汉藏结合的宏大建筑群，须弥灵境，随山势升高，以西藏地区的一座著名寺院桑耶寺为蓝本而建。相传，佛居住在须弥山，山的周围环绕着咸海，海上的四个方向有四大部洲和八小部洲，四大部洲住着四大天王，八小部洲住着八大金刚。须弥灵境，婆娑世界。

　　毁于战火的绮望轩码头、繁盛一时的苏州街，以及美轮美奂的极乐世界，远古与现代的时空交错，梦幻与遗存的跌宕起伏，在我的眼前，交替呈现，让我在古松环绕的平台上，迷离恍惚。一阵嘈杂的欢闹声，打断了我的思绪，将我拉回到现实之中。从北宫门进园的游客渐多，在松堂前越聚越多，我收拾心情，再次出发，向东沿着御道继续前行，跨过石桥，来到寅辉城关前。城关左临后溪河，右控山谷，正中建有两层歇山顶的城楼。寅辉城关与西部的通云城关遥相呼应，是守卫苏州街的关口堡垒。过了城关，沿着陡峭的石阶下山，我再次折返到后溪河边，相比于华美建筑，我更亲近静谧的溪水。

苏州街东侧的后溪河边，青石铺路，山石围挡，脚踏着石板，我轻松向前小跑。河水缓缓流过一座木桥后，变得顿然开阔。我跨过木桥，来到河的北岸，站在桥边的平台亭上，向南回望，万寿山山麓在蓝天的映衬下格外秀美，平静的河面在这里形成一个圆形的小湖，一座依山傍水的院落呈现在眼前。后溪河南岸的码头之上，抱厦三间，溪烟岚雾的匾额依稀可见，院落两侧山石嶙峋，白色的围墙依着山势层层向上，河边古朴的石栏杆上，几只小鸟跳来跳去，乐哉悠哉。眼前的这座依山而建、高低错落有致的院落，宁静之极！清幽之极！

带着些许猜测，继续沿北岸前行，北侧的山势时高时低，环绕着蜿蜒向东流淌的后溪河。经过颐和园北院门，河水河岸再次变得开阔，紧邻北园墙、筑于高台之上的眺远斋默默伫立。眺远斋，俗称"看会楼"，相传是专为慈禧观看颐和园北墙外一年一度的庙会而建。来到高台上，在廊中漫步，向北望去，曾经香火旺盛的庙会已不复存在，如今高筑的园墙之外，已经发展成一条繁华的街道，街道两侧店铺林立，人流车流井然有序，热闹祥和。

到眺远斋门前，后溪河变窄，从清琴峡流入霁清轩，又经玉琴峡进入谐趣园。走过了一趟曲曲折折的后溪河，我似乎对静静的河水，游兴未了，意犹未尽，经过霁清轩院墙，来到河的南岸，向半壁桥方向折返，带着些许疑问，一路找寻着河边那座宁静清幽的神秘建筑群。

终于再次来到这座院落前，坐在廊下，面朝后溪河，静静北望。蓝天白云之下，河水的波光里倒映着山峦的影子，浸染着草木的青翠。河水的中间，漂浮着几片圆圆的荷叶，鸟儿在林间、在水面上飞舞。待到荷花满池的时节，将是一幅多美的画面！心定神凝之后，沿着高高的院墙，来到院墙边的奇石假山，山石中竟有一个口小肚大的石洞，俯下身去，穿过石洞，沿着洞中的石阶攀爬，顺着一线亮光，小心钻出山石，竟然来到后山的御路上，真是别有洞天，峰回路转！

站在御路上，真真切切地望见这座神秘庭院的正门——澹宁堂，相传是乾隆的御用书斋，取自诸葛亮《诫子书》中的"非澹泊无以明志，非宁静无以致远。"澹宁堂前后两进院落，门前是后山御路，院落后墙紧邻后溪河，院落之外抱厦三间，连接后溪河码头，也就是刚刚在河岸看到的清丽空灵的后墙院落。一面依山，一面临水，依山势南高北低，正面端庄肃穆，背面清丽空灵，风格迥异，险韵绝妙。

这一次健步走，我往返后溪河两岸，重走后山御路，时而攀爬，时而徘徊，时而快跑，时而停步，就像走在自己的人生路上，时而水，时而山，时而高，时而低，峰回路转，柳暗花明，都是生命的常态，须淡然处之，更须坚定地走下去，高山、湖水、险峰、小溪，都是生命中最好的陪伴，须纯善待之。立夏时节，暂且告别春日，在夏日里静默生长，守望金秋。

（2020 年 5 月 5 日）

二、思跑地坛

1. 庙会

扶桑

杨方（晋）

丰翘被长条，绿叶蔽朱华。

因风吐微音，芳气入紫霞。

我心羡此木，愿徙著吾家。

夕得游其下，朝得弄其花。

庙会，源于远古的祭祀活动。北京的庙会历史悠久，在明清时期达到鼎盛。随着时代的发展，庙会的时间和内容发生了很大的变化，祭祀色彩日益淡化，逐渐成为一项必不可少的民俗活动，使老百姓的文化生活变得更加丰富多彩。地坛春节文化庙会，自 1985 年春节首次举办以来，深受京城百姓的喜爱，每年从大年初一到初五，吸引着越来越多的游客前来，皇城文化、地道京味、民间绝技，雅俗共赏，人潮涌动，成为老百姓的狂欢节。

我家离地坛很近，每逢春节，庙会就在家门口举办，一家人高高兴兴去逛庙会，女儿从小到大，更是看不够，玩不腻，逛一次不成，还要去两次、三次。如今，女儿在国外读书，学校的开学季恰逢中国传统节日春节，在忙于学业的同时，对家的思念倍增，对年味的期待更浓，早早催促着我，"妈妈替我去逛一逛庙会吧。"为了了却女儿的心愿，我提前安排好时间，在春节前夕，计划着每天清晨到地坛，在跑步锻炼的同时，用手机拍下影像，发送给女儿，让她在异国他乡，能够提前感受节日的气氛，看到庙会的准备过程。

即将开启的 2020 新年，将迎来"双闰年"和"双春年"，也就是说，春节过后，庚子鼠年，有两个立春节气，是难得的好年景；又恰逢公历有一个闰月，农历有一个闰月，是十分具有对称美的一年，人们对新的一年充满美好的憧憬。地坛公园里，提前一个月就开始布展，我每天在园中晨跑，边跑边拍，红红火火的庙会在紧锣密鼓地准备着，祈福纳祥的活动即将到来。

地坛地势开阔，方方正正，主干道空旷通达，园区布置规整，举办庙会有着得天独厚的条件。庙会的展览和摊位主要布置在东西南北的主干道和次干道的两旁，迎新春的大红灯笼挂起来了，五颜六色的展板竖起来了，大大小小的摊位摆起来了。布置庙会的、整理摊位的、清扫路面的、看热闹的……人人脸上带着笑，眼里发着光，大家期待着一场饕餮盛宴的到来。

盛世古坛的仿清祭地表演是历届庙会的保留节目，是最受欢迎的活动之一。明清两代祭祀"皇地祇神"，有着复杂的祭礼记、严格的祭祀议程，祭祀乐舞和陈设也很讲究，如今的仿清祭地表演，再现了清朝宫廷祭祀礼仪，在悠扬的中和韶乐声中，文武百官列队前行，侍卫依仗簇拥，百余人的表演队，从斋宫出发，沿着御道，缓缓来到方泽坛之上，身着盛装的"乾隆皇帝"在祭祀官的口令下，行三拜九叩礼，感恩大地的厚德载物，祈祷来年的风调雨顺。方泽坛是仿清祭地表演的主会场，人山人海，男女老少围在祭坛的四周，恭敬地观看纪念活动，共同期盼祖国繁荣昌盛，国泰民安。我环绕着矮矮的红墙，一圈又一圈地慢跑，东西南北的石门上，红红的春联挂起来了。顺着石门的门缝向坛里张望，祭坛周围五颜六色的彩旗竖起来了，工人师傅们正在紧张忙碌着，离古乐悠扬、旗幡辉映的庄严仪式越来越近了。

神库前南北走向的主干道上，新北京地标的影像展已经崭新亮相。在高高竖起的展板前，我停下脚步，仔细观看。京城十六个区的地标景观，西城区北京坊、朝阳区奥林匹克公园、朝阳区亚洲金融大厦、石景山区新首钢园区、通州区三庙一塔……巨幅照片，令人震撼。这些北京城市新地标，是千万市民踊跃参与，通过网上投票海选出来的自家门口的美丽景观。我停下了脚步，仔细端详着一张张照片，找寻着曾经的记忆，感叹万千。时间过得真快，北京的许多老旧街区，变得越来越好、越来越美，老地方、新景观，一定要抽时间去逛一逛、看一看。每年庙会的影像展，总会引来无数市民前来观看，展板前围得水泄不通。大爷大妈们边看边交流国家大事、家长里短，说着自己家门前的事儿，论着北京的礼儿。每年在辞旧迎新的时刻，欣赏京城瞬间，品味往昔今朝，是多么美好的享受。

地坛庙会，除了好看的、好玩的，当然不能缺少好吃的。过年了，北京小吃，各地风味，纷纷呈现。春节佳期，从大年初一到初五，亲人团聚，吃着传统美食，才有真正的年味。庙会的一个个摊位和展位已经布置停当，我找寻着庙会里的风味小吃街，正宗的北京名小吃，八宝茶汤、冰糖葫芦、爆肚、炒肝……还有天南海北的美味，天津狗不理包子、四川的麻辣烫、贵州的酸辣粉……与往年庙会不同的是，商家们在保证食品原汁原味的基础上，增加了便携小吃、小包装食品，不仅方便游人现场品尝，又方便大家把年味带回家，确保庙会环境更卫生、更整洁。望着各式各样极具诱惑力的招牌，我忍不住流口水，期待着庙会正式开始的日子。

然而，突如其来的新冠肺炎疫情席卷全国。1月24日清晨，我像往常一样，来到地坛南门，准备进园跑步。走到园门口，大门紧闭，门口竖立的公告牌上写着："北京市文化和旅游局23日发布，为全力做好疫情防控工作，减少人员聚集，即日起，北京市取消包括庙会在内的大型活动。提醒广大市民，加强疫情防范意识，出行要做好个人防护。"大门两侧，驱邪镇妖的巨幅门神装饰板，被工人师傅们一一拆除；专门为庙会搭建的"吉祥如意"高大牌楼，正在被吊车陆续卸下；拎着大包小包的庙会参展商们急匆匆地走出公园。在清冷的早晨，支离破碎的声音格外刺耳，人们的表情变得格外凝重。

这个春节，很难忘，不拜年、不串门、不聚会，老老实实待在家中度过。过了四天，宅在家中实在难受，天刚刚亮，寒风中闪烁着摇曳的微光，我戴上口罩，把自己捂得严严实实，走出家门，抱着试一试的心态，看看地坛是否开门，心中十分期待可以到园中跑一跑，透一透气，舒缓一下紧绷着的神经。来到公园南门口，红红的两扇大门静静地开着，门口的地面上，已经清晰地画出了一米线，提示游人保持距离，有序入园。验票员由一人增加到两个人，戴着口罩和手套，不时做着消杀，我默默地接受体温检测，验票入园。

进入园中，寂静无声，不多的游人，影影绰绰，远远相互望见，彼此很快避离开来。昔日里，打羽毛球的男女、围成一圈聊天的大爷们、排着整齐的队列跳舞的阿姨们，都不见了。在园中的各个景点、主要道路上竖立的提示牌格外醒目，上面写着："为全力做好新型冠状病毒感染的肺炎疫情防控工作，同时为了您和他人的健康，园内活动不扎堆、不聚集、不集中锻炼身体。望理解配合，祝游园愉快！"方泽坛西北侧的小广场上，咕咕叫的鸽群也不见了，几只小麻雀占据了主场，叽叽喳喳的叫声格外响亮。两辆载重大货车，停在道路中间，将原本要拉开帷幕的热热闹闹的庙会，拆散，截肢，分装，拉走。

望着眼前的一切，我的心情十分沉重，脸上捂着的厚厚口罩，越发让我喘不过气来，我想跑，却跑不动，我想走，却挪不动脚步。灰暗的天空下，柏树、杨树、银杏树上挂着的一串串灯笼，在西北风中摇曳着，照耀着越来越空荡的地坛，让我觉得它越来越陌生，甚至不忍心多看它一眼，我逃也似地离开了园子。

（2020 年 1 月 28 日）

2. 古柏

赠从弟·其二
刘桢（东汉末年）

亭亭山上松，瑟瑟谷中风。
风声一何盛，松枝一何劲！
冰霜正惨凄，终岁常端正。
岂不罹凝寒？松柏有本性。

　　地坛，临近北京城的北二环，与二环内的雍和宫、孔庙隔河相望，地处北京城的繁华街市。园外，人流车流穿梭不息；园内，红墙坛庙清幽静谧。每次来到园中，或漫步，或奔跑，或在神庙前伫立，或在路旁长椅上小憩，总能让我远离喧嚣尘世，变得安详平和。比起紫禁城的巍峨壮观，地坛显得自然亲切，体量不大，院落不多，红墙不高，既有帝王祭祀的庄严神秘，又有大地的苍茫质朴，园中广植的柏树和松树四季常青，与红墙坛庙相互映衬，使整个公园尽显空灵肃穆。

　　地坛的柏树最多，方泽坛周围的古柏群落，神库附近的柏树林，还有斋宫、神马圈附近散落的松树，成就了地坛最独特的颜色。每天在园中奔跑，与柏树相遇相识，是一种缘分，更是一种默契。曾经登顶高山，望见过伫立万峰之上的迎客松，赞叹其巍峨壮美的同时，却也明白，我只是一个匆匆过客；也曾到过远离城市的庙宇，看到过与端庄肃穆的佛像一直相伴的松柏，感叹其仙风道骨的同时，却也明白，我只是一个凡夫俗子，因为在我心中，它们都与我相隔遥远。然而，地坛的柏树，与我保持着不远不近的距离，既可以仰望，也可以亲近，让我在喧闹中，聆听他的静默；在雾霾中，吸吮他的清凉；在茫茫尘世之中，变得冷静而淡定。

方泽坛周围有上百株的古柏，都有着上百年的树龄。古柏的树干粗壮挺拔，直冲云霄，斑驳的树干上，留下一道道细细的皱纹，见证着日月轮回。间或有几棵粗大的树桩上，缠绕着凌霄花藤，藤绕着干，干依着藤，巍然挺立，静静地守护着红墙环绕的祭坛，任由时光流逝。站在古柏林中，顺着斑驳的树干，仰头向天空望去，一个个葱茏的树冠，繁茂的枝叶，你连着我，我攀着你，织成一张绿色的帐幔，苍翠弥天，太阳的光亮透过点点缝隙，透射下来，洒下斑驳的光影，带走曾经与过往。

　　在方泽坛的西南角、西北角以及南棂星门外东侧，有三棵"将军"级古柏，树龄超过四百年，分别被后人尊称为"老将军"、"独臂将军"和"大将军"。虽饱经风霜雨雪，依然老当益壮，舒展着青枝绿叶。在风和日丽的天气里，老人们喜欢在古树下晨练，面对着古树，抬抬臂、捶捶腿、伸伸腰，他们的动作虽然有些吃力迟缓，一招一式却很是认真，吐纳呼吸，舒缓平和，仿佛在与古树进行着一场"穿越时空"的对话。老人们常说，这些古树是神树，在树下说话声音要小一些，对他们要有虔诚和敬畏之心。

　　在园中奔跑的次数多了，我渐渐发现，古树上挂着各色各样的小牌子，于是，常常在跑步之后，一边做着拉伸放松，一边仔细地辨识着这些小牌子。每一棵古柏上挂有一个红色和一个蓝色的方形小牌子，分别清晰地标示着树龄在三百年以上的明朝古树和树龄在二百年的清朝古树。在方形小牌子下，还有一个树叶形状的绿色牌子，标示着领养人的姓名和领养期限。地坛树木认养活动已经开展多年，经过园林师傅们的精心养护和老百姓们的爱心捐资，园子中的古柏树得到了有效保护，长势良好。不仅是古树，园中的槐树、杨树和银杏树上，也挂上了领养人的铭牌。来园子的人，爱园子里的古树，爱园子里的一花一草，爱园子里的一切，就像爱自己的家园一样，精心呵护着这个古老又年轻的园子。地坛里的参天古树、绿地苗圃、药用植物，将昔日的皇家坛庙衬托得愈加壮美。

　　柏树不惧严寒酷暑，枝叶婆娑，四季常绿，成就了地坛特有的绿色。看似平凡普通的柏树，在不同季节里，呈现出不一样的绿色底蕴。春天，它默默生发着葱绿，映衬着五颜六色的鲜花；夏天，它悄悄浸染着墨绿，撒下一片片阴凉；秋天，黄绿的鳞状叶子间，挂着一个个碧玉般的球果；冬天，它的苍绿昭示着生命的不屈与坚韧。曾经在深秋时节，在古柏林中，见到一位老人在捡拾着古柏树上落下的果实。老人对我说："柏树全身上下都是宝。"柏树的芳香，清热解毒、燥湿杀虫；柏叶，轻身益气、去湿生肌；柏子仁，养心安神、润肠通便。柏树，因广栽于寺庙之中，让它蒙上过多的神秘色彩，在老百姓心中，柏树是百木之长、长寿之树。

2020年的春节，假期格外漫长，天气格外阴冷，少了游人的地坛，格外安静，西风吹过，柏树上掉落下一个个柏子果实，落在空无一人的道路上，似乎能够听到果实落到地上的声音。几只小麻雀叽叽喳喳地飞来飞去，打破了园中的安静，它们时而飞上树梢歌唱，时而飞落在路上，悠闲地捉食着树上落下的柏子仁。我每天跑进地坛，看到了绿色，就看到了生命的希望。在祭坛的红墙外，我慢跑着，一圈又一圈，密密实实的古柏林，静静地环绕着我；在宽阔的主干道上，我飞奔着，来来回回，路旁的柏树直直伫立，远远地护卫着我：在窄窄的小路中穿行，低矮的柏树枝叶，随风摇曳，轻轻地抚慰着我。

古柏的宁静伫立，让我奔跑的脚步，变得踏实均匀，不再惶恐慌张；古柏的清香，让我的呼吸，变得均匀舒畅，不再急促紊乱。在天地之间，我仿佛在与其他生命一起奔跑，与柏树一起，在战严寒、抗风雪，他们经受住了考验，我也能经受住考验。在静谧的树林中，我默默祈祷着，病毒可能侵蚀人的躯体，却不能摧垮人的精神。

下雪了，初春的这场雪，纷纷扬扬，下得格外大，从早到晚，下得格外长。我穿着厚厚的棉衣，捂着厚厚的帽子，戴着严严实实的口罩，像往常一样，来到地坛。寂静的公园，变成了一个银色的世界，雪中的柏树，银装素裹，别样的美丽，一片片叶子像一只只伸开的手掌，捧起漫天飘落的雪花。雪越下越大，叶子上的雪越落越厚，枝杈用力地托举起叶子，一个个毛绒绒的雪球挂在树梢上，晶莹洁白。一阵风刮过，树枝颤一颤，雪球从树梢簌簌地落下来，轻盈飘去，无声无息，不一会儿，消失得无影无踪。

在茫茫飞雪中，我奔跑着，雪花落在了我的肩上、头上、脸上，轻轻的，凉凉的；我精神振奋，步伐有力，脚踏在厚厚的雪地上，发出咯吱咯吱的声音，留下一个又一个脚印。雪停了，太阳出来了，整个祭坛银纱素裹，红墙之上的黄色琉璃，落满了晶莹的雪花，瓦映衬着雪，雪滋润着瓦，金黄亮丽，我听到了大地的召唤，看到了生命的希望。

（2020 年 2 月 5 日）

3. 方泽坛

赏牡丹

刘禹锡（唐）

庭前芍药妖无格，
池上芙蕖净少情。
唯有牡丹真国色，
花开时节动京城。

北京有九坛八庙，是明清时期留下来的历史建筑，"九坛"有天坛、地坛、朝日坛、夕月坛、社稷坛、先农坛、祈谷坛、太岁坛、先蚕坛。"八庙"指太庙、文庙、历代帝王庙、奉先殿、传心殿、寿皇殿、雍和宫和堂子。北京的坛庙，源于原始社会的自然崇拜和祖先崇拜，是明清两朝皇帝祭祀典礼的场所，是中国礼乐文化的历史遗存。依照祭祀礼仪和皇权统治的需要，以紫禁城为中心，日坛在东，月坛在西，地坛在北，天坛在南偏东，先农坛在南偏西。昔日皇帝祭祀神灵的地方，虽然饱经风雨岁月，却仍然散发着庄严神秘的魅力，经过多年的修缮保护和绿化改造，这些皇家坛庙，成为各地游客和京城百姓观日月天地的休闲公园。

对我而言，地坛不像一个旅游景点，更像我心中的家园。2020年初春的早晨6点，地坛清扫消杀之后，园门打开了，守门的师傅戴着口罩，拿着测温仪，为进园的人依次测量体温，提醒大家带好口罩，保持安全距离。晨练的人并不多，大家自觉保持着一定的距离，安静有序入园。在春暖乍寒的日子里，每天在地坛里晨跑5千米，似乎能让我找回自己，调整情绪，整理心情，开启一天的宅家在线办公。

园中的主要道路，无论主干道，还是次干道，甚至沿着院墙的小道，正南正北，正东正西，横平竖直，修正得格外平整。路面上铺设道路的灰色方砖，形状相同，大小不同。主干道铺设大方砖，次干道铺设小方砖，无论横铺还是竖摆，都修整得整齐划一、严丝合缝，就连砖与砖之间的缝隙，也如同画出的一条条直线。无论奔跑在园中的任何地方，脚下都是或长或短的笔直道路，即使在密实的柏树林中，顺着灰砖小道，我依然可以清晰地判断出前面的方向。奔跑时，根据路面上方砖的大小，或者砖与砖之间形成的距离，我可以准确地了解我的步幅、步频、配速，与手腕上运动手表的记录相差无几，跑过各种各样的路面，塑胶跑道、柏油路、砂石路，踏在灰色砖路上，很坚实，也很柔软。没有了威严的仪式，没有了热闹的游人，我很享受这种轻松而又精准的奔跑。

"方属地，圆属天，天圆地方。"天坛是圆形的，地坛是方形的。天圆地方，有地才有四方，我们的先人对宇宙自然，有着特别的理解。人在宇宙之中，效法自然，静止稳定，才能与自然和谐相处。地坛公园中的主要建筑，方泽坛、皇祇室、斋宫是方形的；棂星门、北天门、斋宫的门、神马殿的门，也是方形的。在地坛，几乎看不到圆形建筑，方得如此纯粹，如此执着。"不以规矩，不能成方圆。""规矩，方圆之至也。"方，有棱有角，曲直分明。在宅家办公的日子里，每天的地坛跑步，使我悟到了很多关于方正的道理，活动有方，身体力行，五脏自和，才能练就健康的身体和强健的体魄；心中有方，方中有度，恪守底线，才能拥有精神的纯净和安逸。

方泽坛，地坛的中心建筑，中心坛台为上下两层，坛平面为正方形，四周有方形泽渠，故名方泽。两层坛台均由正方形白色石块铺成，外立面是黄琉璃砖，上下坛台由四面的八级台阶相连，方泽坛是方形平面的完美体现。祭坛的四周，环绕着两重正方形的低矮黄瓦红墙，外高内低。四面正中的棂星门，北面为正，3门，东西南各1门，白石筑成，在红墙黄瓦的映衬下，格外清新秀丽。游人稀少，大门紧闭，顺着石门的缝隙，可以望见高高的坛台。低矮的红墙之外，一条整齐的灰砖小路，被高耸的古柏林环绕，漫步或奔跑在小路上，悠然自在。这里不同于故宫威严高耸的宫墙，如果你站在围墙外，跳跳脚，蹦蹦高，或许可以看到红墙之内，天青地黄的壮观景象。

　　方泽坛，明清皇帝祭祀"皇地祇神"之场所，是祭地之坛。在适应自然、谋求繁衍生存的过程中，我们的祖先认为，天、地、日、月具有生命、灵性和神力，他们崇拜自然，希望得到自然的庇护和福祉。茫茫宇宙为天，赖以生存的根基为地。大地，长五谷，育万物，我们的先人对土地充满了敬畏。每年的夏至，祭地，曾经是拜神祭祖最隆重的礼仪。现如今，仿清祭地表演，成为地坛春节文化庙会的重要活动，吸引了很多百姓和游客，也成为我和家人最看重的春节活动之一。

　　站在方泽坛北面的棂星门前，向南望去，围墙内空空荡荡，寂静得让人有些窒息。依稀记得，天气晴好的假日里，女儿最喜欢在这里玩耍，蓝天白云下，空旷的方形广场上，女儿可以撒欢儿地奔跑，笑声是那么响亮清脆。而我，则喜欢漫步而上，站在坛的中心，环望四周，遥想着大地上辽阔平实的山山水水。向南望去，围墙和建筑的层层黄瓦延伸开去，像金色的祥云飘浮在空中。抬头仰望苍穹，浩瀚无垠之中，坛中方丘之上的我，是那么微不足道，就像茫茫大地上的一粒沙砾。

　　方泽坛北侧的广场，向北有一条银杏大道，遥对着地坛的北门，是地坛的中心轴线。昔日天气晴好时，很多游人喜欢来到这里，南望祭坛的庄重，北观银杏树的茂盛，孩子们在方形的广场上撒欢嬉戏，欢乐祥和的假日休闲，似乎就在昨天。然而，今年的冬天格外漫长，春天迟迟未来，园中空无一人，似乎只有我，一个不可思议的跑者。我环绕着方泽坛，一圈又一圈地奔跑着，仿佛看到了，长长的队伍，庄严的仪式，叩拜大地，焚香祈祷。

跑过方泽坛前的中心广场，一位老人在这里散步，每天早上我们在这里相遇，他走路，我跑步。他时而闭目站立，时而低头踱步。他戴着口罩，我也戴着口罩，我们保持着远远的距离。我看不到他的相貌，想必他也看不清我的面貌，我只记住了，他穿着一件黄色的套头保暖衣，因为在灰暗的清晨，他黄色的衣服格外醒目。

（2020 年 2 月 20 日）

4. 中医药文化养生园

决明花

顾同应（明）

个个金钱亚翠叶，
摘食全胜苦茗芽。
欲教细书宜老眼，
窗前故种决明花。

在难忘的初春，病毒肆虐，为了保护好自己，也为了他人安全，我每天尽量减少外出，居家办公，为数不多的短时间出门，地坛跑步，成为每天早上固定的活动。

清晨入园的游人很少，但是入口处的工作人员测温、验健康码、检票，样样不能少，提醒戴好口罩、保持距离，一丝不苟。园中的保洁师傅们像往常一样，照例做着卫生清扫，枯枝树叶及时被清理，空空荡荡的园子显得格外干净整洁。完成保洁工作的两位师傅，在方泽坛前的中心广场上，拍一拍身上的尘土，整理一下工帽，抬头挺胸，保持着脸上的微笑，用手机相互拍照，然后各自拿起手机，将照片发出去，高声说着我听不懂的方言，但我明白，他们在向远方的亲人，发送着健康平安的消息。

　　每天来到地坛，仅有的几个晨练的人，彼此保持着一定的距离，没有任何的交流，但是每天远远地望见对方，似乎又是熟人。一位跑步的年轻人，穿着单薄的运动衫，跑得飞快，我们在园中一次又一次相遇，他一次次嗖嗖地从我身边闪过，健硕的身材，优美的跑姿，让我羡慕。如果没有疫情，我想，我可能会与他切磋一下，你追我赶地跑上一段路。一位大妈，瘦瘦小小，脚步轻快，每天在主干道上遛弯，来来回回，走上好多趟，偶尔与迎面走过来的另一位大妈，老远打着招呼，"来了？""来了！"如果没有疫情，我想，两位老人可能会走在一起，热情地唠着家常里短。

　　地坛虽然离家很近，我却一直将它忽略，仅有的几次游园，我只是一个走马看花的路人。疫情之下，给了我一次自省的机会，让我重新审视生命的价值和意义，让我用更多的时间，爱护身边的一切，家人、朋友，还有周围的一草一木。因为疫情，我独自一人，在地坛奔跑，没有朋友，没有熟人，跑步之余，我停下脚步，慢慢找寻，我曾经错过的一草一木。

　　在地坛的东西主干道上，距离东天门约几十米的郁郁葱葱的柏树间，掩映着一个古朴的深褐色牌楼，正面额题"中医药文化养生园"。这里原来是一片牡丹园，十年前改造成中医药文化养生园，每到春季，百草萌动，百花盛开，中医药健康文化节在地坛举行，吸引许多京城百姓前来。十年时间里，我错过了这个园中园，更错过了一次次中医药文化的科普活动。

　　寒意正浓，养生园里，松柏冷绿，草木枯萎。园内的导引图，清晰明了，小路旁、花坛边、草丛中，处处可见养生歌谣、穴位示意、经络图解、节气谚语，图文并茂，简单实用。一景一韵，水路陆路，处处体现了中医药保健养生的精华。每一次的园中漫步，都是一次中医药知识的学习、传统文化的洗礼。按照中医药理论，养生贯穿一生，重在生活化，贵在持之以恒。

养生园面积不大，但是规划精巧、设计简约，整个园区按照人体的五脏，分成肺金区、心火区、肾水区、肝木区、脾土区五个区，园中的流水和道路，化作人体的经脉经络，连接起五个分区，养生园的布局就像一个完整的生命体。东、南、西、北、中，青、赤、黄、白、黑，金、木、水、火、土，自然界的五方、五色、五行，彰显着天人合一的宇宙观，提倡顺应四时的生命观，充满了中国人的生命智慧和哲学思想。

经过中医药文化养生园的牌楼，向北进入园中，眼前一下子变得开阔，迎面是一幅巨大的石雕抽象壁画，乳白色的石雕中，镶嵌着阴阳太极图，壁画的右侧写着：精气神和合。传统中医认为，精、气、神，乃人之三宝，精为先天之根本，气为生命之源泉，神为精充气足之体现。一个人要健康长寿，精气神和合是关键。

巨型壁画向西是肺金区。按照中医说法，肺为相傅之官，司呼吸，主治节。养肺之要，重在养气。空气清新，草木葱郁，深纳缓吐，健体调息。肺为娇脏，寒热当忌，避于贼风，慎于起居。一条健康步道弯弯曲曲地通向调息广场和导引广场，步道上铺设有一个个凸起的光滑圆润小石头，可以按摩足底穴位和反射区，调节脏腑，强身健体。在调息广场上，有六个调息打坐台，可以打坐练习静功，是进行呼吸吐纳的绝佳场地。在导引广场上，按照动作图示牌，可以配合呼吸吐纳，由意念导引动作，进行身体锻炼。每次经过这里，我认真按照指示说明，呼吸吐纳，导引动作，虽然只是浅尝辄止，但是虔诚地希望，自己的肺能够更加健康，可以更好地抗御病毒。

从肺金区向北，经过牡丹园，来到脾土区。作为人体五脏之一的脾，是人体整个食物代谢过程中的中心环节，也是维持人体生命活动的机能中心。脾土区，是园中园的中心，下沉式圆型的养生广场周围，装饰有二十四节气的主题地雕，均匀放置着立春、立夏、立秋、立冬的四个圆形石墩，石雕上有精美花纹和节气谚语，按照节气，食五谷、品百草，才是节气和养生的最佳搭配。我常常环绕着广场，转了一圈又一圈，欣赏着花卉和人物的雕刻，一字一句地读着上面的谚语，节气物候，万物之美。站在广场中心，我抬起头，望着天空，我相信，凛冬疫情终将过去，春天即将到来，生命的节律与自然的脉动，才是永恒的天地规律。

继续向北，经过望坛亭，跨过小木桥，来到肾水区。顺着假山石，攀岩而上，山上的平台上，依靠着北侧的山石矗立着孙思邈的石像。"药王"仪态安详，手持药书，正在专心制药，书案上摆放着他撰写的《千金要方》和《千金翼方》，身旁放置着制药的工具，捣罐、碾压槽、葫芦。我怀着崇敬之情，伫立在药王的石像前，心中默念着，祈祷身处疫情中的人们可以平安。

沿着小路向东走下假山，来到肝木区。"顺四时而适寒暑，和喜怒而安居处"，悦和苑院门上的这副对联，讲述着朴素的养生道理。跨入小院，中心的空地上是一片草药圃，泛着绿的小苗不知道是什么药用植物，待到春暖花开时，我一定要再来这里，辨识草药，药食同源，营养又健康，养生又治病。养生长廊中，只有一位老人坐在角落里，忧郁地吹着长号，乐音低沉。漫步廊中，华佗、扁鹊、张仲景、李时珍，古代四大名医的雕像静静伫立，八段锦、五禽戏、拔罐、刮痧，栩栩如生，惟妙惟肖；望、闻、问、切，标本同治，阴阳中和；一碗药汤，一根银针，中医瑰宝，代代相传。我仔细地看，静静地学，养生之法，生生之道！

出了长廊，经过月亮门，走出小院，向南沿着蜿蜒小道，来到养生园的南部，心火区。据《黄帝内经》记载："心者，君主之官也，神明出焉。"可见心脏地位的重要性，它具有主导和协调全身脏腑功能的作用，而且人的聪明智慧由心而来。如今，瑟瑟寒风中，心火区空无一人，致和廊中，吹拉弹唱的人们不见了，涌泉广场上，练习书法的老人也不见了，一条溪流从一块象征"心脏"的景石流过，我仿佛听见了灵动的叮咚声，那是心脏跳动的声音。"一生二，二生三，三生万物"，疫病终将过去，祥和安宁的日子必将回来。

沿着蜿蜒小道，再次返回到养生园的入口，站在宽阔的东西主干道上，这时候，太阳升起来了，照在我的身上，暖洋洋的，我抬起头，挺起胸，迈大步，走出了地坛的东天门。

（2020 年 2 月 25 日）

5. 斋宫

米囊花

杨万里（宋）

鸟语蜂喧蝶亦忙，
争传天诏诏花王。
东皇羽卫无供给，
探借春风十日粮。

斋宫，在地坛的西部，靠近西天门，坐西朝东，是地坛中除方泽坛之外，占地面积最大的建筑。斋宫整体呈一个平面正方形，有正殿和南北配殿三殿组成，四周筑起的高高红墙已经有些斑驳，留下沧桑岁月的痕迹，高墙之上绿色的琉璃瓦顶，在春暖乍寒的阳光下，泛着光泽，格外鲜亮。斋宫附近的主路笔直宽阔，我每天晨跑都要经过这里。偶尔，主路上行人较多，为了保持安全距离，避免聚集，我老远避让开来，环绕着斋宫，在围墙之外的小路上奔跑。

斋宫始建于 1530 年，重建于 1730 年，是明清皇帝祭地时斋宿的场所，顺治、康熙、雍正、乾隆、嘉庆等多位皇帝曾在此斋宿。古代先民认为，天地哺育众生，是最高的神灵，他们通过祭拜天地，表达对天地的敬畏和感恩，与天地进行交流对话。自古以来就有"敬天地法祖"的仪式，各个朝代将祭祀天地作为国家大典，冬至祭天，夏至祭地。斋宫在规制上低于祭坛，建在了祭坛的下方位，整组建筑采用绿色的琉璃瓦，以表示对神灵的恭敬。

洗心曰"斋"，防患曰"戒"。按照中国古代礼制，祭祀有严格繁重的仪式，祭祀前人们要行祭祀礼。祭祀之前，皇帝要提前三天来到斋宫，斋戒沐浴，清正洁身，以示对神灵的虔诚和尊敬，是皇家祭祀活动的一项重要议程。明朝和清朝前期，祭祀天地和斋戒均在宫外进行，清雍正时期为确保平安，将祭祀天地之前的斋戒仪式改在了紫禁城内。因此，在北京天坛，有斋宫；在地坛，有斋宫；在紫禁城里，也有斋宫。建筑形式虽然有所变化，但是庄重低调、幽雅清净，确实是各处斋宫的共同特点。

曾经的皇家斋戒之所，如今是弘扬中国传统文化的教育基地，特别是在春节期间，举办中国传统民俗文化讲座，民俗学者、民间艺术家、京城老艺人为百姓们讲述各种民俗和年俗，春节与福文化、北京曲艺、民间艺术等，从初一到初五，每天一个话题，天天不重样，节目丰富多彩，有精彩讲解、生动表演，还有参与体验，我们一家人很喜欢前来观看，不曾错过这里的每一场活动。女儿喜欢听孟凡贵老师说相声，乐得前仰后合；我喜欢听刘一达老师讲授京味文化，了解老北京的情怀和记忆；先生则喜欢向方彪老师请教茶艺，静心品茗，一家人在地坛里度过了一个个充满年味的春节。今年春节的民俗活动取消了，一年中最难得的文化大餐搁浅了。

斋宫正门前有一个小广场，在阳光普照的日子里，一群阿姨穿着鲜艳的民族服装，围成一个圆圈，跳着欢乐的藏族舞蹈，悠扬的音乐，优美的舞姿，总是吸引许多游人驻足观看，一些围观的叔叔们，受到欢乐气氛的感染，不时加入其中，模仿着阿姨们的一举一动，动作虽有些生疏笨拙，参与的积极性却很是高涨。绚丽的衣裙、灿烂的笑脸、舞动的身影，一片祥和热闹的景象，在我眼前重现。如今，欢乐的人群散了，悠扬的音乐声没了，空寂的小广场似乎在等待着什么。

小广场两侧的杨树林，褪去了油绿叶子，尽显高大挺拔，细长的树干直插云霄。每天清晨，我都能远远望见，林中的一个黑衣练功人，匆匆从斋宫门前跑过，我搞不清楚他在练习哪种武术、属于哪家门派，但是他一定是个武功高强之人。因为他的一招一式，带着风、闪着光，迸发出无穷力量，仿佛可以让寒风不寒，使孤林不孤。匆匆跑过杨树林，他望我一眼，我看他一眼，默默无语，我感受到他武功的力量，脚步加快，飞奔向前。

斋宫西侧的围墙外，也有一个小广场，相比于正门前的小广场，这里被葱郁的油松和高大的槐树环绕着，肃穆清幽，宛如仙境一般。昔日里，小广场中心的地上，放着一个小小的收音机，收音机里播放着一位老者舒缓而又洪亮的声音："呼入金黄色的正气，呼出灰白色的邪气……"七八个年长的老人，静静地分散站立，随着广播的引导，慢慢地伸臂，缓缓地呼吸。也许是年纪大了，腰弯了，背驼了，他们的动作不整齐，也很迟缓。每次经过这里，我都会放轻脚步，生怕打扰了他们。今晨，唯有几只小麻雀，在老人们曾经站立的地方，寂寞地蹦来蹦去。

环绕斋宫的小路，平直方正，大约是一个正规操场的距离。心烦意乱时，我常常来到这里，围绕着斋宫，跑过一圈又一圈。迈出的脚步，踏在方砖小路上，咚咚直响，有力又坚实。随着稳稳的步子，呼吸更加均匀，心率更加稳定。高高的红墙、高大的杨树、静谧的油松，从我身边掠过，我仿佛觉得，自己变得很伟岸、很强大、很沉稳。

每次跑过斋宫，总是不禁回忆起，热闹欢快的舞蹈、喜庆祥和的春节，还有一家人在一起的幸福美好。如今，皇权早已随着历史的长河而逝去，天地带给我的那份悠长神圣，已经深深地印在我的心中。斋宫依然挺立，"滤心"之所仍在，其敬畏天地、谦恭自警、身心自律之精髓，须平和静思、传扬光大！

（2020 年 2 月 28 日）

6. 腊梅花

山园小梅·其一

林逋（宋）

众芳摇落独暄妍，占尽风情向小园。

疏影横斜水清浅，暗香浮动月黄昏。

霜禽欲下先偷眼，粉蝶如知合断魂。

幸有微吟可相狎，不须檀板共金樽。

地坛西门，是进入地坛的前导，西门外有一座牌楼，朝向繁华热闹的安定门外大街。明清两代皇帝到地坛祭地时，出紫禁城来到安定门外，首先经过牌楼，再进坛门。牌楼也称牌坊，是地坛西门的第一座建筑物，明代始建时称为"泰折街"牌坊，清代雍正年间重建时，改为"广厚街"牌坊，如今的牌楼，于1990年依据清代乾隆时所建式样重新建设，正面中心有"地坛"二字，覆以绿色的琉璃瓦面，彩绘以凤凰和牡丹图案，高大雄伟，是地坛的标志性建筑，也是首都北京的独特景观。

地坛总体布局是坐北朝南，南天门和北天门遥望相对，祭坛位于东西主干道的南侧、地坛的中轴线之上，从南向北依次是皇祇室、方泽坛、银杏大道。皇祇室是明清两代供奉皇地祇神及五岳、五镇、四海、四渎、五陵山神位之所，五岳是指泰山、衡山、嵩山、华山、恒山；五镇，五岳之外的五座镇山，即沂山、会稽山、霍山、吴山、巫闾山；四海包括东海、南海、西海、北海；四渎包括长江、黄河、淮河、济水。华夏名山大川，能够出云雨，润泽万物，它们是大地上所有自然物的神灵，成为我们的先人们崇祀的对象，是中华民族的精神图腾，也为后人留下了具有独特祭祀文化的人文古迹。

地坛东天门与西天门之间的主干道，东西长 500 米，宽 10 米，两侧是排列整齐的高大柏树林，曾是皇帝进入地坛祭祀必经的御道，道路宽阔，视野开阔，简朴空旷。这条御路，是我每天跑步必打卡之路。在肃穆的柏树林护卫之下，我奔跑在坚实的御道上，一次又一次经过神圣的祭坛，四周无人，一片寂静，我咚咚的脚步声在御道上回响。我时而低头注目大地，时而抬头遥望天空，大地如此辽阔，天空如此高远，我与天地是如此地亲密接触。也正是在这条御道上，我越来越真切地体感到温度、湿度、风速对跑步的直接影响。温度低，微风，充分热身之后，跑步很舒服；西北风呼啸，无论逆风还是顺风奔跑，心率剧升，跑速受阻；雾霾天里跑步，眼泪鼻涕直淌，呼吸困难。

　　每天的晨跑，最惬意的是，在宽阔的御道上，从头到脚，沐浴着一身暖阳，徜徉在古朴静雅的画卷里。太阳从东方升起，从东向西，我高高地抬起头，眯着眼睛，慢慢前行，感受着太阳的温度，享受着她的抚摸，心中祈祷着，可以抵御一切看不见、摸不着的病毒！在太阳的神光之中，整个人暴露无遗，我是如此渺小，又是如此通透无碍！每天的御道晨跑，准时遇见的人是清扫御道的一男一女的保洁师傅，他们穿着橘红色的工作服，戴着橘红色的工帽，捂着严严实实的口罩，虽然无法看清楚他们的脸庞，但是两人扫地的姿势，挥扫把的动作，不太一样。遇见的次数多了，我渐渐发现，男师傅，年长一些，扫地又快又好，偶尔，他会停下来，放慢清扫的节奏，一上一下挥动扫把，示范着自己扫地的动作，两人一起并排着扫地，不多时，宽阔的御道就干净整洁了。在寂寞难捱的日子里，他们是地坛御道上最美丽的风景。

　　喜欢在御道上跑步，还有一个美好的期待，是可以闻到梅香。从东向西，或从西向东，无问东西，总能闻到一股股梅花的清香，给阴沉寒冷的早晨带来一丝丝惊喜。初春时分，万物还在萌发，天气多变，时而阴冷，时而雨雪，哪来的梅香呢？我不免有些纳闷，更为奇妙的是，每一次的御道奔跑，闻到的香气浓淡不同，天气越冷，寒风越大，拂面而来的阵阵幽香，越发浓郁。一缕缕的清晨梅香，牵着我的心，绕着我的魂，让我想念，让我回味，吸引着我每天走出家门，跑入地坛，闻一口梅香，顿时神清气爽，脚步更加轻快，心情更加舒畅。

在我的印象之中，地坛柏树成林，哪来的梅树呢？晨跑之后，我放慢脚步，顺着阵阵梅香，找寻着梅树的踪迹。柏树林中，不见梅花的影子；银杏大道上，没有梅花的香气，终于，我寻到了她的踪迹。在御道的北侧、斋宫的东侧，有一个花园，小草刚刚泛绿，树木还未吐芽，清冷荒芜之中，花园中间的两棵蜡梅，像两位仙子一样亭亭玉立，枝条纤长而挺拔，一人多高，光秃秃的枝枝权权上，挂着星星点点的小花儿，我很是惊奇，星星点点的花苞，竟然散发出如此幽远的清香！

梅树的旁边，一位老者架起三脚架，用手转动着相机的镜头，靠近枝条，找寻着最佳角度，对准树枝上的花朵，为花儿拍照。为了拍出最美的光影效果，老人竖起了遮光板。我很是感动，在寒冷的天气里，有如此执着的爱梅人！为了不影响老人拍照，同时保持安全距离，我在梅树旁的小路上停了下来，一边做着跑后放松，一边望着老人拍照。十分钟左右，老人拍摄完毕，老远向我招招手，从腊梅树旁匆匆走开。我们都戴着口罩，但是都为梅花而来，为特殊时期的防护，而彼此保持着距离，但是目光的相遇，我们似乎又有着默契，都是爱梅之人！

我走近两棵梅树，仔细观看，一棵高大，枝条稀疏修长，伸向天空。另一棵粗矮，枝条繁密交错。或粗或细的枝条上，没有树叶，却点缀着点点黄色，冒出一个个花苞，有的像大米粒般，嫩黄的小脸鼓胀胀的，很有质感；有的半开半闭，羞羞答答，清香已经四溢；有的花开了，却开得很矜持，娇黄的花瓣相互依偎着、围拢在一起。望着一朵朵娇美的腊梅花，我不禁把头伸过去，鼻子凑近花朵，想看得更真切，闻得更浓郁，然而，越是紧紧地靠近她、急切地吸闻，却越闻不到香气，腊梅花并不为我所动，反倒是，与花儿保持一定的距离，远远地观赏，静静地呼吸，若有若无的香气，随风飘来，直沁心脾。腊梅花是如此神奇，如此孤傲，独绽百花之先，荡涤尘俗之世，腊梅非梅，梅香非香。

每天晨跑 5 千米之后，我常常会来到花园里，一边放松拉伸，一边赏梅闻梅，每天的香气依然，却似乎有着或多或少的变化。两棵腊梅树的花朵，哪朵未开，哪朵开了，我如数家珍。腊梅花，即使花开久了，花瓣依然围拢在一起，整朵花牢牢地挂在枝头上，没有绿叶的衬托，在乍暖还寒的天气里，朵朵花儿，像一个个小小的金钟，把严寒驱赶，把春天敲响。赏了梅，嗅了香，心儿变得灿烂，精神变得爽朗，匆匆离园，期待着明天的邂逅。天气越来越暖，春天越来越近，树绿了，花开了，两棵梅树也长出了嫩绿的叶子，而干枯的腊梅花依然挂在树上，不争春，不争艳，隐匿于万绿丛中，守护着大地的蓬勃生机。

（2020 年 3 月 3 日）

7. 银杏大道

宣州杂诗二十首·其十三

梅尧臣（宋）

高林似吴鸭，满树蹼铺铺。
结子繁黄李，炮仁莹翠珠。
礼农本草阙，夏禹贡书无。
遂压葡萄贵，秋来遍上都。

地坛有四座天门，分别是东天门、西天门、南天门、北天门，四个门将高高的灰色园墙连接起来，护卫着这座幽静的皇家园林。像园中的其他建筑一样，地坛的四座门都是方形的，其中，东天门、西天门、南天门，建筑规格类似，都是一个大门，双扇门板，现已作为地坛进园验票的入口，北天门的规格最高，为随墙牌楼门形式，开设三个门道，中间的一个门道大，两边的两个门道略小，朱门金钉，尽显皇家气派，门楣上描绘着精致的蓝绿相间的牡丹花图案，寓意富贵平安，成为园中的一道美丽景观。门外是安定祥和的平凡市井，门内是古朴静谧的皇家园林，百姓们进进出出，享受着一次次美妙的穿越之旅。

在北天门外，有一条幽静而平坦的小路，紧临高高的灰色围墙。长长的围墙之上覆盖着宽宽的枣红色房檐，铺设着绿色的琉璃瓦。平日里，我很少从地坛的北门进入，忽略了北天门内外的美丽景致，还有灰色园墙的平和端庄。宅在家里的时间太久了，我常常会郁闷，甚至对很多事情想不通。

我来到高高的园墙下，没有行人光顾，更没有麻雀纷扰，只有慢节奏的脚步声，在高高的灰墙下回荡，我仿佛在运动中与古老的围墙对话。随着咚咚的脚步声，望着高高的灰墙，我一次次发问，虽然我很清楚地知道，这些复杂的问题，也许不能马上就有答案，静默的高墙，也不可能回答我，然而，每次跑过这里，我总是呆呆地依偎着高墙，傻傻地说出我的心里话。灰色的高墙，格外肃穆，稳稳伫立，好像在静静听我说话，没有回答；绿色的琉璃瓦，在灰色的天空映衬下，闪闪发光；我把心中想说的话，一吐为快，整个人轻松了许多，向着北天门，迈开大步，向南飞跑。

从北天门往南，是地坛的中轴线、南北主干道，站在北天门下，向南望去，层层黄色琉璃瓦掩映中的方泽坛，多彩壮丽。长约200米的南北主干道，道路宽阔，两旁是成林的柏树，在道路的中间，中心轴线两侧间隔相同的距离，是两排整齐的银杏树，树上挂着绿色的标牌，写着认养人的姓名和时间。在园林师傅和热心市民的呵护下，银杏树长势旺盛，形成了独具特色的银杏大道，已经成为地坛一道亮丽的风景。

初识银杏树，是我在念高中时，第一次读到郭沫若先生的散文《银杏》。银杏，一般人叫它白果，又叫公孙树。少不更事的我，没见过银杏树，不知道银杏树长什么样子。长在封闭贫苦的小城，对我而言，银杏遥不可及，确实"超然"，超乎我之上。超乎一切的草木之上，是银杏留给我的最初印象。

真正被银杏惊艳到，是十几年之后，在深秋的北京地坛。一片片青绿的扇形叶片，仿佛在一夜之间，被秋风染成了金黄色，随着阵阵风儿吹过，华丽转身，像一只只金色的蝴蝶，漫天飞舞，而后轻轻落下，层层叠叠，满地金黄，绵柔轻弹。银杏大道上，孩子们的欢笑，情侣们的缠绵，老人们的沉思，永远定格在绝美的地坛里。

真正熟悉银杏，是在百草园里，看似平常的银杏树，却是世界上现存最古老的种子植物，最早生长在远古时代，因此，银杏是植物界名副其实的"熊猫宝宝"。银杏雌雄异株，雄株不结果，银杏叶的提取物，能够改善人体血液循环；银杏的果实，营养又美味，是养心益寿的佳果。所以，银杏树是一种具有很高药用价值的植物，是神奇之树。

在清晨的银杏大道上，我慢慢奔跑，来回穿梭，左顾右盼。道路东侧的休闲广场上，不见了抖空竹的大爷；不见了踢毽子的大叔大婶们；在健身器材区，不见了一边健身、一边聊天的人们。空竹的嗡嗡声、毽子的飞舞声和人们的谈笑声，仿佛还在耳边回响，健康快乐的人儿，快快回来吧！

我慢跑着，银杏大道似乎成了我一个人的大道。我抬头向上望着，天格外蓝，格外高远，两旁的银杏树上，光秃秃的，没有了树叶的遮蔽，楔形树冠上的树枝杈，像一只只张开的手臂，向天空奋力伸展。左右两侧的银杏树，在半空中合拢起来，左手拉右手，右手牵左手，充满了力量。蓝天白云之下，奇妙的牵手，温馨浪漫，令人震撼！待到春暖花开时，一片片扇形的绿叶，一定会如期挂满枝头，遮天蔽日的树冠，一定会为游园的行人，洒下一路幸福；待到深秋，飞舞的金蝶，也一定会再次惊艳满园！

"各位游客，你好！游园请勿聚集，请你带好口罩，请勿喂养鸽子，谢谢你的配合。"声音低沉而熟悉，就像家人一样在提醒着你。我扭过头，顺着声音看过去，一辆红色的消防电动车缓缓驶过，车上的喇叭持续重复地播放着提示信息。每天跑步，戴着厚厚的口罩，特别是浑身发热之后，难免偶尔摘下口罩，透透气。地坛的保安师傅开着这辆小型消防车，每天在园子里不间断地巡逻，及时提醒游人，注意疫情防范。

我捂一捂口罩，沿着银杏大道，径直向南，向南天门跑去，两侧的银杏树就像一排排神奇的仪仗，高高的仗幔从我头顶掠过，远处的红墙近了，洁白的棂星门近了，愈来愈清晰，黄色的大地，红色的土地，金黄色的麦浪，在我眼前飘荡……

（2020 年 3 月 13 日）

8. 鸽子

金莲

洪适（宋）

绿衣黄里水苍笭，
朝暮凌波步武齐。
一种清高乐泉石，
移根不肯污涂泥。

清晨，一轮红日升起，灰墙、灰瓦、灰色的四合院、灰色的胡同，与红墙琉璃瓦的故宫相互映衬，沉睡的城市渐渐苏醒，灰与彩的协奏，构成首都北京的独特气质。成群的鸽子从蔚蓝色的天空划过，阵阵鸽哨，时远时近，悦耳动听，唱响老北京城的宁静和闲适。"一日偶出群，盘空恣嬉游。谁借风铃响，朝朝声不休。"鸽子，普普通通的鸟，与人类相依相伴，已经有上千年的历史，它小巧机敏、日飞千里、如期归巢，深受人们的喜爱，人们赋予它很多美好的期许，圣灵的化身、和平的使者、爱情的信物等。

北京人喜欢鸽子，喜欢看它们在天空飞翔，喜欢听悠扬的鸽哨。鸽哨又叫鸽铃，是戴在鸽子尾羽上的小小哨子，在鸽子飞翔时，因哨口受风角度不同，强弱有别，哨音便呈现出高低变化。"红墙黄瓦老皇城，青砖灰瓦四合院，豆汁焦圈钟鼓楼，蓝天白云鸽子哨"是原汁原味北京城的写照，是旧时北京留下的美好记忆，也是独属于北京的声音，然而，随着北京旧城改造和城市发展，飞盘的鸽子，悠扬的鸽哨，变得越来越难觅踪迹。

在松柏掩映的地坛，曾经也有一群鸽子。

神库以北、方泽坛西侧的小广场上，几百只鸽子起起落落，咕咕作响，这里是鸽群的落脚点，也是孩子们的乐园。鸽群清晨飞来，夕阳时分飞走，时而盘旋，时而落下。天空中似乎有一条无形的飞行轨迹，鸽群扑棱棱一起飞向天空，顺着固定的轨迹，不偏不倚，几乎在一分钟之内，完成一次空中飞行，呼啦啦一起落下，回到小广场，一只接一只，轻盈地落在地面上，好像它们才是这里的主人，而游园的人们，只是匆匆过客。

落在地上的鸽子不怕人，骄傲地昂着头，悠闲地踱着步，不时低下头，找食儿吃。天气晴好时，许多家长们带着孩子，来到这里喂鸽子。小广场旁边的小卖部有专门的鸽食售卖，在节假日里，更是热闹非凡，小朋友们与鸽群近距离接触，玩得很开心。有的小朋友伸出小手，高兴地任由鸽子啄食手上的鸽食；有的小朋友迈开步子，蹦蹦跳跳，与鸽子追逐嬉戏；有的小朋友蹲下身子，与安静乖巧的鸽子，对望着，相互打着招呼。欢声笑语与咕咕鸽声，为庄严肃穆的坛庙，增添了不少温馨和欢乐。

偶尔路过这里，来到欢乐的孩子们中间，也变身为一个快乐的大孩子，仔细端详着一只只鸽子，它们的个头都不大，浑身的羽毛颜色很相近，全身灰色或褐色，间或两种颜色混杂，羽翼上偶尔有白色的斑点。我在鸽群中徘徊，想找到那个发号施令、引领鸽群飞上飞下的首领，但是，要找到一只长得出众的、格外健壮的鸽子，似乎很难，或许，在它们之中，根本就没有所谓的首领，共同拥有的是，爱蓝天、爱飞翔的天性，群体的默契，使得它们如此整齐地飞上蓝天，落在地坛。一位老人说，鸽子是雍和宫里的喇嘛饲养的。

雍和宫，位于北京城的东北角，与地坛遥遥相望。清朝康熙皇帝曾在此建造府邸，赐予四子雍亲王，也就是后来的雍正皇帝。他于雍正三年改王府为行宫，称为雍和宫。乾隆十三年，雍和宫改为喇嘛庙。因雍和宫先后出了两位皇帝，被称为"龙潜福地"，红墙黄瓦，与紫禁城一样的规格，如今，它成为繁华的北京城里规模最大、保存完好的藏传佛教寺院。地坛的鸽子是否来自雍和宫，无从考证。然而，北京人爱鸽子、养鸽子，由来已久，可以追溯到明清两朝，就像胡同里的四合院一样，飞翔的鸽群，是古都北京留下的独特市井民风。

然而，2020年的春天很特别，地坛也很特别。随着春节文化庙会的取消，园子里边空荡荡的，好像只剩下我一个人。我跑过小广场，孩子们的欢笑没了，售卖鸽食的店铺关了，鸽子比以前少了很多，纷纷低着头，慌慌张张地四处冲撞，乱做一团，咕咕的叫声乱了许多，嘈嘈杂杂。在小广场的四周，竖起了很多告示牌，上面写着："为了全力做好新型冠状病毒疫情防控工作，同时为了你和他人的健康，请勿投喂鸽子，望理解配合，祝游园愉快！"

可怕的病毒让人与人的距离疏远了，人与动物之间被迫隔离了。我按照告示牌的提示，跑在园子中，不自觉地绕开了稀稀落落的鸽子，唯恐惊扰了它们，又担心它们袭扰我。我们应该如何与动物和谐相处？相信不久之后，生物学家和病毒专家会告诉我们答案，人类也将揭开病毒之谜，我坚信，和平、和谐、平安相处，应该是人与动物、人与自然之间，永恒的相处之道。

又过了几天，在地坛慢跑，小广场上没了成群聚集的鸽子，在奔跑过程中，经过园中的大小道路，我期待看到或飞或停的鸽子，听到它们咕咕的叫声，但是，园中的鸽子越来越少，我越来越失望，甚至有些生气，看到在园中巡视的保安师傅，我问："原来那么多鸽子飞到哪里去啦？是不是你们把它们关起来了？是不是可以定时把它们放出来？"师傅不停地摇头，连连解释说，鸽子不是公园喂养的，是从天上飞过来的，由于疫情才停止售卖鸽食，劝导游人不要投喂鸽子，所以鸽子才会越来越少。我恍然大悟，有些愧疚，错怪了保安师傅。

接下来的几天晨跑，我一边奔跑一边寻觅着鸽子的影子，渐渐发现，哪里松柏多，哪里就可能会看到一两只寂寞的鸽子，园中密密实实的柏树和松树上的果实，随风落在地上，果壳干裂，果仁随地散落，成为它们冬日里难得的食物。经过斋宫附近的油松林，我听到了鸟叫，一阵阵叽叽喳喳的尖叫声盖过弱弱的咕咕声，顺着声音望过去，在油松林的地面上，三只小麻雀和一只鸽子在争抢着油松树上掉下的松果。看着眼前的一切，我感到有些无奈，有些凄凉，惟愿鸽群早日飞回来，孩子们的笑声也早日回荡在地坛。

（2020 年 3 月 20 日）

9. 钟楼

题菊花
黄巢（唐）

飒飒西风满院栽，
蕊寒香冷蝶难来。
他年我若为青帝，
报与桃花一处开。

北京的中轴线，南起永定门，北至钟鼓楼，是北京老城的脊梁。北京故事的鲜活变迁，从中轴线延伸开来。位于中轴线最北端的钟鼓楼，记录着日升月落、四季更迭，见证着百姓的生活起居、平常岁月。钟鼓声声，回荡着我们的乡愁，那是不能忘却的记忆。

在我国古代城市中，钟鼓楼是专门用于报时的建筑，位于城市的中心地带，钟楼在东，鼓楼在西，左右相望，如西安的钟鼓楼，南京的钟鼓楼。而建于北京中轴线的钟鼓楼，从南向北，鼓楼在南，钟楼在北，相距百米，南北相望，前所未有。在元、明、清时期，钟表发明之前，钟鼓楼是北京城的报时中心，击鼓定更，撞钟报时，与老百姓的日常生活密切相关。钟楼，高近50米，重檐歇山顶，覆黑琉璃瓦，绿琉璃剪边，是一座全砖石结构的大型单体古代建筑，整个建筑充分体现了共鸣、扩音和传声的功能。在钟楼二层陈列的报时铜钟，铸造于明永乐年间，钟身全部用青铜铸成，重达60吨，堪称"古钟之王"。关于这口大铜钟的铸造，有一个动人的传说。

相传，钟楼内原有一口不大的铁钟，皇帝召集天下的能工巧匠来到京城，下令铸一口更大的铜钟，可是一连三年都没铸成，皇帝一怒之下，斩了监管铸钟的官员，并下令80天内铸成大钟，否则将所有的工匠全部斩首。时间一天天过去，负责铸钟的华严师傅愁眉不展，华严师傅的女儿华仙姑娘见父亲茶饭不思，夜不能寐，很是心疼。她对父亲说，铸钟那天，带我去吧，我有办法！

铸钟的日子到了，全体工匠都到齐了，可是炉温还是上不去，眼看最后一炉铜水又要失败，大家心急如焚，就在这个时候，华仙姑娘推开众人，纵身一跃，跳进了炉内，顿时炉火升腾，铜水翻腾。华严师傅忍着悲痛下令，铸钟！工匠们一起努力，铜钟终于铸成了。不久，皇帝出巡，走在很远的地方，都能听到钟楼上悠扬的钟声，声震百里，犹如天籁。于是，皇帝下令封华仙姑娘为铸钟娘娘，后来，百姓们在铸钟厂旁边，建了一座铸钟娘娘庙，来纪念这位舍身救父的华仙姑娘。如今，遗存还在，背后的故事，不能淡忘！

时间，连绵不断，却又无始无终；日影水流，唯美唯真，却也无法挽留。钟楼和鼓楼，像如影随形的孪生兄弟，成为北京中轴线上的岁月之轨。钟鼓齐鸣，清宵气肃，轻飏远扬，留下了时间的记忆。过去、现在和将来，永不停息，深远悠长，不可逆转。保存完好的钟楼和鼓楼，成为北京城市中一道永恒的风景。

在北京历代坛庙中，只有钟楼，没有鼓楼。在地坛，钟楼鸣钟是迎送皇帝祭地的一种礼仪，从皇帝起驾斋宫，抵达祭坛，到祭祀礼毕，起驾回宫，钟声始终不断，悠远深长。在浑厚绵长的钟声中，皇帝祭拜土地神灵，祈祷大地的恩典和生命的永生。

地坛的钟楼位于祭坛的西北角，斋宫的北侧，为绿琉璃顶的重檐正方形建筑，建在正方形的基座上，基座四面正中各有一个高宽相同大小的券形门洞，里面有一口铜钟，始建于 1530 年，钟声宏亮浑厚。光阴荏苒，日月如梭，时代在发展，社会在进步，回望 1990 年，第 11 届亚运会在北京举办，这是中国首次举办综合性国际体育大赛，开闭幕式上的敲钟环节，敲的就是地坛的这口钟。

钟楼的西侧是神马殿，与钟楼建于同一时期，建筑为五开间悬山式绿琉璃顶，外有墙墙，是祭祀时喂养御马的地方。与其他坛庙有所不同的是，钟楼和神马殿建于低于路面约 1 米的下沉式小广场之内，相比地坛的其他殿宇，似乎低矮了许多，红墙绿瓦，楼殿院落，高低错落，少了威严，多了亲和。在下沉式小广场上，钟楼和神马殿之间，方正平坦的空地上，划出了一片标准的羽毛球场地。平日里，七八位喜爱打羽毛球的年轻人，来到这里，场上拼杀激烈，场下加油声不断。在钟楼方正的基座旁，一群中年人围拢着，中间的两人正在下棋，对弈者聚精会神，观战者讨论热烈，指点着输赢胜负。小孩子们在大人堆里转来转去，环绕着钟楼，做着游戏，甚至将头伸进门洞，好奇地找寻着铜钟，钟楼旁的老槐树巍然挺立，高高的树干撑起巨大的树冠，像一位慈祥的老人，俯视着热闹欢乐的人们。

如今，大槐树下没有了昔日的欢乐热闹，静穆的大钟、沉寂的神马殿，一切变得如此安静，下沉式小广场上空空荡荡。庚子鼠年，新年的钟声似乎变得微弱短促，我格外想念，那久远的迎接春暖花开的生命回响。望着钟楼，越走近它，越想听到它浑厚悠远的声音，甚至想冲进钟楼，用撞槌竭力去撞击古钟。

"盖尝闻之撞钟，大声已去，余音复来，悠扬宛转，声外之音，其是之谓也。"万籁俱寂之中，久远的钟声，从无到有，从弱到强，敲在我的心中，震撼着我的神经。我心中的钟声，永远都在，生命就像是我们自己的回音，送出什么，送回什么！播种什么，收获什么！给予什么，得到什么！

（2020 年 3 月 30 日）

10. 园中人

辛夷

陈继儒（明）

春雨湿窗纱，
辛夷弄影斜。
曾窥江梦彩，
笔笔忽生花。

作家史铁生与他的《我与地坛》，生命回响，恒久不息。也许是冥冥之中的缘分，地坛离我家，很近。我每天在园中奔跑，接触生命、认识生命、感悟生命。祭坛还在，石门还在，铜钟还在，古柏依然繁盛，鸽子哨声依旧。然而，那对恩爱的老夫老妻不在了，最有天赋的长跑家不在了，漂亮而不幸的小姑娘也不在了。不该走的，走了，不该来的，来了。疫情让我改变了许多，我变得更加珍惜生命、尊重生命、热爱生命。该走的，终将走远。

距离，通常是指空间或时间上的相隔。自从开始跑步，我对距离及时间有了更多的认知，标准的田径场跑道，一圈 400 米；半程马拉松，21.0975 千米；全程马拉松，42.195 千米。2018 年刚开始跑步时，即使在 400 米的跑道上，我都跑得上气不接下气，一半走路，一半小跑；一年之后，在操场上连续飞奔五十多圈，轻轻松松完成一个半马，不在话下。从家到地坛南门，有一条安静的小路，悠闲迈步，需要十五分钟；轻松小跑，不到五分钟时间。

地坛离我家很近，所谓的近，更多的时候，是在我心里，地坛很近很近。矮矮的红墙与我很近，绿绿的柏树与我很近，虽然我没完没了地倾诉，她们却默默无语；地坛里的行人似乎与我很近，护守地坛的人似乎也与我很近，虽然我与他们之间，只能远远相望，甚至只是匆匆地擦肩而过。守护地坛的人，像护卫自己的家园一样，尽心尽责；爱地坛的人，像爱自己的家园一样，如数家珍，方泽坛的古朴，斋宫的清净，养生园的恬淡，钟楼的热闹……

地坛，是我的精神家园。宅家在线办公，累了，我跑进地坛，踏着灰色方砖路，呼吸着园中清凉的空气，望着熟悉的红墙绿树，我轻松了许多；面对来势汹汹的疫病，惶恐了，我跑进地坛，绕着方泽坛奔跑，在斋宫外独步，祈求大地对生命的庇佑，反思自己的一言一行，我镇静了许多；病患痛苦不堪，难过了，我跑进地坛，养生园中读识强身健体的功夫，百草园里寻找治病救人的秘方，望着一图一解、一草一木，我信心满满。

一年一度的地坛春节文化庙会取消了，地坛大门关闭了。我焦急地等待，期待它的大门重新打开，几天之后，地坛的东、西、南、北四大天门徐徐打开了，像往常一样，清晨六点准时开园。入口处，一米的安全线标识，清晰明了；工作人员的全身安全防护，一丝不苟；一次又一次卫生消杀，一个又一个有序测体温，一遍又一遍耐心提醒。一声声谢谢，在迎接黎明的清晨，格外温暖。

非必要，不出门，不聚集，不聚餐，难得有走出家门的机会，地坛的晨跑是那么值得期待。我和几个晨练的人，成了园中孤寂游荡的人，除了跑步和快走，休闲游览、运动健身、特色展览等聚集性活动都取消了，往日家人们假日逛地坛，朋友们相约游地坛的美好时光变得如此难得和珍贵。人与人之间的距离拉远了，熟悉的笑脸不见了，只有隔空的问候、遥远的祝福，依然那么熟悉亲切，亲情和友情就像割不断的涓涓细流。

疫病阴霾千万里，春风犹未到人间。在地坛，坚守岗位的清洁工人，勇敢地筑起了一道疫情防控"橙色防线"，默默守护着地坛的洁净，迎接春暖花开的到来，托起生命的希望。园子中的萧条和清冷，丝毫没有影响他们的工作节奏，他们坚守在园中，每天重复着同样的劳作，挥动的扫帚，带走了落叶枯枝，摒除了尘土杂屑。御道，一尘不染，祭坛，素雅静穆，红墙绿瓦，古朴清新。御道的美，离不开他们；地坛的美，离不开他们；大地的美，离不开他们！

冲破严寒的春天，终于到来了！春风拂面，阳光和煦，地坛里跑步、散步的人多了，有老人，有年轻人，还有小朋友。公园里的分类垃圾桶整齐地摆放着，桶前的指示牌清晰明了，一些家长在给孩子做示范引导；道路旁宣传栏里的垃圾分类知识详实丰富，大爷大妈们仔细地看，轻声细语地讨论着。一次垃圾分类，一个文明习惯，一次自觉行为，都能带来一份清洁。春天的地坛，变得格外美丽。

北天门外的广场上，百姓周末大舞台重新开张了，歌声、笑声、欢呼声，又回来了，门球场上击球挥杆，钟楼旁棋逢对手，银杏大道上群舞翩翩，人们逐渐回归正常生活，久违的打招呼声轻松了许多，大爷大妈们聊的都是国家大事。"来了！早！""昨天新增病例数降到个位数了！""我们国家疫情控制得好！"

斋宫西侧的柏树林中，高亢的京剧唱腔，又从林中飘扬出来，"包龙图打坐在开封府，尊一声驸马爷细听端谛……"养生园中，火心区里的小溪旁，练习书法的老人也回来了，只见他手握一只扫帚长的杆子毛笔，以水为墨，以地为纸，专注地在大地上书写，"须晴日，看红装素裹，分外妖娆。江山如此多娇，引无数英雄竞折腰。"老人的一手行草写得相当有韵味，围观的人们连连称赞。

春天的地坛，格外美丽。柏树林葱茏茂密，不起眼的小花开了又落，结出了一颗颗碧玉葡萄一样的果实；古树老藤上长新叶了，枝蔓上开满了红红的花，像一个个金色的钟；小广场上咕咕的叫声响起来了，鸽子们回来了……

（2020 年 4 月 3 日）

三、欢跑奥森公园

1. 跑道

在奥林匹克运动会上，参与比取胜更重要，正如生活中重要的不是胜利而是奋斗，其精髓不是为了取得最终的凯旋而是使人类变得更勇敢、更强健、更谨慎和更落落大方。

——参与比取胜更重要
1908 年 7 月 24 日顾拜旦在英国政府举行的宴会上发表的演讲

1961 年，美国明尼苏达采矿制造公司铺设了第一条 200 米长的聚氨酯赛马跑道。

1968 年，墨西哥奥运会田径赛场上首次使用塑胶跑道，吉姆·海因斯创造出百米 9.95 秒的世界纪录，人类百米成绩首次跑进 10 秒。

1979 年，中国北京体育馆室内田径场铺设 4500 平方米塑胶跑道。

2008 年，北京夏季奥运会前夕，奥林匹克森林公园（简称奥森公园）建成。奥森公园位于北京城市中轴线的北端，占地约 680 公顷，森林覆盖率约 96%，是一座具有中国山水意境的大型休闲公园。北京五环路横穿公园中部，将公园分为南园和北园。奥运会之后，经过几期工程建设以及基础设施的不断完善，免费向公众开放，已经成为北京最大的城市公共公园。

2016 年，奥森公园特步塑胶跑道建成，南园和北园的跑道各 5 千米，中间通过生态廊桥将两园的跑道相连。全程 10 千米的跑道位于园内的主干道上，距离公园的各个出入口约 10 分钟路程，路面上有树叶形状的道路导引，跑道旁有清晰的里程标识。每隔一定距离，跑道边都建有跑者驿站、自动售货机、卫生间等便利设施，满足了运动爱好者的不同需求，很多跑团、社会组织和单位，经常在园内开展长跑比赛、定向越野、团建等活动，美丽的奥森公园成为公众健身锻炼、沟通交流的最佳场所，成为跑者心中的跑步圣地。

从空中俯瞰，奥森公园的 10 千米跑道呈 "8" 字形。南园的 5 千米像一朵五瓣的桃花，北园的 5 千米就像一片银杏叶，生态廊桥为花蒂，将花朵和树叶连接在一起，红花绿叶，是报春的使者，迎接春天的跑道，是迸发生命活力的希望之路。除了塑胶跑道之外，遍布南园和北园的各种大小道路，依据山势水形，形成四通八达的交通脉络，为公园注入蓬勃的生命力。在园中奔跑，我常常根据天气、自己的体力和心情，用跑步软件记录下实际的跑步轨迹，一前一后移动的双脚，就像画笔，画出了属于我自己的生命图画。在奥海和仰山之间，沿着幽静的小路，穿行在密林丘壑之中，环绕在溪涧沟壑之畔，总能看到四季变化的自然景色，跑出别样的生命图画。特别是每年的元旦，吸引着无数跑者来到园中，奥森玫瑰跑，是新的一年对爱人、对亲人最浪漫的户外告白。

我每次在奥森跑步，或独行、或约伴，南园和北园 10 千米是基本跑量，增加一到两圈的跑量，也是一周一次的常规训练。迂回在山水之间的跑道，像一条长长的红地毯，奔跑在跑道上，10 千米、15 千米、20 千米，我从未感到过一丝寂寞，跑者们或奔放、或紧张、或矜持，奋力向前奔跑着，个个都是跑道上飞奔的勇士。跑道或直或弯，上坡或下坡，就像人生的轨迹一样，让我倍感疲惫，气喘吁吁；在山峦密林之中，道路曲折蜿蜒，让我举步为艰，似乎看不到前行的方向，很容易迷失自己。然而，在你追我赶的队伍中，我总能找到前行的路，一声声有力的加油呐喊，一个个简单的鼓励手语，让我在不知不觉中战胜了自己，超越了自己。

对于跑者而言，跑步的距离越长，适合跑步的路线和跑道就越重要，奥森塑胶跑道，是长距离跑步的最佳选择。跑道宽3米，呈暗红色，恰似一条柔软的红飘带，将奥森公园中的主要景观串连在一起，道路两旁种植了各种各样的树木花草，跑者一边奔跑，一边赏景，徜徉在绿树花海之中，愉悦身心，强身健体。在气候与季节的悄然变化之中，跑道的颜色随之发生着奇妙的变化。绵绵雨天，在水滴的浸润下，跑道变成了枣红色；天气干燥时，一阵阵风袭来，将跑道的颜色吹成了浅红色；下雪了，跑道上结出了一个个冰凌花，红色跑道淹没在一片茫茫的银色世界中。

　　春天来了，公园里百花盛开，春风拂过，红的、粉的、黄的，各种颜色的娇美花瓣，飘落在跑道上，为跑者铺就浪漫的鲜花路。夏天的雷阵雨来得快，走得急，跑道上下起槐花雨，淡黄色的小花撒满跑道，很快被跑者的有力脚步捻成了花泥；跑道旁的山桃和海棠刚刚挂果，被风雨刮落的果实，不时滚落在跑道上。多彩的秋天，是公园最美的季节，奔跑途中，落叶纷飞，黄绿的小剪刀，是柳叶；金黄的小扇子，是银杏；红色的五角星，是枫叶……不同颜色、不同形状的落叶，铺撒在跑道上，为跑者喝彩，为跑者加油，眼前五彩缤纷的道路，总是让我兴奋不已，季节交替，花开花谢，叶生叶落，大自然的韵律是如此神奇！生命的轮回是如此美妙！

　　在阳光明媚的节假日，奥森公园的跑者最多，在长长的跑道上，太阳抚慰着跑者，跑者追逐着太阳。跑道旁伫立的高大树木，随着太阳的移动，洒下片片树荫的同时，变换着树影的形状。随着跑道的不断延伸，阳光变换着角度和方向，照射到每一个跑者身上，有的跑者，尽情享受着太阳的馈赠，皮肤晒成了古铜色，健美帅气；有的跑者，特别是女跑者，头戴遮阳帽，身穿防晒衣，捂得严严实实，却难舍太阳的温暖，在奔跑中感受着阳光的妖媚；而我，则喜欢在暖阳之下，一边跑步，一边望着自己变幻莫测的影子。

　　我追逐着太阳，太阳在跑道上投射下我的影子，沿着蜿蜒的跑道，随着我奔跑的节奏，影子或左或右，时而跳动，时而摇摆，我辨识着自己的影子，恍惚之中，我变成了披头散发的原始人，在广袤的原始森林之中自由自在地狂奔。移动的身影，短短的脖子，直直的大长腿，像高大的长颈鹿，又像优雅的丹顶鹤，片刻之间，我小小的虚荣心，似乎得到了满足；影子由长变短，由大变小，像一只蚂蚁，又像一只螃蟹，有点难看，似乎在提醒我，应该调整一下跑姿。无论我的身影是美丽还是丑陋，太阳仿佛知道我的心思，将我碾压得粉碎，最终消失在光天化日之下，我还是我自己，一个越来越迸发着活力的生命个体，一个大自然怀抱中的小精灵。

自从开始长跑，跑过城市，跑过乡村。在国外出差之余，跑过多瑙河畔，跑过檀香山，然而，奥森公园的跑道，仍是我魂牵梦绕的跑道。在我心中，奥森的跑道，没有起点，也没有终点，一切由我来设定；我时而独自奔跑，时而引领在前，时而紧随跑者身后；我可以中途离开，也可以随时随地加入，我听从着自己内心的声音；阳光雨露滋润着我，风儿抚摸着我的脸颊，花香草香扑鼻而来，让我心醉神迷，让我像森林中的鸟儿一样，自由自在地飞翔。

（2020 年 4 月 18 日）

2. 里程

古代奥运会最光辉之处在于它的两条原则：美和尊严。如果现代奥运会要扩大其影响，我想必须体现这两点，表现美和唤起尊严之心。美和尊严在我们今天进行的最重要的体育比赛中应该引起足够的重视。

——我为什么要复兴奥林匹克运动会
1908 年 7 月顾拜旦发表于《双周评论》

奥森公园位于北京奥林匹克公园的北部，沿着中轴线向北，开启"通往自然的轴线"，它是北京的城市"绿肺"，是繁华都市的生态屏障，是跑者的圣地。每天清晨，跑者的集结号，在奥森公园南门的广场上吹响，跑者们或三五成群、或独自一人，在广场上做着跑前的热身活动，面朝奥海，遥望仰山，把双臂舒展，把心胸打开，高抬腿、开合跳、左右垫步，各就各位，准备出发。

从广场中心向东西两侧延伸，一条宽阔的主干道通向公园内的主要景点，10千米特步塑胶跑道的起点设立在广场东侧的主干道上，从起点开始，每隔1千米，跑道旁竖立着明确的距离指示牌，0千米，1千米，2千米……每千米的路程，都是对跑者身体体能、心肺功能和心理素质的挑战，每千米的沿途上，都有着不一样的风景，美不胜收。在变与不变之中，奥森公园里的跑道，吸引着我每个周末来到这里，10千米，20千米，30千米，挑战自己，奋力奔跑。

0—1km

从起点开始，向东出发，在熙熙攘攘的跑者和游人之间小心穿行，刚刚起跑的跑者们接踵向前，宽阔的道路显得有些拥挤，缓慢起跑的我不由自主地打量着从身旁经过的跑者，既有着跑者之间的默契，又有着一比高下的跃跃欲试。哗哗的流水声从道路前方传来，我加快了脚步，迈上笔直的长桥，水流从桥下潺潺流过，在桥的南侧，壮观的瀑布倾泻而下，桥的北侧，碧水缓缓流淌，隐没在一片葱绿之中。左右两侧水流缓急的强烈反差，让我重新审视着自己的配速，跨过长桥，调整呼吸，稳定心绪，向着远方掩映在竹林中的跑道奔去，竹林绿得像一块无瑕的翡翠，清新盈然，望着根根纤细柔美却节节向上的竹子，我挺起腰，迈开腿，大步向前。

1—2km

游人渐渐变少，跑道变得笔直平坦，参天耸立的白杨树林，整齐地挺立在塑胶跑道旁，像坚强的卫士守护在道旁，为跑者加油助威。透过高大挺拔的白杨树林，飞驰的车流依稀可见，那是川流不息的五环路。巨大的车流声，夹杂着风吹树叶的沙沙声，使我恍然在自然森林与城市高速之间切换着景象，时时提醒着，我是在城市中奔跑，在城市的森林之中奔跑。接下来的两个小坡爬升，轻松越过之后，眼前一片银杏林，从春到秋，总是那么浪漫迷人。

2—3km

地势不断变化，道路曲折迂回，连接南园与北园的生态廊道到了，是爬坡跨越廊道，进入北园？还是继续在白杨树林的护卫下，在南园奔跑？答案因人而异，依体能而定。就像人生路，是努力攀登开启探索之旅？是稳扎稳打，平安回归？还是停下脚步，休整身心？决定权在自己，尊重内心的选择，然后出发，就会离自己的目标越来越近。我调整呼吸，放缓脚步，经过生态廊道，向下飞奔，进入北园。峰回路转之后，跨入一段有着植物围栏的笔直跑道，一侧密密实实的树林背后，鸟鸣狼嚎，另一侧绿茵茵的草地上，野花朵朵。

3—4km

沿着跑道向东90度急转弯，道路变得格外宽阔，清晨暖暖的太阳，从东边升起，蓝天白云就在正前方，这是与太阳亲密接触的1千米，仰起头，眯上眼，让朝霞亲吻沾满汗水的脸庞，让光芒追逐奔跑的身影，太阳的温暖将我层层包裹，沁入我的肌体，我顿时觉得浑身充满了力量，步伐变大，脚步加快。道路旁一棵高大的歪脖柳树，弯着腰，脖子伸向跑道，长长的柳枝不停地摇曳着，为飞奔向前的跑者一一点赞。沿着跑道，向西折返，一棵高大的古榆树挺立在道路中央，古树的周围修建了围栏，寒来暑往，它守候着日月星辰，为大地洒下一片绿荫，它是森林的年轮，是城市的记忆。每次远远望见它，我都会舒缓一下紧绷的神经，慢跑环绕着它，定一定神，深呼吸，喘一喘气。

4—5km

北园跑道临近的北门，是北园的主要出入口，春天的时候，路旁的一丛丛蔷薇花开得正艳，鲜花丛、绿草地、白色的小屋，使人仿佛置身于欧洲风情小镇。同向或反向的跑者经常会在这里相遇，偶尔看到俊男靓女的精英跑者，我快步紧紧跟在他们身后，感受一下跟跑的节奏。依着仰山山脊，左边是连绵不断的小山丘，右边是一望无际的平坦草地，山坡下的跑道顺着山势起起伏伏。北园，一年四季的变化非常明显，这一段跑道，冬天最冷，冰雪融化得最慢，夏天最阴凉，仰山山坡的桃树和榆树，洒下一路阴凉。

5—6km

这里是鸟儿和小松鼠的乐园，除了跑者之外，行人和游人很少，树林茂密的仰山余脉和蜿蜒曲折的带状溪流，时隐时现，各种鸟儿在林中飞来飞去，小松鼠在道路上跳来跳去，我仿佛奔跑在狂野的原始森林中，随着地势的起伏，迈步有些艰难，呼吸变得急促，寂寞和孤独也随之袭来。如果停下奔跑的脚步，我可能会迷路，也可能要走很远的路，才能到达公园的出入口。所以，最好的办法是咬牙坚持下去，也许在前方，奇迹就会出现。

6—7km

6千米处正对着北园的西门，每到周末和节假日，总能看到熙熙攘攘的游人从这里进园，朋友相约，一起跑步；闺蜜结伴，赏花看景；带上小朋友，一大家子郊游。在1千米的跑程中，小桥流水，沟壑溪涧，纵横交错，花田野趣中看遍四季鲜花，大树园中辨识各种珍稀树种，游人们常常陶醉在美丽的大自然里。我时而在两侧白杨树的守卫下，沿着笔直的道路，与跑友们比肩畅快奔跑；时而跨越一座座小桥，让我不由自主地放慢脚步，变身为赏花之人，徜徉在万亩花海之中。

7—8km

北园跑道中最美的1千米，花儿为我开，我为花儿来，我们都是多彩的生命，散发出鲜活的生命力。道路两旁修剪整齐的花草树木，使跑道变成了一条随季节变换的多彩花带，蒲公英、迎春花、桃花、金簪花、波斯菊……从春到夏，花开不断，色彩斑斓，让我在跑步时，心随所愿，轻松飞翔。意犹未尽之时，再次来到生态廊道，站在廊道的最高处，向南望去，苍茫的仰山之上，奥运塔巍然耸立，就像一朵硕大的银色花朵，在天空中盛开。在高处稍作停留之后，我调整跑姿，准备下坡，相比第一次经过生态走廊，这一次的上下爬坡，我变得更加轻松从容，飞下廊道返回到南园之中。

8—9km

再次回到南园的奔跑，并非像想象的那般轻松，一段长长上坡路，而后小幅下坡，接下来又是一段上坡，连续的上下坡跌宕起伏，在高高低低的树木遮蔽下，跑道似乎也变得狭窄，让我感到一丝不快，变得有些烦躁。突然，左前方一片广阔湿地，让我眼前一亮，一望无际的芦苇荡，如影随行，让我的心绪渐渐平静。春天，水面刚刚解冻，芦笋迫不及待地窜出尖尖的脑袋，争春夺绿；夏日，比肩人高的芦苇长满水面，整个湿地变成了一片绿树的海洋；最喜欢深秋的芦苇荡，金黄色的芦苇映衬着一汪碧水，岁月静好，秋暖相伴。

9—10km

经过静谧的湿地向东，我再一次看到了右前方的奥运塔，它凌驾在层层叠叠的绿树之上，随着道路的迂弯时隐时现，我追逐着它，找寻着它，眼前的道路渐渐变得开阔，我越夹越清晰地看到了它的全貌，五座高度不等的独立塔组成了一个错落有致的整体，最高的一座塔之上，奥运五环熠熠生辉。奥运塔近了，距离 10 千米的终点近了，我喘着粗气，艰难迈步向前，终于，我完成南园和北园 10 千米全程。

按下运动手表，结束跑步训练，我来到奥海边的奥林匹克宣言广场，放眼望去，在绿树葱茏的山峦环抱中，一顷碧水轻轻荡漾。整个身体是如此酸爽，心情是如此美好，身心壮纳，彻底放松。每一千米，都在丈量着大地，记录着前进的脚步；每一千米，甩下的是汗水，带来的是健康；每一千米，挑战自己，战胜自己，超越自己。

在奥林匹克宣言广场的中心，一群可爱的孩子聚在一起，听教练讲述奥运故事，辨识一个个奥运城市，随后散开来，围绕着圆环，在教练的指导下，一圈又一圈地奔跑，可爱的笑脸、欢乐的笑声、轻快的节奏，奥运的种子在茁壮成长，我仿佛看到了他们长大长高的样子，健康、阳光、快乐！

（2020 年 5 月 3 日）

3. 桥

无论如何，奥运会的任务是有益健康、健全心智，它将使艺术和强身之间愉快地恢复起来的联接更加紧密。

——现代奥林匹克运动
1910 年 8 月顾拜旦在巴黎国际建筑艺术竞赛期间发表的文章

水是万物之源，大自然因为有了水，就有了灵性，有了生机。在奥森公园里，山水相映，天然成趣，分布着大大小小的湖泊、河渠、溪流、瀑布。在园林、生态、环保专家团队的努力下，经过多年的建设，潜流湿地、叠水花台、喷泉等生态景观，山环水抱，巧夺天工，形成和谐灵动的生态系统。

在水岸旁、溪流间，长长短短、曲曲直直的各种桥梁，随处可见。桥，既解决了园中山水交通问题，又起到了线路引导的空间作用。桥，或秀丽，或质朴，或壮美，或平实，成为奥森公园中的一道道美丽剪影。我踏着四通八达的平坦道路，呼吸着清新湿润的空气，在天然氧吧之中穿行，不时经过一座座桥，跨越了一段段距离，看到了一道道风景。随着季节的变化，或桥上驻足，或凭栏遥想，我欣赏着桥上流转的风景，感悟着变化的心境，带来一次次心灵激荡。

在源远流长的中国传统文化中，一代代中国人与桥有着不解之缘，吉祥的太平桥、浪漫的鹊桥、伤感的断桥、离别的柳桥……一座座桥，见证了人间的喜怒哀乐、悲欢离合，同时，一座座桥的名字，传达着人与自然和谐共处的美好期许。在奥森公园的 10 千米塑胶跑道上，有六座造型各异的桥，每一次在跑道奔跑，我总是充满期待地依次跨越过这六座桥，或远或近地打量着它的模样，思路飞扬，在心中赋予它们，一个个美好的名字。

每个周末的长跑训练，常常从奥森南园出发，沿着 10 千米的跑道慢跑，在跑了 500 米后，我调整配速，由慢到快，准备加速。这时，震耳欲聋的哗哗水声越来越近，一座长长的一字平拱桥出现在我的面前，宽宽的水帘，顺着层层阶梯，飞流而下，我撒开了的轻快脚步，很难降慢速度，同时为了避让桥两边依栏观景的行人，我来不及细细欣赏它的美丽模样，而是继续向前跑去。然而，每一次的匆匆而过，我都在心中默念着，"瀑布桥真美！"

在一个风和日丽的春日上午，趁着团建活动在奥森公园举行，我和同事们来到瀑布桥，悠闲漫步，观景留念，将它的美丽永远定格在记忆里。依扶着长长的栏杆，向桥南侧望去，蓝天之下，奥运塔巍然屹立，熠熠生辉，在两侧绿树芦苇之中，像露天广场的看台一样，分布着五层高低错落的长长台阶，水从最高的台阶落下，发出巨大的声响，形成一层又一层的水帘，清澈透明，很是壮观。瀑布垂落下来，汇成溪流，穿过桥身，向北流去，一股绿色的河水，弯曲成 S 形，流向远方。"拔地万重清嶂立，悬空千丈素流分。共看玉女机丝挂，映日还成五色丈。"这里的瀑布虽然没有千丈岩瀑布的腾空奔泻，却有着落花流水的壮观美丽。

"独立小桥风满袖，平林新月人归后。"无论是南唐的冯延巳，宋代的欧阳修，还是明代的李云龙，都写尽了独立小桥头的一个"愁"字，我未能完全领悟，传世诗词所倾诉的孤寂，却在诗情画意中，体味到风满桥的独特意境，在我心中，也有一座风满桥，在南园经过大约 2 千米的轻松跑之后，一段急急的上坡，让我感到有些吃力，伴着轻微的喘气，终于爬上坡，来不及停歇，一段折向左前方的 90 度急下坡，让我不由自主地飞奔而下，经历如此急的转弯以及如此陡的上下坡，让我几乎忽略了它的存在。

风满桥，是一座位于高坡之上、长度约 5 米的独立小桥。一次次从桥上跑过，我逐渐适应了地形的变化，呼吸变得更加均匀，跑姿变得更加协调，于是，我在跑动中看到高高的小桥两侧截然不同的美景。桥上，风刮得正急，桥下，溪流静静流淌。放眼远处，园外的城市中车流不息，园内的大自然中田园牧歌。急与缓，动与静，就在我的脚下，短暂的停留，匆匆的别离，或是过眼云烟，或是刻骨铭心，只有独自体味。

平地是绿的，小丘是绿的，沟壑是绿的，溪流是绿的，北园跑道在绿野之中向西延伸，一片祥和宁静。在天气晴好的春日里，北园一碧如洗，不禁让人全身心释放，让我奔跑得畅快淋漓。向西远远望去，在约 4.5 千米处的跑道上，一座小桥跨越在一条由南向北的溪流之上。移步桥上，两根伫立桥边的粗大树干，强烈地冲击着我的视觉。一棵老槐树枝繁叶茂，串串槐花挂满枝头，香飘满桥；另一棵是枯死的胡杨，黑褐色的朽木，像挺立的僵尸。

小桥流水的恬淡，满树槐花的清香，把老树枯藤的悲凉冲散了，冲淡了，我有些茫然，距离小桥不远的地方，跑道旁的楼兰姑娘雕塑，让我眼前一亮，她头戴花帽，披着头巾，微闭双眸，脸上带着宁静而神秘的微笑，她微闭的双眼让我难忘。天气晴朗时，太阳照耀着她的脸，她的双眼是朦胧的、安详的；天色灰暗时，她的眼睛是落寞的、忧郁的。我期待着，每一次经过小桥，在飞奔中望一望她的双眼，楼兰姑娘，楼兰桥，美丽的姑娘始终安详地守护着小桥，注视着来来往往的跑者。

在北园约 6 千米处的跑道，笔直地穿过有着长长桥身的一座桥，桥下是望不到边的蜿蜒河流，河面宽阔，河旁是绵延起伏的山丘，坡上的榆树和柳树，形成茂密的树林。清晰地记得，第一次在北园跑步，结束了 5 千米的跑程，来到桥上，进行跑后拉伸。忽然，一只灰褐色的小松鼠一蹦一跳来到桥上，轻松跃上栏杆，悠闲地穿来穿去，毛茸茸的长尾巴翘动着。我停下拉伸，静静地依靠着栏杆，屏住呼吸，远远望着它，生怕惊扰了它，它却突然窜到我跟前，与我对视片刻，我清楚地看到了它又黑又亮的小眼睛，还没等我缓过神儿来，它转身跳下栏杆，钻入密林中，不见了踪影。从此，每次跑过这座松鼠桥，我总是想起那只可爱的松鼠，那晃动的长尾巴和明亮的小眼睛。

每到周末，在北园的西门附近，很是热闹，入园的人流熙熙攘攘，特别是小朋友们，喜欢去遍布溪涧的大树园探险，到百亩向日葵园嬉戏，美丽的大自然，就像一本厚厚的百科全书，等着他们去发现、去观察，在走近自然、亲近自然的过程中，收获快乐梦想。位于约 6.5 千米处跑道上的一字平桥，是进入每一个乐园的必经之处，也是 10 千米跑道上的第五座桥。在奔跑途中，我与欢乐的孩子们和陪伴在左右的家长们在梦想桥上相遇，快乐的孩子、幸福的一家人、温馨的场面，让这座梦想桥温暖了许多。孩子们欢闹着跨过桥，奔向树林、田埂、小溪……去探寻大自然的奥秘，奔向充满希望的远方。

人在桥上跑，水在桥下流，位于南园约 8.5 千米跑道处的这座桥，红色的跑道穿过桥身，两侧是长长的红色栏杆，它就像一条长长的霓虹，横跨在碧水绿丛之中。我奔跑向前，抬眼望去，一条长长的上坡路，在绿色屏障中向上延伸，坡道旁高大的白杨树遮天蔽日，已经快接近10千米的终点了，虽然气喘吁吁，步履摇晃，但是远处那一片醉人的绿林，召唤着我，我稳住脚步，跨过碧水，慢慢地投进她的怀抱，我仿佛涌入了一个绿色的海洋，她拂去我身上的尘埃，拥抱我脆弱的内心，顷刻之间，我觉得自己变得强大，无畏无惧。我回过头去，再望一望，跑过的路，跨过的霓虹桥。

桥，延伸了路，连接了景；桥，让我跨越了山、海、湖、溪，迈开大步，勇往直前，横在面前的千流万壑，将不再成为阻隔和障碍，超越自己，才能踏遍辽阔山河，赏尽无限风光。

（2020 年 5 月 17 日）

4. 雕塑

啊，体育，你就是美丽！你塑造的人体，变得高尚还是卑鄙，要看它是被可耻的欲望引向堕落还是由健康的力量悉心培育。没有匀称协调，便谈不上什么美丽。你的作用无与伦比，可使二者和谐统一；可使人体运动富有节律；使动作变得优美，柔中含有刚毅。

——《体育颂》顾拜旦发布于 1912 年第 5 届奥运会

常常有朋友问我，为什么跑步？也许我与大多数跑者有着相同的答案，生命在于运动，坚持跑步，能够让我更健康。然而，随着脚步丈量大地的距离越来越远，内心对跑步多了一份热爱与崇敬，因为跑步，让我逐渐认识到，体育运动是健康与力量、健康与美丽的艺术。

奥森公园，是自然花园，是运动场所，是旅游胜地，也是艺术之苑，随处可见的中外雕塑艺术，刻写着奥林匹克的漫长历史，雕琢着自强不息的生命精神，塑造出北京开放包容的姿态。在园内 10 千米塑胶跑道的两侧，各种各样的金石雕塑，错落有致地摆放在绿树和草地之中，就像一曲曲"凝固的乐章"、一幅幅"立体的画卷"，跑者与雕塑，勾画出运动与艺术之美，交相辉映，在动与静之中，彰显着人与自然的和谐。

奥森公园的南门，与奥林匹克公园景观大道相连接，是公园的主要入口，从清晨到傍晚，入园的中外游客和北京市民络绎不绝，尽赏园中美景，挥洒汗水运动健身，整个公园焕发出蓬勃生机和活力。进入南门，站在偌大的露天演艺广场上，向北望去，蓝天白云之下，远处的仰山重峦叠嶂，山前的奥海波光粼粼，水岸边的大草坪上，一群群鸽子时飞时落，自由自在。

在广场的左侧，五座巨大的泰山石，岿然屹立。生命在于运动，只有运动，才能使人像泰山一样，健康长寿。在广场的右侧，国家全民健身示范基地的雕塑格外醒目，象征奥林匹克五环颜色的五根高大立柱前，八位运动者雕塑，造型简洁生动。腾空跃起的羽毛球扣杀，临门一脚的足球点射，马步蹲裆的太极拳招式，惟妙惟肖；一前三后的四位跑者形象，更是让人眼前一亮，倍感亲切。全民健身活动，不分性别、年龄和职业，让自己动起来，跑起来，健康属于你我他，奥森公园作为国家全民健身示范基地，正在发挥着越来越重要的引领作用。

"同一个世界，同一个梦想"，2008 年北京夏季奥运会给中国乃至全世界呈现了一届无与伦比的奥运会。奥运会的成功举办，给北京留下了丰厚的物质财富和精神财富，奥运会之后，奥森公园免费对公众开放，包括体育在内的各项基础设施得到进一步丰富和完善。体育惠民，共享奥运成果，全民健身，筑就幸福生活。奥森公园的奥运雕塑，是永久的纪念，也是无限的遐想。作为一名北京市民、一位普通跑者，我常常怀着最朴实的梦想，迈着最踏实的步伐，从起点出发，一路沿着跑道奔跑。

经过南园北门广场，在塑胶跑道两侧，一个个充满张力的雕塑，静静地陪伴着我，把我引向前方。大理石雕塑"力道"，伫立在跑道右侧的高台阶之上，两只紧紧握在一起的臂膀，是一起加油鼓气，还是赛后告别？向前跑，不锈钢雕塑"栋梁"，位于跑道左侧的草坡之上，是鸣枪出发，还是终点冲刺？继续往前跑，雕塑"网"，坐落在前方的一片花丛之中，三个镂空的球状金属雕塑，是微缩的鸟巢，还是指路的明灯？任由奔跑中的我，自由遐想，跑过春夏秋冬，跑过日升日落，时光在不经意间悄悄流逝。

就像生活中的酸甜苦辣，在跑步过程中，经历的起伏与曲折，充满挑战，带来乐趣，使看似枯燥乏味的运动变得丰富多彩。一个雾气沉沉的清晨，我在园中独自奔跑，第一次挑战 10 千米距离，经过南园 8.5 千米的跑道，有一段约 300 米的上坡，依地势向上抬升，一直延伸到远处的白杨树林之中，似乎望不到尽头。我咬紧牙关，坚持下去，终于登上了坡顶，调整呼吸，轻松下坡，接下来又是一段约 100 米的上坡。连续的上下坡，加上体能的消耗，我整个人几乎快要晕倒。

在孤独无助之际，我想停下来，这时，在蒙蒙雾气之中，我看到跑道的左侧，有一男一女两个人，站在道路边，其中一个人用手指向远方。我似乎看到了希望之光，顺着他们手指的方向，一口气跑上了坡。我停下脚步，向他们走去，当我走到跟前时，我才看清楚，他们是如此逼真的人物雕塑！一男一女两位工程师在工地讨论工作，男工程师手握图纸，女工程师的一只手指向前方，这是"共铸辉煌"大型雕塑群中的一组人物铜像，在这组铜像之后，坐落着另外两组铜像，吊车工人在现场指挥、推车工人在运输建材，三组人物雕塑再现了各行各业劳动者建设奥运的场景。在人物群像的身后，摆放着一组大理石雕塑，节俭办奥运，廉洁办奥运，大理石墩上清晰地用文字记载了从 2001 年到 2008 年间北京奥运会的建设历程。我仔细端详着每一个石墩，徜徉其中，重温奥运会辉煌历程，不禁心潮澎湃。

十多年前的那场体育盛会，使北京与奥运会结下了不解之缘。奥运城市，成为一张让北京为之骄傲的标签。2008 年北京奥运会的成功举办，让世界更加了解中国，也让中国更加了解世界。望着跑道上奔跑的跑者、奥海中划船的游客、道旁散步的恋人、草地上嬉戏的孩子，在自然山水之间，在潜移默化之中，奥林匹克知识得到普及、奥林匹克文化得到弘扬、奥林匹克理念得到传承，奥林匹克留在了北京，又从北京传向世界。

2012 年的国际奥林匹克日，也是中国的传统节日端午节，为了纪念 1894 年 6 月 23 日在巴黎索邦诞生的现代奥林匹克运动会，鼓励全世界人民积极参与到体育活动中来，在奥森公园奥海湖畔，奥林匹克历史上首个"奥林匹克宣言广场"落成并对外开放，成为公园里一处新的景观。

奥林匹克宣言广场呈五个同心圆，正方形铜地板从中心展开，上面刻有历届奥运会的届期与年份、举办城市，形成向心凝聚于五环的图案。最外圈圆的北半辐的三段弧形铜碑上，分别刻着法、中、英三种文字的《奥林匹克宣言》，其中刻有中文的碑体上立着主碑，主碑的正背两面，分别刻有"奥林匹克之父"顾拜旦和国际奥委会主席罗格的浮雕形象。精英跑者、业余跑者、初跑者，不分年龄、性别、技能高低，从广场前跑过，保持活力、保持坚强、保持健康，以永不停息的脚步践行奥林匹克精神。

2020 年的国际奥林匹克日，很特殊，不平凡。云健身，以运动的方式为备战东京夏季奥运会的中国奥运选手加油；云庆祝，以线上打卡的方式迎接北京冬季奥运会。北京再次创造历史，成为第一个既举办过夏季奥运会又将举办冬奥会的城市，我跑过奥林匹克宣言广场，站在铜地板上，辨识着一个个举办过奥运会的城市，期待着北京冬奥会的到来。

（2020 年 6 月 23 日）

5. 生态廊道

体育运动扎根于冷静、信心和决断等自然心理素质之中……这些素质总存在于使它们得以生存的运动周围，这种情况常常发生，甚至时时发生。

——我们现在能期望体育运动做些什么
1918 年 2 月 24 日顾拜旦在洛桑希腊自由俱乐部的演讲

北京奥林匹克公园是 2008 年北京奥运会和残奥会的奥运公园，园内有包括国家体育场在内的 10 个比赛场馆，奥运会期间，有超过一半的奥运金牌在奥林匹克公园内产生。作为奥林匹克公园的一部分，奥森公园在奥运会比赛期间，是各国运动员、教练员和奥组委官员的休闲后花园，在奥运会之后，成为百姓休闲锻炼的乐园。奥林匹克公园的建成使用，对北京城市规划建设产生了深远影响，北京的中轴线，经过奥林匹克公园的中轴景观大道，向北延伸进入森林公园，成为现代都市向自然过渡的高潮。

奥森公园中的生态走廊，是北京中轴线上向北延伸的重要节点，它跨越五环路，呈南北走向，全长约 260 米，宽 60—120 米，在生态走廊的中间有 6 米宽的道路，可供行人和小型车辆通过，道路两旁种植了常绿树木和四季花卉。这条走廊是游人通行南北两园的主要道路，是跑者长距离训练的必经之路，也是游人节假日赏花休闲的主要景点。在奥运建设者们的精心设计和后续的精细化运营管理下，生态走廊使原本止于五环路的中轴线，得到自然延伸，消融在奥林匹克森林公园北园的自然森林中，堪称城市空间延展和城市文脉延续的杰作。

五环路，环绕北京城的高速公路，2003 年建成通车，双向六车道，全长近百公里。五环路是一条公路，也是一个神奇的存在，是现代北京发展的缩影。五环路沿线，一座座千姿百态的桥梁，是北京路网的重要节点，其中有一座特殊的桥，横跨在北五环路之上，混凝土连续梁结构，是一个过街天桥，被称作天辰桥。同时，它还是一个立体绿色生态空间，由复层植物群落构成，在奥森公园里，它被称作生态廊道。

走廊，我们再熟悉不过，连接两个地点，或是平坦的道路，或是架设空中，跨越山川河流，供行人或车辆通行，给我们的出行带来了很多便利。然而，随着人类活动的扩张，大自然中野生动物赖以生存的栖息地，不断地被城市、村庄、道路等分割成一个个彼此割裂的孤立单元，像亚马逊热带雨林、新西兰怀波阿森林等，人类尚未涉足的原始生态系统越来越少，许多原始生态系统变成了一座山、一片湿地、一个湖泊，越来越多的野生动物生活在破碎化的野生环境中。生态走廊，或自然天成，或人工修建，为野生动物的迁徙提供了安全通道。

奥森公园生态廊道的建成，不仅满足了奥森公园道路交通和公园景观的综合要求，使南园与北园之间有了连通的路，形成了一个相互联系的整体，让人与自然的沟通交流成为可能，而且为生活在南园和北园的上百种小型哺乳动物、鸟类和昆虫搭建了往来的通道。不是花园，胜似花园；不是丛林，胜似丛林。生态廊道是生命通道，也是生命的栖身之地。每次跑步经过生态廊道时，我常常慢下脚步，欣赏着她的美丽，感悟着生命的美好。每次努一努劲，提一提神，上坡又下坡，跨越生态廊道，我又一次战胜自己，体验到生命的超凡潜能。

春天来了，各种各样的郁金香竞相开放，在生态廊道的两侧形成了两条五彩缤纷的花带，每一种花的颜色都是春天的颜色，报告着春的消息，棵棵亭亭玉立，个个昂首挺胸，展现着生命的活力，我在桥上慢跑，徜徉在花海中，听一听生命的脉动；夏天到了，美女樱、金簪花、鼠尾草等，绽放出千姿百态的笑脸，我停下奔跑的脚步，擦一擦脸上的汗水，看一看忙个不停的蜜蜂，疲惫的身心变得轻松愉悦；秋天，桥上的山楂树，红红的果子挂满枝头，收获的季节，昭示着生命的成熟；萧瑟的冬天，站在廊道的最高处，望一望苍松翠柏之上的奥运塔，她在指引着我奔跑的方向。春夏秋冬，寒来暑往，我升腾在飞驰电掣的高速路之上，感受着一年四季的轮回交替。

在奥森公园 10 千米跑道上，生态廊道是穿越南园和北园的必经之路，是跑者长距离训练的打卡点。在这里，跑者可以止步于生态廊道，在同一个园中，完成 1 圈约 5 千米、2 圈 10 千米的跑程，重复之前跑过的路，回顾过往的路；也可以跨越生态廊道，进入另一个园中，画出另一个完全不同的运动轨迹，10 千米、15 千米，甚至可以挑战一下自己，刷出一个半马或全马的距离。穿越南园、北园，就像走过的人生路，或笔直坦途，或羊肠阡陌；或曲折起伏，或鲜花满路；有时结伴同行，有时孤独漫步。跨过生态廊道，便是告别过去，开启新的征程。

跨越生态廊道，不仅仅是道路的抉择，更有十多米爬升的挑战。上坡下坡，快跑慢跑，或跑或停，挑战着我的体能，喘着粗气，艰难迈步，流着汗水，一次次的坚持，让我一次次看到生态廊道之上美轮美奂的风景，听到桥下呼啸的城市车流声。在挑战自我的同时，我与一个个跑者相遇，见证了跑者各种各样的步伐，或轻盈，或沉重，或蹒跚，然而，挑战成功之后，或相视一笑，或相互鼓励，我带着花的美好和芳香，乘着城市的风儿飞奔下桥，期待与它的下一次相遇。

生态廊道，是桥，又不是桥；是走廊，又不是走廊。人与人之间，人与自然之间，一来一往，有来有往，人与自然，和谐共处。走近它，它是百花园，它是生命园；倾听它，风声花语，车流呼啸。自然与城市之间，奇迹、奇观、奇想，在生态廊道上升华。

（2020 年 7 月 11 日）

6. 跑者

运动需要自由，需要尊重个性，每个人都有适合自己的运动机会，不管他的自然潜力是有助于还是不利于其运动的发展都应一视同仁。

——至高无上的运动
1920 年 8 月 17 日顾拜旦在国际奥委会第 18 次会议上的致辞

在神奇的大地上，天人合一，心无旁骛，任由飞翔，是跑者心中的向往，这片圣洁的大地，被跑者视为跑步圣地。北京奥森公园，冬天的苍茫，春天的绚丽，夏天的翠绿，秋天的金黄，四季的色彩和竞相开放的四季花卉，让人流连忘返；起起伏伏的山峦和大大小小的湖泊溪涧，令人身心荡漾。在园中，上到七八十岁的老人，下到蹒跚学步的孩子，汇聚了庞大的跑步群体；0.5千米、1千米、5千米、10千米，跑出健康、跑出快乐，跑出精彩人生。奥森公园，是当之无愧的跑步圣地。

在奥森公园的跑道上跑步，我看到的是生命的色彩，听到的是生命的脚步声。有的脚步声，均匀而有力，就像钟表走时的均匀滴答声，这是一个精英跑者的脚步声，伴随着脚步声，矫健的身姿飘然而过，听到这样的声音，我总是忍不住努力调整自己的步伐，让自己变得更快更强。有的脚步声，沉重而缓慢，就像重锤地基的打夯咚咚声，这是初跑者的脚步声，或是跑者在艰难冲刺最后几千米，我总是在心中默默为他加油。偶尔，在跑道上，飘过节奏感超强的音乐、字正腔圆的京剧，还有《三国演义》的评书，为奔跑之中的跑者助兴，让我顿时身心愉悦，轻松向前进。

我在奔跑途中，经常会遇见一位特殊的跑者——拾荒跑者。他是一位老者，年纪六十岁上下，身形瘦小，动作敏捷。在跑道上，与轻装上阵的跑者不同，他手里总是攥着一个大大的编织袋，一边跑步，一边捡拾垃圾。有时与他迎面相遇，有时与他擦肩而过，我放慢脚步，目光追随着他，他沿着跑道向前跑着，经过路边的垃圾桶，便停下脚步，拾捡着矿泉水瓶和易拉罐，放入早已准备好的袋子中，继续向前小跑。发现跑道旁草丛中散落的瓶子，他也停下脚步，收入袋中。他一路跑，一路捡，有时，看到他手里攥着瘪瘪的袋子，轻松地快跑，有时，又见他手里拎着鼓鼓的装满瓶子的袋子，吃力地挪动着脚步，满身大汗。他也许算不上一位专业跑者，但他是一位值得尊敬的跑者。

在奥森公园的跑道上跑步，我感受着更快、更高、更强、更团结的运动氛围，追风逐光之中，无声的语言是微笑。迎面相遇，看清了对方的容颜，似曾相识，或许有过一面之缘，面对面的瞬间，相视一笑，是相互的问候，好像在说，"你好！"同一条跑道上，同向而行，超越跑者，友好地从跑道右侧，前方引领；被跑者超越，脚步慢下向左避让，后方追随，擦肩而过的时刻，面带微笑，是彼此的鼓励，好像在说，"加油！"偶遇跑马大神，身材健硕、跑姿优美、神态自信，飞影般从眼前闪过，不禁一笑，好像在说，"好美！"

一个阴沉的夏日清晨，我在10千米跑道上，环跑南园和北园两圈，进行20千米长距离训练。在完成15千米之后，我在北园跑道上，冲刺最后5千米。就在这个时候，我遇到了一位同行的女跑者，她短发短身材，身穿黑色的T恤和黑色的短裤，巧合的是，我们的步频和步幅几乎完全一致，我不知道她已经跑过了多少千米，又要继续跑多久，时而她在前，我紧跟其后，时而我在前，她紧跟我后。如果是一场激烈的比赛，或许可以说，比赛进入了焦灼阶段，然而，我们不是在比赛，而是在乐跑。彼此在默默无语间，一起跑过了4.5千米，在我即将完成20千米时，她渐渐离开跑道，向我挥一挥手，消失在园中的绿林之中。我们之间没有任何交流，也没有说一声再见，然而，如果没有她，我可能会掉速，或是跑得异常艰难，我永远记住了她跑步的身影，记住了在我精疲力竭时，她曾经与我，一路同行。

在奥森公园的跑道上，有一道道靓丽的风景，他们是一个个团结奋进的跑团。跑团当中，有专业的跑步队伍，比如孙英杰跑团、元大都跑团，在专业教练的指导下，经过严格规范的长期训练，队员能够在各类马拉松比赛中获得骄人的成绩。也有各大高校和公司定期组织的活动，大家利用节假日在一起跑步，强身健体的同时，交流工作和学习，增进相互之间的了解。跑团队员们统一着装，集结在一起，或集体跑前热身，或是结队奔跑，士气高涨，气氛热烈。长跑是一项孤独的运动，跑团让长跑变得不再枯燥。在跑道上，跑得快的队员，能够放慢脚步，等一等，跑得慢的队员，加把力赶上来，拼一拼，只有大家共同努力，相互鼓励，才能形成浩浩荡荡的整齐队伍。在团队精神的感召下，引领者，勇于担当，追赶者，不忘初心。因此，长跑，是身体体能的考验，也是意志品质的修炼。

每逢周六，在跑道上，一根根助盲跑绳，将两个人的胳膊靠在一起，一位是盲友，另一位是助盲志愿者，两两并排，形成了跑道上一支整齐的队伍，当这支寻找希望之光的队伍经过时，跑友们主动避让出跑道，为他们加油助威。何亚君助盲跑团，是一个帮助盲友实现跑步梦想的志愿者团队。何亚君，助盲跑团团长，一场高烧让9岁的他，失去了明亮的双眼，为了谋生，他20多岁时在北京盲人学校学习按摩，成为一名盲人按摩师。一次偶然的机会，开启了他的马拉松赛生涯，至今已完赛几十次国内外马拉松赛事。因为跑步，他收获了幸福和快乐，通过助盲跑团，他帮助越来越多的盲友走出家门、跑出健康、打开心扉，也吸引了许多爱心志愿者加入到这项公益活动中来。因此，长跑，是通往健康之路，也是开启光明之旅。

在奥森公园里，跑步时间久了，次数多了，随着体能的提高，步伐的加快，我循序渐进地延长着跑步距离，10千米、20千米、30千米……随着跑步次数和里程的增加，我结识了很多跑者。在松鼠桥上，偶遇了大师姐和闽红师姐，很是投缘，一起跑步的同时，我感受着她们在职场和生活中的人格魅力。在跑道上，我多次迎面遇见，浩浩荡荡的红跑衫队伍，清华85级跑团，曾经的校园同窗，30年之后，因为跑步，重聚在一起，在他们之中，我看到了、听到了许许多多的真情故事。奔跑中，当我看到跑道旁交大思源客的队旗时，像看到亲人一样，我迎了上去。从此，我有了一群充满活力的年轻跑友。因为共同的爱好，我有了很多跑友，因为他们，我变得更加勇敢、更加快乐。

（2020年8月22日）

7. 仰山

"孩子们，骑好马，大胆穿过薄雾向前进"，并且要无所畏惧，未来是属于你们的。

——未来属于青年

1932年顾拜旦在洛桑举行的70寿辰庆祝会上的演说

《诗经·小雅》中有诗曰："高山仰止，景行行止。"虽不能至，然心向往之。司马迁曾在《史记》中引用此诗句，赞美孔子的高尚品德和儒雅言行，让人仰慕，千古垂范。奥森公园里有座山，它的名字是仰山，与位于北京中轴线的"景山"遥遥相望，"景仰"一词暗合了《诗经》中"内心平和，行动努力"，中国传统文化精髓孕育在巍巍仰山之中，"相互了解、友谊、团结和公平竞争"，奥林匹克精神寄予在层峦叠嶂之上。一次又一次，我或走或跑，靠近她，探寻她的脉络，感受她的脉搏。

仰山坐北朝南，位于北京中轴线上，海拔高 86.5 米，相对高度为 48 米，是奥森公园的最高峰。山的东南，与主湖和碧玉公园的一系列小岛，形成优美逶迤的山体。山的西南，生态湿地旁，筑起 20 米左右的小山，余脉绵绵。整个仰山山系通过生态廊道向北园延伸，萦回曲折的低山丘陵，伴随着蜿蜒曲折的带状溪流，形成北园山林清流的景观特色。

鲜为人知的是，仰山，并非自然形成的山体，而是夯土建筑，土石方来自奥运会主场馆鸟巢、水立方等体育场馆以及奥海等工程建设工地。作为北京中轴线北延长线的新端点，作为奥林匹克森林公园的标志性工程，仰山奥海的规划建设，倾注了各行各业劳动者们的心血，铸就了 2008 年奥运会的辉煌，也给世界留下了丰厚的自然和人文景观。

宽阔的柏油路、蜿蜒的方砖路、整齐的台阶和林间小路等大大小小的各种道路从仰山脚下通向山顶，在道路旁，一步一景，使人流连忘返，分布在山脉东西两侧的朝花台和夕拾台，更是俯瞰公园全貌和健身休憩的好地方。我在朝花台坐等日出，在夕拾台静观日落，鲁迅先生的《朝花夕拾》，平实简洁的文字背后，有着深沉的韵味，我静静地观景，慢慢地体会。

一个春天的早晨，我从南园东门出发，一路向西，跨过河坝，走过洼里湖，进入到登仰山的主路上。宽阔的道路右侧，奥海边芦苇荡漾，小桥栈道隐约可见，左侧的山峦，延绵不绝，伴我一路前行。顺着山脚下朝花台的指示牌，沿着一条石板路，向上攀登，路边带着露水的小草，轻轻地掠过我的腿，清凉凉的，抬头向上望去，蜿蜒的小路尽头，青山绿树丛中，山石环绕的朝花台，就像早晨盛开在天空中的花台。快步来到花台中央，环顾四周，散落着大大小小的方形石头，可坐可依，花台的周围，茂密的槐树和山桃树遮天蔽日，槐树枝条上抽出一个个嫩芽，翠绿欲滴。粉色的山桃花，开得烂漫，随风飘落下片片花瓣。一位年长的阿姨，静静地站在花台中央，随着舒缓的音乐，双目远眺，慢慢地伸臂，轻轻地抬腿。我悄悄地环顾一番，唯恐打破了老人的静界，匆匆继续攀登，向山上走去。

登临"天境"，寓意北京第 29 届奥运会的 29 棵油松，生机勃勃，笔直地冲向辽阔的天空。挺拔茂密的油松树之中，巨大的泰山石巍然屹立，令人震撼，我围绕着泰山石，上下仔细打量着。一位老人跟在我身后，我停，他也停；我移步，他也移步。这个时候，我才注意到，清晨尚早，天境之上，只有我和他两个人。我有些奇怪地望着这位老人，他神态安详，精神矍铄。看着我好奇的眼色，他慈祥地问我："你看到景山万春亭了吗？"我顺着他的指引，来到北京中轴线仰山坐标点前，向南望去，沿着奥林匹克公园中轴线，清晰地看到了分布在两侧的鸟巢、水立方、国家体育馆，视线转向远处，晴空万里的苍穹之下，我望见了景山公园的万春亭。老人八十多岁了，每周都登临天境，来看看远处的北京城，今天能见度格外好，秀美的万春亭清晰可见。老人讲起这些，脸上露出孩子般天真的微笑。

老人要下山了，我向他竖起了大拇指，祝福他健康长寿。我攀上山石，站在仰山最高处，往下望去，整个城市就在我的脚下，高楼林立，道路纵横，太阳从东边慢慢升起，北京城渐渐醒来，城市的气息向上升腾，速度越来越快，直冲云霄。我扬起头，蓝蓝的天空离我如此近，我就在它浩瀚的怀抱中，城市的气息裹挟着我，我与整座城市一起，迎接新的一天。于是，我跳下了山石，向西沿着宽阔的道路飞奔下山，融入整个城市，开启一天的工作。

与清晨登仰山相比，黄昏时，漫步仰山之中，少了匆忙，多了悠闲和随性。一个秋天的傍晚，从南园西门出发，经过滩涂湿地，跨过残荷断藕的木栈桥，迈上宽阔的大路，向仰山山顶走去，山中行人很少，走走停停，我静静地欣赏着满山秋色，山林浸染，苍茫而美丽，红的枫叶，黄的银杏，常青的松树，色彩斑斓的仰山，美不胜收。不知不觉中，我来到了夕拾台，一块块厚重的山石，或独立，或相依，错落有致，围合四周，中间堆砌的土丘之上，高高矗立着一座巨大的泰山石，就像一个面朝西山、静待夕阳的老人，我登上土丘，依靠着泰山石，向西望去，天边的红日透过西边的树林，洒下一片金色余晖，渐渐地，红日躲入云层之中，金色的光芒消失在云朵之上。夕阳无限好，只是近黄昏。

天色渐暗，我继续向上走去，来到山顶的小广场上，一对恋人静静地依偎着，面朝南方，望着夜幕下的北京城。我攀登到最高处，星光点点的夜空之下，习习微风吹拂，灯光熠熠闪烁，城市的气息向下慢慢沉降，整座城市变得安静祥和。向南望去，中轴线上，景观大道的灯点亮了，高高的奥运塔流光溢彩，水立方晶莹剔透，鸟巢宁静深沉。白天的忙碌、奔波、烧脑，似乎全都褪去，我享受着夜幕下大都市的恬静和唯美。天色已晚，我带着不舍离开，下山途中，不时迎面遇见三三两两的登山人，他们想必也与我一样，被灯光璀璨的城市夜景所吸引。没有清晨的攀登和夕阳下的守望，也许我永远不可能亲身体验到，落花早，斜阳暮，是多么温馨美妙！

每一次登仰山，都有不同的身体感受和心灵感悟，它是我在这座城市中，最亲近的山。经常在周末的清晨，与跑友相约，仰山拉练。以廉洁奥运赋雕塑为起点，天境为终点，往返1千米的路程，爬升50米左右，是大家训练体能的常规线路。一次又一次冲上山顶，挑战着自己身体和心理的极限，然而，没有登顶的艰难，也许永远体会不到，飞下山去的畅快淋漓，经受住身心的挑战之后，收获身体的酸爽和内心的丰盈。仰山，让我元气满满的一座山。

（2021年6月5日）

8. 向日葵园

正是这样，而且只有这样，奥运会才将成为它应该成为的那样——每4年一次庆祝人类的春天，庆祝春天的节奏和韵律，它的活力在于为精神服务。

——奥运会的活力在于为精神服务
1924年顾拜旦在巴黎第8届奥运会上的正式报告

向日葵，植株高大，花盘硕大，籽粒饱满，特别是在盛夏的清晨，太阳升起时，向日葵朝着太阳的方向，仰起头，绽放花瓣，宛如一张张笑脸。没有雍容华贵的姿态，也没有孤傲优雅的芳香，然而，庭院一角、房前屋后的一棵棵向日葵，或一片片黄澄澄的向日葵园，总是会让我眼前一亮。"更无柳絮因风起，惟有葵花向日倾。"我钟情于它，源于它的气质，向阳而生，酷暑热浪之下，始终追逐着太阳的光芒，坚守着自己的方向。奥森公园里，有一片向日葵园，是北京城区内种植规模最大、品种最全的向日葵观赏区，每年的夏天，向日葵绽放，形成一片金色的花海，吸引着无数游人前来欣赏。然而，为了这一片金色的辉煌，我等待了足足两年的时间。

第一次到奥森公园寻找向日葵，是在2019年的8月。在微信朋友圈里，看到了在黄澄澄的向日葵花海中朋友的美照，印象很是深刻，向朋友询问，得知2008年奥运会之后，奥森公园北园的葵花展，已经成为公园花卉观赏季最美丽的名片，已经举办多年，而整日忙忙碌碌的我，却全然不知这一处夏日美景，向朋友询问到详细地址，在一个晴朗的午后，走进了久违的奥森公园，去寻找朋友照片中的美景。

从北园北门入园，午后的公园很静，游人很少。看着道路旁的指示牌，向花田野趣景区走去，3千米的路程，对于当时长期不锻炼的我而言，是如此漫长遥远。1个多小时之后，疲惫不堪之时，终于看到了孤零零立着的展板，"第八届花卉观赏季葵花展"的字样清晰可见，却不见人来人往的参观者。顺着指示牌，来到向日葵园，偌大的园子，苍茫一片，挺立着的向日葵像霜打过一样，枯黄的叶子无精打采，泛黄的茎秆上支撑着一个个沉甸甸的花盘，没有满园的金黄，更没有扬着头的张张笑脸。园子里寂静一片，几个叽叽喳喳的麻雀飞来飞去，捕食着花盘上成熟的瓜子。一个寂寞的保安小哥正在尽职值守，园中仅有的两棵有着黄色花瓣的向日葵前，一个摄影爱好者架起三脚架，镜头对准园中最后的绽放，久久凝望。这一次的寻园，远远不是朋友照片中的向日葵园，更不是，我心目中的向日葵园。保安小哥说，"花期过了，明年再来吧。"

第二次在奥森公园寻找向日葵，是在2020年的7月。年初新冠肺炎疫情突然来袭，打乱了原本平静的生活。在这一场旷日危难之中，有悲痛和心酸，有不舍和无奈，也有振奋和感动。在疫情面前，人们更加珍惜生命，注重健康。我每天坚持跑步，对美好的未来，更加向往，对充满正能量的激励，更加渴望。向日葵，向阳而生，怒放的向日葵，花瓣迸发出灼灼的火焰，冲破困难，彰显旺盛的生命力。万物有灵，我是如此迫切地想看到盛夏里的那一抹金黄，阳光下充满希望的向日葵。

夏日清晨，从北园西门入园，按照疫情防控的要求，预约扫描入园，园中很静，我快步如飞，奔向不远处的向日葵园。没有像往年一样的展板，也没有如潮的游人，我加快了脚步，跑步来到向日葵园。一望无际的园中，杂草丛生，稀稀拉拉的几棵向日葵，与猖狂的杂草争抢着地盘，傲然挺立着。沿着园中蜿蜒木栈道种植的秋英，开出朵朵金黄的小花，形成一片柔嫩的黄色花带，几位园丁师傅正在清除疯长的野草。这一次的寻园，向日葵，不是我期待的向日葵，园子，更不是，我心目中的向日葵园。正在打理秋英的园丁说，"由于疫情影响，错过了向日葵的播种期，补种了秋英，明年再来吧。"

从2021年初开始，节假日，我常常与校友相约，在奥森公园晨跑。跑步的速度越来越快，在南园和北园的10千米跑道上，一圈又一圈。每一次晨跑，我都会经过向日葵园，每一次来到向日葵园，我都会放慢脚步。从冬到夏，奥森公园里的花很多，最让我牵挂的是，向日葵。

春天，我亲眼目睹园丁们翻土播种，一粒粒葵花籽播撒在土里，上面盖上草灰，用锹柄压一压，然后浇水。之后不久，向日葵苗破土而出，眼拙的我，觉得它与其他花草的小苗没太大区别，期待看到不一样的它。一个月之后，小苗开始长个儿了，每次看到它，都有新发现，棵棵向日葵，像一个个身材纤细的仙子，笔直的茎秆，片片硕大的叶子随风荡漾，直到头顶长出了一个绿色的小球，越长越大，渐渐张开，形成一个圆盘，盘中花蕊密密麻麻，外圈黄色花瓣含苞待放。

2021 年的夏天，北京的雨水格外充沛，奥森公园的树木花草，格外茂盛。6 月下旬，向日葵又蹿高了一大截，顶部绿色的花盘，一个个向着太阳，张开了笑脸，迎接着前来看花的游人，金灿灿的花海，像一片祥云，驱走了人们心头的阴霾，人们的脸上终于露出了开心的笑容。今年种植的向日葵品种真不少，有大面积种植的"油葵""火焰""化装舞会"，也有"金富贵""醉云长""金拥碧翠"等稀有品种，葵花瓣的形状、大小、颜色，以及花心的大小和颜色各不相同，绽放的花朵，就像人们笑起来的样子，真好看！

我与跑友们来到了向日葵园，撒下满园欢笑，留下美好瞬间，然后，一起开启奥森公园的长距离拉练，动力倍增，活力满满，就像归来的少年。晨跑队的小伙伴们，清晨从清华园出发，跑到了向日葵园，辨识向日葵的品种，了解向日葵的习性，为每种向日葵花盘拍照，然后将照片拼接在一起，做成一个大大的向日葵披萨图案，标注出每一种向日葵的名称、花心、花型、花色。我很高兴，因为他们和我一样，正在走近笑脸背后的向日葵。

向日葵，一秆一花。旭日东升，花盘向东。随着太阳在天空中的移动，向日葵花盘也在改变着方向，一直追随着太阳的光芒，释放着阳光般的美丽。夜晚，它低下了头，因为在它的心中，永远只有一个太阳。

（2021 年 7 月 10 日）

9. 龙形水系

希望对运动员所需的是"超越的自由。"这正是向他们提出"更快、更高、更强"口号的原因，也正是那些勇于立志打破记录的运动员的法宝。

——现代奥林匹克运动会的初创宗旨
1935 年顾拜旦在柏林电台播放的讲话

在北京奥林匹克公园，有一条贯穿南北的龙形水系，位于公园的中心区东侧，总长约 2.7 千米，水域总面积达 16.5 万平方米。奥运会建设者们，依据公园西南高、东北低的地形地貌，挖湖堆山而成。高耸的仰山，开阔的奥海，相互环绕，就像"龙头"，"龙身"向南蜿蜒，"龙尾"环绕国家体育场，形成贯通公园南北的完整水系。相比于景观大道的磅礴恢宏，龙形水系，飘逸祥瑞，是园中一道灵动梦幻的独特风景线。

2008 年奥运会开幕式上，绚丽烟花，五彩巨龙；奥林匹克公园里，"祥龙"喷泉，腾云驾雾；比赛场上，中国健儿，斗志昂扬，龙腾虎跃。龙的精神，中国人的精神，让全世界感受到了北京奥运会的震撼。一场奥运盛会之后，奥林匹克公园人潮未减，场馆活跃，逐渐进入后奥运时代。

2010 年，一篇关于漂浮物侵袭龙形水系的报道引起了大家的关注，由于当时的龙形水系以再生水作为唯一水源，水体出现了富营养化，破坏了水体动态平衡，导致水草疯长、出现了底泥上浮等异常现象。"龙形水系"的治理，同心所向，经过环境监测、水处理以及管理运营等专家团队、专业公司等多方努力，提出规划方案，边治理边实践边探索，龙形水系发生了翻天覆地的变化，曾经的污水池变成了如今的原生态水系。奥海游龙，吸引着越来越多的游客和市民前来游玩和观赏。

夏日清晨，我来到奥森公园的南门外，沿着南门前的道路，一路向东奔跑，越来越响的哗哗水声，将我引到了龙形水系进入奥森公园的入水口，我停下奔跑的脚步，漫步在架设于水面上的弯弯曲曲的平桥上。水面非常平静，没有一丝波澜，平桥与水面贴得很近，像一个水中的观景平台，水中倒映着蓝天、白云、绿树，我仿佛置身于清新宜人的绿洲之中。

宽阔平坦的水面徐徐向北延伸，沿着错落有致的五层台阶，一级级跌流入奥森公园，形成壮观的银色大瀑布，随后向西汇入奥海。转身向南回望，一条清澈的河水蜿蜒曲折，一望无际，远处的玲珑塔，是奥林匹克公园中心区的最高建筑，在水岸的映衬下，格外秀美。水的东岸柳桃摇曳，水的西岸槐松交映，近处水中的睡莲，微微浮出水面，张开粉嫩的花瓣，露出淡淡的微笑。

走下平桥，顺着龙形水系的西岸，沿着湖景西路向南慢跑。整修一新的道路，已经变成了一条非机动车景观道，依次经过科荟南路、大屯北路、大屯路、国家体育场北路，架设在水系之上的一座座笔直桥梁，依次向南，将奥林匹克公园的大小道路连通，桥上布置的整齐隔离花带，像一条条彩带披挂在龙身之上，路旁一排嫩绿的槐树，就像一条花边镶嵌在灵动的水岸边，与彩带相得益彰，趣味无穷，使整个龙身部分的景致既有序变化，又连绵不断。我奔跑着，身轻气爽，依偎着龙形水系，感受着龙身的威武和缠绵。

奔跑在湖景西路上，心随着河水在荡漾，眼睛向水系对岸望去，湖景东路上一座座高大建筑，雄伟壮观，精巧别致，在碧水蓝天的映衬下，有着别样的韵味，多了柔美，添了色彩。从北向南，首先映入眼帘的是中国科学技术馆新馆，白色的长方体建筑像一个巨大的"鲁班锁"，太阳照射在不同的建筑立面上，呈现出或明或暗的光影，见证着无声无息的时光流逝。一座浓淡相宜的巨大方正建筑坐落在中国科学技术馆新馆的南侧，就像飘浮在空中的"百宝阁"，它是被誉为中国工艺美术珍品殿堂的中国工艺美术馆。在它的东侧，一座崭新的红色地标性建筑——中国共产党历史展览馆巍然矗立，气势恢宏，高高飘扬的五星红旗格外鲜艳。

继续向南奔跑，游人和行人渐渐多起来，不时有跑者的身影闪过。月光码头到了，我放慢了脚步，向水岸靠近，几艘游船静静停靠在码头，两座亲水平台伸向水中，人行步道亲吻着水岸，高低错落的石台阶，蜿蜒的木栈道，成为游人在水岸休憩的最佳场所，水边漫步，绿道骑行，码头美食。我站在亲水平台上，向河的东岸望去，中国国学中心，建筑宏硕壮美、端方大仪，中国传统"鼎"的造型，像一件精美的艺术品，俯仰天地，中正醇和。

从国家体育场北路向南，龙形水系的龙身段渐渐结束，蜿蜒曼妙的龙尾开始摇摆。站在国家体育场北路横跨在龙形水系的桥上，向北望去，远处奥林匹克塔高高耸立在水中，雄伟壮观。向南望去，国家体育场鸟巢完美呈现在眼前，巨型鸟巢浮现在水岸之上、绿树芦苇之中，玲珑塔已经近在咫尺，晶莹剔透，秀美依旧。踏着水岸边软软的木栈道，我轻快地奔跑，右前方的鸟巢越来越近，带给我强烈的视觉冲击力，奥运狂欢仿佛就在昨天。

从一步一景的湖西景观道，来到龙形水系的龙尾，就像迈进了水岸花园，水鸭嬉戏，小船荡漾，野花遍地，月季盛开。威武的水龙，渐渐变得温婉流长，在高大的奥运场馆之间，变换着浅吟低唱的潺潺水景，在硝烟四起的赛场之外，增添些许温柔缠绵。鸟巢靠着水，水滋润着鸟巢，动与静的完美统一，在这里上演。

水是生命之源，有了水，才有了生命的气息，才有了人类文明的起源。龙是司水灵物，是中华民族的图腾，龙文化是中华民族的智慧结晶。清波荡漾绕鸟巢，苍龙盘旋迎奥运。以龙形水系托起的北京奥林匹克公园，水乳交融，天人合一。和谐相处的中国传统文化，对世界奥林匹克精神作了精妙的诠释——同一个世界，同一个梦想。

（2021 年 7 月 31 日）

10. 城市脉搏

从散布在地球上的无数体育场上，现在发出了运动员欢乐的喧闹，就像它曾从雅典体育场发出的一样。它不分民族、阶级和职业。现在复活的对体育的崇拜不仅仅改善了公众的健康，它传播了一种乐观的坚韧精神，帮助个人抵御生活中的磨难和沮丧。

——高举火炬前进

1936 年 7 月顾拜旦致柏林奥运会火炬传递者的祝词

北京奥林匹克公园，为 2008 年北京奥运会的举办而建，是第 29 届奥运会的"心脏"，曾经流淌着中国的"血液"，跳动着北京的"脉搏"。2008 年之后，这里已经成为北京地标性建筑和奥运遗产，各种大型的国内外体育赛事、演出、展览精彩不断，吸引着无数中外游客的目光，随着城市建设、交通、服务设施的不断发展与完善，奥林匹克公园正在逐渐融入北京市民的都市新生活当中。

一个阳光明媚的秋日清晨，我从奥森公园南门出发，一路向南，奔跑在奥林匹克公园的景观大道上，一步又一步踏在长长的中轴线上，坚实而有力。灰色花岗岩铺面的中轴线御道，简洁大气，平坦宽阔，延伸到远方，消失在茫茫绿树之中，与天色融为一体。偌大的奥林匹克公园中心区，浩瀚空旷，气度非凡，置身其中的我，抬头望望苍天，低头看看大地，不知不觉地，整个身心融入其中，呼吸着城市清新的空气，步伐均匀，笔直向南迈进。北京中轴线的声音，越来越近，越来越清晰。她的声音，是独特的律动，是城市的脉搏，节奏均匀，强劲有力，敲击着我的心扉，触动着我的心灵。

"同一个世界，同一个梦想"，真诚的北京，把最好的地点留给了奥运会，热情的北京，给世界带来了一个惊喜。奔跑途中，整齐的林荫道、灵动的龙形水系、延展的下沉式广场，伴随在我左右，奥林匹克塔、玲珑塔，如影随形。鸟巢在我左前方，越来越近了，椭圆的形状，简洁典雅；网格状的钢构架，充满阳刚的张力。速度鸟巢，就像一个生命摇篮，催生出运动速度的极限记录。水立方在我右前方，越来越近了，方形盒子，棱角分明；膜结构的外表，轻灵柔和。梦幻水立方，恰似神奇魔方，激情与活力激起朵朵浪花。

鸟巢和水立方，并肩而立，天圆地方，科学与艺术完美结合的双子座，是现代北京的标志性建筑，承载了北京奥运会太多的精彩与美好。鸟巢和水立方，一阳一阴，一刚一柔，冰清玉洁，构成中轴线上一幅和谐壮美的画面，从紫禁城、天安门，一路向北走来，汇入绵延数千年的古都城市文明之中。从西方文明的摇篮到东方文明之都，现代奥林匹克运动与城市有着不解的渊源，遵循着历史发展的轨迹，延续着民族文化的血脉，吸纳着城市中心的精华。

"匠人营国，方九里，旁三门，国中九经九纬，经涂九轨，左祖右社，面朝后市，市朝一夫。"北京有着三千多年的建城史和八百多年的建都史，丰富的文物古迹和厚重的文化遗产，成为北京特有的城市历史景观。紫禁城，是北京中轴线的起源，金瓦红墙，碧水环绕，留下了体量庞大的建筑瑰宝。城墙角楼，筒子河，青砖灰瓦的四合院，记录着平民百姓的休养生息，承载着老北京特有的生活规律和样式。五环、六环、七环，同心同轴的方形城市布局，描绘着四通八达的城市发展路径，见证着日新月异的城市变迁。每年的除夕夜，我都会开车载着家人，绕行在环路上，欣赏城市的璀璨夜景，感受北京城市的变化。

1949 年 10 月 1 日，开国大典在天安门广场举行，第一面五星红旗在广场上冉冉升起。天安门广场，明清时期的宫廷广场，从这一天起，成为人民的广场。在广场的中心，在中轴线上，高高矗立着人民英雄纪念碑。"人民英雄永垂不朽！"我们相信，先祖和英雄们的灵魂从来不曾离去，英雄的精神在这里凝固，成为永恒。天安门广场，是中国的中心，是中国人民的情感中心，只要情在，只要人民在，祖国的未来一定会充满希望！每年的国庆节，我与家人都会来到天安门广场，欢度节日，尽情徜徉，与欢乐的人群一起，为古老而又年轻的祖国祝福。

世纪轮回，穿越百年，从希腊的雅典到中国的北京，以奥林匹克运动为代表的现代体育运动，已经成为现代城市生活方式的重要组成部分，奥运会对于北京的意义，不只是一场体育盛会，它见证了北京从古老文明迈向现代化、全球化的身影，并将和平、友谊、拼搏等人类精神凝聚成世界共识，与开放、文明、现代等中国历史潮流交汇在一起。古都风韵、时代风貌已经成为北京城市形象的符号，北京向世界展示出独特的魅力与品格，越来越多的市民加入到体育运动的行列，我也从宅家者变成了长跑爱好者。

曾经，中国何时才能派一位选手参加奥运会？中国何时才能派一支队伍参加奥运会？中国何时才能举办一届奥运会？1908年5月，《天津青年》发出著名的"奥运三问"。再回首，在奥运梦想的百年之际，13亿中国人用真诚和热情为奥林匹克运动创造了史诗般的神奇，无与伦比，世界同欢。共期待，纯洁的冰雪，激情的约会，从夏奥会到冬奥会，北京奥运时间又一次进入倒计时。

一旦成为奥运城市，永远都是奥运城市。

开放的北京向世界发出邀约，一起向未来。

我奔跑着，与城市脉搏一起跳动，奔向美好明天！

（2021年9月19日）

四、晨练清华园

1. 学堂路

所谓大学者，非谓有大楼之谓也，有大师之谓也。

——梅贻琦（1889—1962）

1901 年，八国联军侵华，清政府与法、俄、英、美、日等 11 国驻华公使在北京签署了屈辱的《辛丑条约》。该条约议定，从 1902 年直至 1940 年的 39 年里，清政府向各国共赔款白银 4 亿 5000 万两，年息四厘，其中美国应得到其中的 3200 多万两，折合 2400 多万美元，史称"庚子赔款"。从 1909 年起，美国将部分庚子赔款本利退回，充作留美学习基金，清政府成立游美学务处，负责选派赴美留学生，筹建游美肄业馆。1911 年，游美肄业馆迁入清华园，更名为清华学堂。同年 4 月 29 日，清华学堂在清华园正式开学，清华大学的历史从此开始，这一天成为清华校庆纪念日。

诞生于内忧外患的清华，在黑暗中摸索前行，风雨沧桑百年路，强国筑梦育人才。地处北京西北郊的清华园，前身是清朝三山五园的熙春园，园内既有中国古典园林的亭台楼阁，又有中西合璧的殿堂斋舍。一百多年来，在这里，众多名人大师辛勤耕耘，一代代莘莘学子度过最宝贵的青春年华。清华园是风景之园、历史文化名园，是大师之园、精英之园，更是永远的精神家园。清华大学从无到有、从小到大，校园规模和学生规模发生了翻天覆地的变化，2010年4月，在"百年校庆年"启动前夕，清华大学正式为10条校园道路命名。

学堂路，为纪念1911年创立的清华学堂，众望所归，就此得名。这条校园中心的南北主干道，北端起点为紫荆公寓，南端终点为南校门，全长约2千米，穿越学生生活区、教学区和办公区。从道路的起点开始，依次经过丁香园、听涛园和清芬园三个学生食堂，中心路段的两侧分布着三教、四教、五教、六教等主要教学楼和文科图书馆，道路南端是院系办公楼和基础工业训练中心。为了保障广大师生的出行安全，有一个和谐有序的教学环境，学堂路实施部分交通管制，机动车禁止通行，行人与自行车分流。从北到南，在泡桐、白杨、槐树的掩映之下，宽阔笔直的道路成为一条畅通无阻的交通风景线。

曾记得，在学校读书时，骑着自行车，往返穿行次数最多的道路是学堂路。道路两旁高大的白杨树，直耸云天，满树油绿，成为求学路上最鲜活的记忆。每天早上，迎着清晨的第一缕阳光，同学们从宿舍楼骑着自行车，从四面八方汇聚在学堂路上，欢快的自行车流，像潮水般由北向南涌动，快速而有序。高高的白杨树笔直挺立，微风中树叶哗哗作响，应和着车铃声和欢声笑语，车流不息，涌向教学楼，涌向图书馆，涌向实验室。

下课了，从教室、图书馆、实验室等方向来的自行车流，陆陆续续再次汇聚到学堂路上，由南向北，流向学生生活区，道路旁的学生食堂上空，炊烟袅袅，飘出一股股饭菜的香味，食堂师傅们已经准时做好了丰富美味的餐食，一排排自行车停在了食堂外，人头攒动，学生们有序进入食堂。在学生食堂里，天天都是美食节，不仅一日三餐品种齐全，而且每个食堂都有特色美食，丁香园的老碗鱼、听涛园的油泼面、清芬园的生煎……学校在为勤奋苦读的学子们提供美食的同时，"光盘行动"一直在持续，积极倡导师生们，珍惜美好食物，厉行节约不浪费。

课间的学堂路上，有了短暂的安静，少了来往的车流，多了轻松漫步的师生，一道青春靓丽的风景，在等待着你。以粗壮的白杨树干为支撑，100多米长的主干道两侧竖起了各种各样的学生活动宣传展板，成为学堂路上独特的风景，有一年一度的新生舞会、人气爆棚的名师讲座、妙趣横生的社团招新，还有良师益友的展示、三好学生的风采、优秀志愿者的评选。活动丰富多彩，内容更新频繁，版面充满创意，吸引着同学们的目光，伴随着清新的气息，点燃青春的思想火花。

迎新生，期末考，毕业季，校庆日，在白杨树之间拉起长长的红色横幅，迎新的标语亲切而热烈，毕业的寄语温暖而难忘。年复一年，日复一日，在清华园的每一天，每一个足迹，都值得留恋。白杨树越长越高，树冠高大，树叶繁茂，曾记得，在百年校庆之后，它们经历了一次大规模的修剪，十年过去了，迎接110周年的校庆活动开始了，生命力旺盛的白杨树，长成了参天大树。十多年里，我与白杨树一起成长，真切地体会着，"十年树木，百年树人"的道理，参天大树的长成，需要阳光雨露的滋润，更需要风霜雨雪的锤炼。

百年校庆，新清华学堂在学堂路旁建成，成为学堂路上的标志性建筑，苦读五年之后，在七月的毕业季，我穿着学位服，与朝夕相处的同学们，与和蔼可亲的老师们，在清华广场前留下了毕业纪念照。永远记住了导师的话语，"博士毕业，意味着你有能力迎接任何挑战、战胜任何困难。"站在宽阔的清华广场上，向熟悉的学堂路望去，排成行的白杨树上，舒展的树叶哗哗响，在向我招手，为我喝彩。

曾记得，毕业之际，有些留恋，有些感伤，我沿着学堂路，骑着自行车，向南门骑去。盛夏时节，道路旁的国槐树上，黄色的槐花星星点点，开得正盛，发出淡淡清香，自己曾经在学堂路上常常仰望白杨的伟岸，却错过了国槐的清香。道路旁的纳米楼、法学图书馆等一个个崭新建筑拔地而起，我忽略了校园的很多美景和建筑，更有些许遗憾，我还有许多知识没来得及学，许多本领没来得及练。

一条长长的学堂路，整齐高大的白杨树，见证了学子们的拼搏和苦读，柔美细密的国槐树，为苦读的学子们带来诗意和浪漫，护卫着学子们回校的路。一年又一年，它迎接青涩的年轻人走进清华园，它护送满怀抱负的学子们走出清华园。待到春华秋实的那一天，长长的学堂路，是学子们回家的路。

（2021 年 3 月 26 日）

2. 清华路

少年强则国强

——梁启超（1873—1929）

马拉松，原是希腊雅典的一个地名，马拉松赛跑起源于此，在希波战争中，希腊士兵斐迪庇第斯，从马拉松到雅典城，一口气跑了约 40 千米，成功将希腊胜利的消息传回故乡。在 1896 年首届奥运会上，首次设立男子马拉松比赛项目，比赛路线沿用斐迪庇第斯送信跑的路线。1984 年第 23 届洛杉矶奥运会上，第一次举办女子马拉松比赛。

马拉松比赛，作为一项最古老的田径比赛，全长 42.195 千米的超长距离，综合考验着运动员的体能、意志和精神，挑战着人类的极限。马拉松比赛对赛道及其沿途都有很高的要求，不仅仅要满足运动员的比赛需求和补给需求，而且要满足观众的观赏需求，因此这项赛事一般在世界各地的城市举行，起点和终点设在城市的体育场。

我与马拉松比赛的缘分，始于 2008 年北京奥运会，中国第一次举办奥运会，第一次在北京举办奥运会。无比幸运的是，女子马拉松比赛，是唯一一场我亲眼看到的奥运会比赛，观看比赛的地点，是在清华园里的清华路。

2008 年 8 月 17 日上午 7 点半，北京奥运会女子马拉松比赛如期举行，起点为天安门广场，终点设在国家体育场，途径北京的多个名胜古迹和地标建筑，展现了中国首都的历史文化和都市活力。更为激动人心的是，马拉松路线要穿越清华园，比赛选手经北京中关村大街向北行进，从清华西门进入清华园，穿越清华路，经过二校门、主楼广场之后，向南出清华东门，在清华园内的赛道全长约2千米，呈L形。我和许许多多清华师生一起，亲历了女子马拉松比赛的精彩时刻。

清华路，校园中心的东西主干道，东西两端分别与清华西路和清华东路两条市政道路相连接。从清华西门开始，一路向东，宽阔平坦的道路向东延伸，道路两侧绿树成荫，校河边的玉兰花，最先报告春天的消息；二校门附近的银杏树下，是深秋最美的打卡地；延伸向主楼的梧桐树，在盛夏时节，为校园洒下一片阴凉。人行道上，安静整洁，散落的椅子，让行人可以随时坐下来，歇歇脚。道路右侧的校河蜿蜒向东，静静流淌。道路左侧的近春园和荷塘月色，松树成林，荷花点点。清华路，是清华园最美道路，也是马拉松比赛的绝佳赛道。清华师生们沿着清华路，在道路两侧排起长长的队伍，有序观看比赛，为运动员加油助威。

在2千米的赛道上，二校门无疑是观看比赛的最佳地点。二校门，清华园标志性建筑之一，始建于1909年，是早期清华学堂的校门，古典西洋砖石结构，巴洛克风格，乳白色的门坊，庄严典雅。门坊中间上方的黑色大字"清华园"，醒目清丽，题字者是时任清政府军机大臣的那桐。后来，随着清华园扩建，院墙外移，1933年，面朝圆明园的西校门建成，原有的校门，习惯上被称为"二校门"。走进二校门，清华大学的早期建筑群，大礼堂、清华学堂、同方部等，尽收眼底。每一位到清华园的游客，都会来到这里参观游览，每一位清华园的毕业生，都会在这里拍照留念。女子马拉松比赛已经鸣枪开跑，二校门前聚集了最多的观赛师生，大家热热闹闹地等待着，参赛女运动员们跑进清华园，从二校门前跑过。

上午九点左右，各国女选手陆续经过二校门。人声鼎沸，友好的欢呼声和热情的加油声此起彼伏。各种肤色、各种容貌的女运动员，从我眼前飞过，她们迈着有力的步伐，奋力向前的身影，至今深深印在我的脑海里。阳光下的二校门格外典雅，静静地俯视着飞扬的运动员和欢呼的人群。在我的人生中，这是第一次在现场观看国际运动比赛，第一次如此近距离地看到赛场上女运动员们矫健的身姿、飞奔的身影。

人生如梭，在清华园学习和工作已经多年。清华路，作为清华园的主要交通要道，每天非常繁忙，车辆如梭，行人如织。在高峰时间，或步行，或骑自行车，我常常会选择绕行其他校园道路，以更便捷的方式到达教室或办公地点。如果说，在清华路上看到马拉松比赛的精彩瞬间，是幸运时刻，那么，每天在清华路上奔跑，是此生的幸福！自从 2019 年加入晨跑队，开始每天在清晨的校园跑步，我与小伙伴们一起，用晨跑的方式，迎接清华园的第一缕阳光，亲眼看着太阳冉冉升起，感受清华园的四季变化。

宽阔的清华路上，由西向东，晨跑队伍跑到哪里，太阳的光芒就铺洒到哪里，不一会儿，灰黑色的柏油路上，就变成了一条金色的大道。在古典优雅的二校门前，听，队员们的步伐，格外稳健有力；看，队伍的排列，格外整齐精神。一张张充满朝气的笑脸，永远定格在了阳光中，定格在了那些值得回味的一个个清晨。无论春夏秋冬，无论风风雨雨，每一天的清晨，矫健的身影，整齐的队伍，都会准时出现在清华路上。

在清华路上，身姿高高跃起，迎着阳光，敞开心扉，梦飞扬的地方，是在主楼前的广场上。主楼坐北朝南，呈中轴线对称，宏大的建筑由东、西配楼和中央主楼组成，通过过街廊楼连成一个整体，从空中俯瞰，就像一只展翅飞翔的雄鹰，主楼前的道路和主楼自然围合成一个开放式的广场。清晨，中央主楼的盏盏华灯渐渐隐去，迎着朝阳，主楼广场前，高高旗杆上的五星红旗冉冉升起，迎风飘扬，明艳耀眼。

晨跑队从西向东，跑过主楼的过街廊楼，千丝万缕的金色光影，洒在晨跑队员的身上，一个个矫健的背影，披上了金色的羽翼，成就了清晨最美的画面。来到广场上的队员们，一字散开，迎着风，张开双臂，尽情地向上跳跃，欢快地向前奔跑，拥抱蓝天白云。清新的空气、快乐的气息，就这样射入每一个人的心田。伴随着清风暖阳，把一天的快乐高高举起。

我喜欢清晨的清华路，喜欢宁静典雅的二校门，喜欢在主楼广场上放飞自己。在最美的道路上，汲取无限能量，在最美的园子里，开启一天的工作，是何等幸事，又是何等的担当。

（2021 年 8 月 17 日）

3. 明德路

大学之道，在明明德，在亲民，在止于至善。

——《大学》

　　"大学之道，在明明德，在亲民，在止于至善。"作为儒家经典《大学》的开篇首句，是大学的宗旨及大学生正心修身的根本所在。明德和至善，有两条清华园里的主干道路分别以此命名。从东主楼东侧往北一直到与紫荆路交汇处，是东大操场东侧的南北干道，路名为明德路。与明德路交汇，向西经听涛园食堂往东一直到近春路北侧，是校园北部的东西干道，路名为至善路。

　　在明德路的南起点，丁字路口东北侧的人行道旁，伫立着清华国学研究院"四大导师"的塑像，梁启超、赵元任、王国维和陈寅恪，四位国学大师，风姿卓然。20世纪20年代，中华民族危亡之际，清华国学院成立，"独立之思想、自由之精神"的宗旨，对清华的文化氛围和学术风气，产生了深远影响。四位导师，治学严谨和不囿于成见的研究态度，朴素厚实和真诚谦逊的人格魅力，给学生们留下了深刻印象。1914年，在清华同方部，面对着清华师生们，梁启超先生做了《论君子》的演讲。"天行健，君子以自强不息。地势坤，君子以厚德载物。"由此衍生的清华校训，影响了一代又一代的清华人。

　　时光飞逝，人文日新，百年清华的不朽精神，在一代代清华学子身上悄然传承，促成了清华人的天然品性。1999年，中央工艺美术学院并入清华大学，更名为清华大学美术学院，科学与艺术的互鉴与融合，将在未来发挥独特作用，促进科技的艺术传播，让科技变成迷人的艺术。2013年，位于明德路起点的清华大学艺术博物馆开工建设，它与东主楼遥相呼应，整个建筑造型明快而厚重，简洁而低调。2016年9月，艺术博物馆正式对外开放，艺术殿堂之门隆重开启，它就像一艘扬帆远航的大船，驶向未来。

明德路，是清华园里一条花园之路，从南向北，曲折蜿蜒，高低起伏，宽窄不一，曾经是校园里一条偏僻幽静的小路，百年校庆之后，学校对道路进行了整修，专门铺设了双向自行车专用道，与双向的机动车道隔开，中间隔离带也进行了绿化改造，曾经的小土丘，变成了道路中间的小花园，种植了松树、五角枫、银杏，铺设了草坪，四季花草应季开放，精致又美观。最后几百米的隔离带，由不足一米的花台砌成，在四季常绿的灌木中间，栽种着紫色的花草，就像一条紫色花带，蜿蜒上坡，然后下坡，一直延伸到紫荆门，清华紫，紫荆花的颜色，雅致而不神秘，高贵而不张扬。

明德路，是清华园里一道清新风景线。每天清晨，宁静的校园还未苏醒，明德路上车少，人更少。然而，小草上的露珠醒了，闪着晶莹剔透的光，道旁的月季花醒了，展开了娇嫩笑脸，树上的鸟儿醒了，唱着欢乐的歌，一片生机盎然。我喜欢在清晨，轻松自在地在自行车道上慢跑，闻着花香，听着鸟唱，一会儿上坡，一会儿下坡，时而向左弯，时而向右弯，景色也随之变换，任由我自由自在奔跑，心儿也随之荡漾，就像徜徉在舒朗开阔的郊野间。

明德路，是清华园里一条充满活力的生命线。在道路中部的西侧，依次经过网球场、沙滩排球场和棒球场，这里是校园东区体育中心的一部分，不远处还有综合体育馆、游泳馆、东大操场。体育课上，课余时间，体育馆里，运动场上，学生们进行项目练习、赛前集训、跑步打卡等，每一次挥汗如雨，都是为了遇见更好的自己，每一次挑战极限，都是一次自我蜕变。青春，绽放出张狂明快的色彩，成长，留下奋勇争先的足迹，年轻真好！

在明德路的终点，跨过东西向的至善路，在道路的西侧，有一个高低起伏的小山坡，坡上有一片茂密的树林，它叫世纪林。一棵老柳树巍然屹立在修葺平整的台阶之上，粗壮高大，枝叶婆娑，像一位世纪老人，站在人生的十字路口，看着南来北往的莘莘学子，记录下时光的凝结、风雨的杰作。从斑驳嶙峋而又结实的根部向上，粗壮的树干自然地分成了两部分，顽强地向上伸展，形成了粗壮的分枝，奋力向上生长着。直冲云端的两个枝干，在空中手牵着手，枝连着枝，形成密密实实的树冠。每次跑步经过这里，我总是心存敬畏，仰望着这棵古老而又年轻的生命，大自然的生命，就是这么神奇，分分合合，聚散两依依。

辛卯初春，百年校庆之际，来自亚洲、美洲、大洋洲等全球的中外百余名大学校长齐聚清华园，在山坡上进行植树活动，共同新栽树木，浇水灌溉。又一个十年过去了，世纪林里的棵棵小树已经长成了大树，高大直立，枝叶茂盛。微风吹动，树叶轻声歌唱，待到全球疫霾散去，全球的校长们再聚清华园，共商世界教育大计，共赏大树参天的世纪林。

（2021 年 4 月 23 日）

4. 至善路

维能耐劳忍苦，斯能建功立业，贪安好逸者无济于社会也。

——周诒春（1883—1958）

盛夏的清晨，经过一夜熟睡之后，我自然醒来，生物钟告诉我，要起床晨跑啦！向窗外望去，细雨霏霏，悄然飘落。晨跑，已经成为一种习惯。每天5点多起床，6点出发跑步运动一小时，随后开启一天的工作，利用体力和脑力的最佳状态，完成每天的工作。成功瘦身、高效率工作、快乐生活，逐渐形成良性循环。今天，像往常一样，我穿好运动装，冒着细雨跑进了清华园。

烟雨朦胧中，来到近春园，一边慢跑，一边望着碧水静波的荷塘，含苞待放的朵朵荷花，雨露滋润，格外迷人，我全然忘记，头发湿了，衣服湿了。我右转向东，奔跑在至善路上，雨越下越大，不得不停下脚步，走上道路右侧的人行道，迈进理学院新楼的长廊。长长的环形廊道，遮挡了风雨，让我可以静静地漫步，欣赏廊外的雨中美景。U 形廊檐上垂挂的绿萝，在雨滴的敲打下，害羞地低下了头；廊前花坛中盛开的白色小花，沐浴着细雨，纯洁动人；下沉广场在雨水的冲刷下，鲜绿透亮。

　　理学院新楼由物理馆、数学馆和生命科学馆组成，在北半部，物理馆和数学馆呈东西对称分布，由室外的拱形门洞和长廊连成一体，与道路北侧的化学馆相互呼应，在数、理、化三馆之间，长廊环绕的庭院与绿草茵茵的下沉广场，为师生们提供了一个畅谈畅想的露天场地。在南半部，新的生命科学馆向南与老生物馆隔河相望，与西侧小山上的气象台相围合，山环水绕，在时光流逝中，诉说着生生不息的生命气象。心有所信，方能行远，新一代莘莘学子怀揣求知的渴念，走进这一片红色建筑群，步入严谨缜密的理学王国。

　　漫步在长廊之中，环顾四周，宁静而幽深，让心静下来，逐渐进入深度思考。宽敞整洁的教室，静静等待着求知若渴的学生们来上课；实验室的仪器设备在昼夜不停地运转，科研人员在聚精会神地观测数据；报告厅的大门开了，一场学术的饕餮盛宴即将举行。知识学习、科学研究、学术交流，在理学王国里，日复一日，年复一年，默默坚守，书写伟大征程。走进物理馆，来到三层大厅，墙上镶嵌着七十五位金箔画像的"院士像"，铸就献身科学技术的精神丰碑。1929 年理学院建立以来，创造了非凡业绩，涌现了叶企孙、周培源、钱崇澍等一批批杰出的科学家，邓稼先、彭桓武、周光召等为国家"两弹一星"作出了重大贡献。

　　雨渐渐停了下来，红墙、绿草，经过了细雨的洗礼，格外清新明亮。我呼吸着清新的空气，跑出了长廊，沿着至善路，继续向东跑去，依次经过整修一新的明斋、新斋，雨后的西大操场，格外清新亮丽，深蓝色的跑道上，已经有三三两两的跑者在慢跑，晴雨后的运动总是让人精神一爽。

　　不知不觉中，跑到了位于至善路中部的图书馆总馆。我喜欢在图书馆里看书，也喜欢闲暇时间在它周围漫步。图书馆总馆由老馆、西馆和北馆组成，分四期建设完成。一期建于 1919 年，由美国著名建筑师墨菲设计；二期建于 1931 年，由中国著名建筑师杨廷宝院士设计；三期建于 1991 年，由中国著名建筑师关肇邺院士设计；四期建于 2016 年，也由关肇邺院士设计。整个图书馆建筑群，富于变化又和谐统一，历史与现代完美融合，浑然天成，筑起一座浩瀚无垠的知识圣殿，于朴素平实中透露出深厚的内涵。无论在馆内，还是在馆外，我常常品味书香，感悟岁月，穿越在历史长河之中。

百年清华，百年图书馆。清秀俊雅的北馆，昨晚通明的阅览室，灯光才刚刚熄灭；古朴庄重的西馆，清新的朝阳透过屋顶明亮的玻璃窗照亮书桌；沧桑儒雅的老馆中，深邃宁静的书库，让人流连忘返。翻动的书页，心灵的启迪，历史的回响。史国衡，是一位社会学家，在清华求学期间，家境贫寒的他，获得图书馆助理的岗位，从此与图书馆结缘，成为清华图书馆历史上任期最长的一任馆长，如今的学生，仍然可以通过勤工俭学的方式，参与图书馆的很多工作。曾经，在图书馆里，从早到晚，一个清瘦少年，全神贯注地在读书，他是横扫清华图书馆的钱钟书。在图书馆里，23 岁的曹禺先生完成了经典巨作《雷雨》。杨绛先生曾经说过："我在许多学校上过学，最爱的是清华大学；清华大学里，最爱清华图书馆。"杨绛先生与钱钟书先生和他们的女儿钱瑗设立的"好读书奖学金"，帮助了很多好读书的贫寒子弟顺利完成学业。大师逝去，他们的精神还在。清晨七点多，等候入馆的学生们排起了长队，静静地等待着入馆，准备去知识的海洋遨游。

淅淅沥沥的小雨，来时悄无声息，去时无影无踪。与图书馆相邻，至善路西段的情人坡上，春天的桃花谢了，绿茸茸的小果挂满枝头，至善路一旁的回廊上，交织的紫藤爬满墙架，繁茂的绿叶遮住骄阳，洒下清凉。坡顶上的老柳树柳枝婆娑，倾斜而下的绿荫像一片绿色的瀑布。情人坡上，多浪漫，然而，情人坡上的浪漫，不只属于成双成对的校园恋人。无论春夏秋冬，在情人坡旁的树林中，可以听到朗朗读书声，在毕业季，可以看到身穿学位服的学子们，憧憬美好未来的张张笑脸。课余饭后，在情人坡上小坐，在紫藤架下纳凉，换一种感觉，换一种心境，换一种思维，或许是对自己、同学、朋友的一种浪漫表达。

经过至善路上的小桥，被南北两岸的景色所吸引，停下了脚步。站在桥上，向南望去，河道两岸汉白玉栏杆下青萝蔓蔓，小河弯弯，静静流淌。万泉河，发源于北京西郊的玉泉山，从颐和园流入圆明园，从畅春园流入熙春园，流进北大燕园，流进清华园，成为清华园的校河。校河从西门流入校内，一分为二，一条向北流，另一条向东流，润泽水木清华，萦绕荷塘月色，两条支流汇合后，从校广播站向北，穿过至善路上的这座小桥，缓缓流出校园，汇入清河。

万泉河，汩汩清泉，流经清华园，最终流入大海的怀抱；至善路，蜿蜒向东，与明德路汇合，构成纵横交错的校园脉络。至善，最完美的境界，也可以理解为，不只是满足于较美、更美，而是努力达到最美、最好、第一流。做老师，要努力成为一流的老师，做学生，要努力成为一流的学生，然而，要到达最完美的境界，不是好高骛远，而是脚踏实地、一步一个脚印地走好脚下的至善路。

（2020 年 8 月 24 日）

5. 西大操场

无体育，不清华。

2020 年 4 月 26 日，是清华大学 109 周年校庆日。这一天的清晨，在清华园西大操场上，随着发令起跑的一声枪响，"云校庆：清华建校 109 年 西操接力 109 圈"正式开始。由于新冠肺炎疫情的影响，广大校友们不能返校参加校庆活动，在落实防控要求的前提下，四十多名在校的老师、学生和校友，保持着安全距离，穿着统一的红色跑衫，迈着整齐的步伐，在跑道上接力奔跑。与此同时，校友们在全世界各地，跑步 10.9 千米，接力聚云端，万里共清华，祝福母校生日快乐。

疫情的阴霾，笼罩在清华人的心头，迟迟挥之不去。然而，109 周年校庆日当天，阳光格外明媚，照耀着清华园，温暖着大家的心。蔚蓝的天空，白云朵朵，抚慰着大家的心。在庄重而空旷的西大操场上，彩旗飘飘，人声鼎沸。在高高举起的校友跑步协会、校工会教职工跑步协会、学生马拉松协会等清华跑团旗帜的引领下，间隔有序、步伐整齐的队伍在跑道上奋勇行进。我迈着坚实的步伐，奔跑在队伍之中，激动的心情难以平复，仿佛看到了不能返校的校友们一双双期盼的眼睛，又好像看到了清华跑友们奔跑的身影，在都市，在郊野，在山间，在海边……

西操校庆接力长跑活动，始于 2016 年的校庆日，由旅居法国的 77 级校友牟文殊师兄提议，并得到学校体育部、校友会以及跑友们的积极响应和大力支持。从此，每年的校庆日，西大操场校庆接力跑，成为清华跑友们校庆返校时，最期盼的欢乐聚会。在温馨热闹的气氛中，大家一起快乐奔跑，看！蜿蜒的校河静静流淌，波光粼粼；静谧的图书馆清净优雅，满室书香；古朴的明斋穿越历史，焕发青春活力。听！琅琅读书声、加油助威声、轻松欢笑声，声声不息。西大操场，承载了一代代清华学子的青春记忆。

斗志昂扬的跑步队伍在跑道上每跑完 1 圈，经过起点时，大家以 1911 年清华学堂创办为起始数字，齐声高喊出这一数字，"清华 1911，1912，1913……"一起加油，为母校庆生。静候在起点的志愿者，一次次庄重地摇响铜铃，翻起一张张数字牌，西大操场的上空，一阵阵响亮的口号声，响彻云霄。一圈又一圈，一年又一年，我奔跑在蓝色的跑道上，铜铃声声，清脆响亮，时光飞逝，我徜徉在蓝色的历史长河之中。

1919 年，清华正式开设体育课，成为最早设立正规西式体育的学校，刚刚建成的西体育馆以及馆前的简易操场，成为学生课内外体育活动的重要场所。1953 年，第一届学生田径运动会在西大操场举行，学生们排着整齐的队列，精神抖擞地经过西体育馆，蒋南翔校长在西体育馆二层看台上，为学生们加油助威。从此，"争取至少为祖国健康工作五十年"的口号，成为一代代清华人的奋斗目标。2000 年，西大操场的塑胶跑道建成，师生们结束了在尘土飞扬中奔跑的历史。2010年，百年校庆之际，全新的蓝色跑道投入使用，采用了科技含量高、环保性能好的塑胶材料，使得西大操场的跑道成为全国高校体育场上为数不多的蓝色跑道。高低错落的红楼之间、绿树环抱之中的西大操场，清新而沉静。奔跑在蓝色的环形跑道上，清华跑者的步伐更有力、心率更稳定、思想更专注。

　　"邱勇校长来了！陈旭书记来了！"振奋人心的喊声，将我拉回到现实之中。校长邱勇、校党委书记陈旭等校领导身着整齐的运动服，来到西大操场，与参与活动的校友、教工和学生一起，共同接力奔跑，"109圈！""清华2020！健康工作50年，幸福生活100年！"共同为母校送上最好的祝福，一起奔向清华大学110周年，开启"全球同跑接力，母校百十献礼"活动，全球校友、全校师生参与者将在一年时间内，累计110万千米跑程，迎接母校诞辰110周年。活动结束之后，大家依依告别，有序离场，相约明年，西操再见。我独自走出操场，来到西体育馆前，久久伫立。

　　西体育馆古朴的红砖外墙上绿藤蔓蔓，白色的花岗岩柱廊默默屹立。我抬起头，仔细端详着柱廊上镶刻的英文字母，"罗斯福纪念馆"，斑斑字迹，依稀可见，记录着庚子赔款建立清华学堂的历史；逝去的岁月，洗尽铅华，沉淀的是不能忘却的记忆。五四运动时，西体育馆门前，清华全体学生在操场上庄严宣誓，挽救民族危亡，投身爱国运动。"一二·九"运动中，清华学子在西大操场集合出发，举行游行示威，用"以血肉头颅换取我们的自由！"震撼人心的呐喊，唤醒国民的抗战热情。西体育馆和西大操场，在风雨中经历了沧桑岁月，见证着清华的百年荣光。清华的体育精神，始终与拳拳爱国心、铮铮强国梦紧紧联系在一起。

　　我抚摸着熟悉的红色砖墙，踏着厚重的台阶，顺着窄窄的楼梯，登上西体育馆二层的看台，红墙上四根斑驳的旗杆柱，傲然斜伸向天空。我站在看台上，环顾四周，顿时心旷神怡，整个清华园尽收眼底。向南望去，清幽的"水木清华"北山坡下，"祖国儿女 清华英烈"纪念碑静静伫立；"三一八"断碑前，"我心甚安，但中国快强起来呀！"轻轻回响。每年的清明节，"致敬英烈"祭扫活动都会如期举行，清华师生们来到碑前，缅怀英烈，敬献鲜花。新时代的清华学子，铭记英雄，凝聚力量，与清华同呼吸，与祖国共命运。

临近中午，天高云淡，披着金色阳光的西体育馆，像金色的太阳，光芒四射，照亮了西大操场，照亮了整个清华园，校园里的莘莘学子，昂扬向上，砥砺前行，就像徜徉在蓝色海洋中的勇士，奋力向前，向前，向前！

（2020 年 4 月 26 日）

6. 东操田径场

运动场是培养学生品格的极好场所，可以批评错误，鼓励高尚，陶冶性情，激励品质。

——马约翰（1882—1966）

2020 年 8 月 17 日，看到一则关于清华大学东操田径场的通知，大致内容为：东大操场上次翻新改造，已经过去近 10 年。为了迎接 110 周年校庆，为了改善教学、训练场地条件，计划于 8 月 18 日开始对东大操场塑胶面层和天然草坪进行维修改造……

东操田径场，师生们简称它，东操，是我在校园跑步的一片圣地。每天清晨在校园晨跑，与王凤生老师在东操偶遇，只言片语之中，喜欢听他讲一讲清华园的故事。带着关于运动的疑问，向操场上正在指导代表队训练的体育部老师们请教，片刻间获得答案的喜悦，无以言表。更不必说，从身边一闪而过的大神们，他们的优美跑姿和潇洒动作，总能让我鼓一鼓劲儿，再跑快一点儿。东操维修改造，是为了师生们今后更好地运动锻炼，但是在一个多月的时间内，不能在东操跑步，心中难免有些割舍不下。

第二天清晨，淅淅沥沥的小雨飘落不停，心中带着对东操的念想，穿上运动装，冒着细雨来到校园，希望在东操封闭维修之前，在宽阔的跑道上，畅快地再飞上几个来回。到了东操，小雨神奇般地停了，东大操场内，寂静无声，空无一人。放眼向南望去，在乌云游动的天空之下，远处综合体育馆的圆形屋顶，若隐若现，格外壮观。空旷的天然大草坪之上，草儿鲜绿，露珠晶莹，一只长着长尾巴的黑色鸟儿，蹦蹦跳跳，悠闲地踱着步，俨然成了草地的主人。我远远望着骄傲的鸟儿，心中念叨着，暂且让你当一回主人吧。

　　站在跑道旁，伸臂、下腰、高抬腿，简单的跑前准备活动之后，我开始在跑道上慢跑。雨后的空气中弥漫着湿热的气息，让我觉得透不过气来。以往来到东操，我常常会给自己设定一个具体的小目标，5千米慢速跑，跑速从原来的6分半提高到6分15秒；间歇训练，5分半的400米，从4个增加到6个。站在标准的田径场中，脚踏在标准的跑道上，受到田径队员跑步训练的鼓励，调整心情、稳定心率，每一次的奋力奔跑，都能如愿达成小目标。然而，今天，我头脑中一片空白，漫无目标地在跑道上慢慢摇晃着，似乎在不停地找寻着什么，向前挪动的脚步变得有些沉重，远远地望着空空荡荡的看台，西看台上紫色大字"清华大学"、东看台上黄底红字"为祖国健康工作五十年"，在灰暗的天空下格外醒目。熟悉的看台、熟悉的栏杆、熟悉的台阶，还有震耳欲聋的加油声和欢笑声，一幕幕校运动会比拼加油的场面，在眼前闪过。

　　1987年，混合土铺垫的东操体育场建成。在社会力量的支持下，1996年改建成东区田径场，成为当时亚洲最大的室外田径场。1997年，第五届全国大学生田径锦标赛在这里举办。2010年，在霍英东基金会捐赠下，塑胶跑道进行了首次修缮改造，一个可容纳约1万名观众的半封闭运动场建成并投入使用，拥有西直道12条、东直道和弯道各10条的塑胶跑道，在东西跑道外分别设有跳远和撑杆跳高区。东操是校体育代表队训练的场地，早晨和傍晚对全校师生开放，一年一度的"马约翰杯"学生田径运动会和教职工运动会在这里举行，每年教职工冬季长跑活动的起点也设在这里。

"马约翰杯"学生运动会（简称马杯）以曾经为清华大学体育事业奉献一生的马约翰教授命名，已经走过六十多年，从最初的群体项目、越野和田径三个大项，到如今涵盖田径、球类、射击等四十多项、贯穿整个学年的系列体育赛事，是全校学生的体育盛会，是展示清华学子运动水平和体育风貌的大舞台。其中，马杯田径运动会在每年的校庆期间举行，是校庆活动的重要内容之一。在每年的马杯田径运动会开幕式上，毕业10周年、20周年等毕业秩年的校友方阵，格外引人瞩目，校友们高喊着"清华育我，我爱清华"的口号，精神抖擞地走过主席台，赢得经久不息的掌声。比赛进行中，学生们驰骋在赛道上，奋勇争先，争创佳绩。青春如火，激情与活力在燃烧；青春如诗，希望与梦想在绽放。"无体育，不清华"，运动员们是学霸，也是运动健将。

健康的体魄、积极的锻炼习惯、良好的生活方式是清华人的风貌。教职工运动会上，千人广播操表演，欢快的节奏、整齐的动作，教职工们活力四射。短跑、长跑、跳远、实心球等几十个集体和个人项目的角逐，竞争激烈，气氛热烈。从讲台前走下来、从实验室走出来、从后勤走上前的教职工们，相互鼓励，比拼争先。每年的教职工冬季长跑活动，是学校的传统健身体育项目，深受广大教职工的欢迎。活动路线经过校园的主要道路，跑步的队伍浩浩荡荡，校园热闹非凡，汇成一片欢乐的海洋。教职工们长跑之后，回到工作岗位，心情愉悦，干劲倍增。"为祖国健康工作五十年"是清华人的责任担当。

回顾着过往，我独自一人跑着，然而，运动中的我从来不觉得孤单，我有一个温暖的集体，有相互友爱的跑友，是他们的鼓励，让我爱上了运动；是他们的一路相伴，让我奔跑不止。这时候，王凤生老师也来到东操。他笑着说："在操场封闭修缮之前，再来跑一次。"我们相视一笑，并肩奔跑，5千米之后，我们停下来，在跑道旁进行跑后拉伸。望着空荡荡的操场，王老师感慨道："多好的田径场啊！"

一辆工程车开进了操场，工人师傅们进驻现场，勘察地面，卸下物资。我和王老师离开了东操，这时，一场大暴雨如约而至，阳光总在风雨后，期待一个多月之后，到崭新的东操来打卡，到那时，草地更绿，跑道更软，活力满满的学子们在这里挥洒汗水，激扬青春。我和王老师，还有跑友们，跑得更快、更爽！

（2020 年 8 月 18 日）

7. 紫荆操场

运动是生命和健康的源泉。

——马约翰（1882—1966）

清晨六点，东方的天空，像变幻莫测的调色板，或明或暗，斑驳陆离。黑夜的精灵，星星和月亮，渐隐渐弱，姗姗不愿离去。

偌大的紫荆操场很静，外围的台阶上，似乎还能听到，傍晚依靠着台阶，怀抱着吉他的男孩弹唱的弦音；还能看到，坐在台阶上，丢下纷纷扰扰，静心独坐的女孩沉思冥想的印记；红色的跑道上，没有了整齐划一的列队，也见不到你追我赶的奔跑；场地中心的绿茵场上，小草上的露珠低垂着头，还在昏睡，昨晚上演的"紫操音乐节"，喧闹了一整夜。

这时候，大草坪上出现了晨练学生的身影，一个，两个，三个……人渐渐聚拢在一起，围成了一个圆圆的圈。从四面八方陆陆续续地不断有学生加入其中，在有节奏的口令下，伸臂、抬腿、扩胸、跳跃，晨跑前的集体热身，张而不弛，静而不争。

大家自然围成的圆圈，就像清晨的太阳光环，由小变大，由弱变强，光芒从周围射出去，明媚充盈，欢快温暖。天亮了，一幢幢紫荆公寓、一排排绿树，还有一圈圈的塑胶跑道，露出了清晰的轮廓。在清澈柔和的光影里，白色、绿色、红色，构成了美丽清华园最独特的色彩表达。

学生们出发了，奔跑在晨曦中的清华园里，约半小时之后，他们回到心型路线的起点紫操，三三两两，拉伸放松；聚在一起，热热闹闹听报告，一个都不能少地拍下运动之后的集体合影。每一个晨跑的学生，经过了晨练的洗礼，积蓄了无限的能量，变化成一个个小太阳，照亮了清华园里的教室、图书馆、实验室。

太阳每天都会升起，每天的太阳都是新的。晨跑的学生们，每天都会一起从紫操出发，一起回到紫操。他们有一个共同的名字——清华大学晨跑队。在一个盛夏的清晨，我在这里，第一次见到晨跑队的大家长王老师，第一次认识了晨跑的小伙伴们，从那一天起，我爱上了晨跑，爱上了晨跑队。美好的一天，从晨跑开启！

紫操周围纵横交错的道路两侧，种满了梧桐和银杏，在清晨的阳光下中，投射下斑斑光影，在如诗如梦的青春路上留下印记。环绕着紫操四周，遍植松柏、海棠、沙果等植物，变换着四季的颜色，像美丽的花边，装点着远处的高楼，画出唯美浪漫的图画。春天，绕着操场最外侧的跑道，看一看低矮的沙果刚刚冒出的绿叶，闻一闻怒放的海棠花的清香；夏天，挥汗如雨的奔跑之后，依靠在操场东侧外围高高的台阶上，享受着细密树荫洒下的习习清凉；秋天，在黄灿灿的银杏林中，飞奔的小伙伴们是最具动感的小精灵；冬天，万物萧瑟，操场北侧挺立的苍松翠柏，绿色的希望温暖着寒冬中的紫操。

在紫操长方形的跑道上，小伙伴们在一起，或奔跑、或拉伸、或嬉戏、或畅聊，我被他们的青春气息所感染，为他们的努力拼搏而感动，偶尔追赶一下少男少女们飞奔的步伐，好像又重新找回，曾经年少的自己。紫操，不仅仅有晨跑队的故事，还有很多很多的校园青春故事。

紫操，不同于位于校园教学区的操场，也不是紫色的操场。它位于清华园最大的学生生活区紫荆公寓区内，拥有 8 条红色跑道，中心区域是一块宽阔方正的草皮绿地，四周分布着学生宿舍、食堂、报亭、银行等，生活设施一应俱全。开放通透的紫操，除了作为运动场地之外，它更像是一个校园广场。位于操场西侧的学生服务中心（C 楼），像一个弯弯的港湾，环抱着紫操。鲜艳的五星红旗迎着风在 C 楼前的小广场上高高飘扬。学生们进进出出，逛一逛天猫超市，在理发店吹一吹头发，从邮局给远方的亲人发出一封家信，学习生活中的点滴琐事，都能在这里得到处理和解决。每到新学期开学，在 C 楼和紫操之间的道路两侧，丰富多彩的学生社团招新，成为最热闹的校园集市，话剧社、攀岩队等应有尽有，总有一款适合你。

轻松走出 C 楼的学生们，来到紫操，坐在台阶上，静静地发会儿呆；在跑道上跑一跑，跳一跳，撒个欢儿；来到草地上，或相对而坐，或围成一圈谈天说地，没有了课堂上的严肃、实验室里的专注、考场上的紧张。紫操，成为学生们学习之余，放松休闲的好地方，欢笑声在空旷的操场久久回荡。

傍晚，夜幕降临，高高的灯塔，将紫操照得通明，此时的紫操通透而浪漫，沉静而深邃。躺在草坪上，仰望夜空，与神秘的星星对话，是一场不错的约会；在紫操上放声歌唱或是大声哭泣，可能有人陪你，也可能没人陪你，发泄之后，明天的太阳又是新的。分享欢乐，收获双倍欢乐，甩掉痛苦，放空自己，调整心情，再出发。

夜晚的紫操，散发着迷人的魅力，每年的迎新晚会、毕业音乐会，总是让学生们充满期待。凉风习习，光影烁烁，随着音乐一起摇摆的学子们，就像天上的星星一样，自由自在，璀璨美丽。紫操之夜，美丽而浪漫，神秘而深邃，成为清华学子心中，永不磨灭的青春记忆。

（2021 年 4 月 23 日）

8. 怀念马约翰先生

体育是培养健全人格的最好工具。

——马约翰（1882—1966）

2017年的暑假，我来到美丽的厦门，准备前往期待已久的鼓浪屿。日光岩、鼓浪石，似乎是必打卡的景点，琴岛的美誉，更使得我对钢琴博物馆充满了期待。清晨早早登船，顺着熙熙攘攘的人流，登上了鼓浪屿。一朵花、一棵树、一条路，好像都是独属于她的，各式各样的花园洋房前，更是游人如织。我原本是不喜欢热闹的，避开人群，漫无目的地走在岛上的僻静小路上。

经过一片安静的绿荫操场，迎面的两层白色欧式小楼，格外典雅静穆。冥冥之中的缘分，吸引着我，缓缓向她走过去。顺着宽阔的台阶，抬头向二层望去，大门的匾额上醒目的字样，让我眼前一亮，"马约翰纪念馆"！清华园永久的记忆，久别的故人，让我的心怦然跳动，马约翰先生！我快步踏上台阶，奔向二层的大门。

纪念馆门前，两位可爱的小姑娘站立两旁，中学生模样，穿着印有"鼓浪屿志愿者"字样的红背心，看到如此急切奔上来的我，热情地迎了上来。纪念馆刚刚开门，两位小姑娘略显羞涩，用低低而稚嫩的声音，你一句我一句地向我介绍参观事项，纪念馆免费参观，需要登记参观者的身份信息。我按照她们的指引，在留言簿上，认真地写下自己的名字，甚感荣幸的是，我是今天的第一位参观者，一位来自清华园的参观者。

在纪念馆内，马约翰先生的生平简介、求学之路、人生旅程、师生纪念等展览内容分布在六个展厅，一段段文字介绍平实详尽，一件件陈列馆藏唤醒珍贵记忆，一张张影像照片再现历史瞬间。马约翰先生1882年出生于鼓浪屿，18岁到上海读书，1911年毕业于圣约翰大学。从1914年开始在清华工作，1920年担任清华体育部主任，一直到1966年去世。1964年1月，在马约翰先生为清华工作五十年庆祝会上，蒋南翔校长说道："清华于1911年建校，马约翰先生在清华服务的历史，差不多同清华的校史同样悠久。所有在清华上过学的学生，差不多统统受过马先生的热心教诲。"2012年，在马约翰先生诞辰130周年之际，位于鼓浪屿的原荷兰领事馆二楼的马约翰纪念馆开馆，鼓浪屿人民体育场也加挂了"马约翰体育场"铭牌，以此永远纪念这位鼓浪屿走出去的清华教授。

马约翰先生把最好的年华奉献给了清华大学，是清华园走出来的体坛宗师。他在清华园里的真实故事，是纪念馆里最重要、最亮眼的展览。一面面锦旗和一座座奖杯，记录了在他的指导下，学生们获得的优异体育成绩；用过的双杠和鞍马，留下了他严格训练学生的烙印；一遍遍地耐心教导，一次次地亲自示范，是他留给清华学子们最深刻的记忆。典雅的二校门微缩景观，是纪念馆中最典雅肃穆的展品。我在馆内久久徘徊，好像徜徉在清华园，又不时被拉回到现实之中，似曾相识，又恍如隔世。

纪念馆内没有其他游客，我认真阅读着每一个文字，仔细端详着每一件展品，时而驻足观看，时而低头沉思，我的一举一动，引起了两名小志愿者的注意，她们跟在我的身旁，紧紧相随，见她俩好奇的神态，我与她们攀谈起来，原来她们是鼓浪屿的高中生，利用暑假时间在纪念馆做义务讲解员。我很兴奋，因为我也是一名志愿者，业余时间在文学馆做义务讲解员。我高兴地说："请讲解一下马约翰的生平事迹吧。"其中一位小姑娘，站在马约翰先生的生平简介展板前，绘声绘色地讲起他幼年时的故事。我一边听，一边点头。她讲完之后，我为她鼓掌点赞。志愿者，义务讲解员，共同的爱好，相似的经历，打破了生疏和隔阂，受到鼓励的小姑娘，好奇地问我："阿姨，您好像对马约翰先生很熟悉？"

听了小姑娘的问话，我稍稍有些迟疑，不知如何回答。在清华园学习工作十多年的我，万万没想到，今天有这样的机缘，在美丽的鼓浪屿，跨越时空，走近这位德高望重的先辈，静静地瞻仰他非凡的一生。面对小姑娘清澈的眼神，我只好直言相告，我在清华园工作，第一次来到鼓浪屿，第一次以这样的方式，如此直观详实地了解马约翰先生。听说我来自清华园，两位小姑娘惊喜地睁大眼睛，露出羡慕的目光。

望着她们期待的眼神，我走到馆内陈设的清华二校门景观前，给她们讲述了一段清华园的故事。等我讲完之后，两位小姑娘意犹未尽，我鼓励她们，好好读书，有机会到清华园参观游览。她们给我讲马约翰的历史，我给她们讲清华园的故事，通过义务讲解分享，我们之间，近了许多，暖了许多。在纪念馆里停留了很久，我与她们依依道别，在纪念馆前合影留念，这是我的鼓浪屿之行最难忘的经历。

　　回到北京，在一个暖阳西下的傍晚，我来到西体育馆一侧的马约翰塑像前，落日的余晖洒在巨大的花岗岩雕塑上，泛起金色的光芒。他的脸庞，和蔼慈祥，"我最爱儿童和青年，不知怎么，我见了他们就高兴，有一种难以表达的感情，爱他们乐观的斗争精神，爱他们美好的前途，我永远愿意和青年在一起，培养他们，像培养一棵小树那样。"他的身姿，敦实健壮，"我自幼年起就坚持锻炼，几十年如一日，我从来没有间断过。"他的神态激昂振奋，"身体越健康，对自己的工作就会越热爱，就能更好地克服困难，为人民多做些事情。"先生的塑像巍然伫立，他洪钟般的话语，久久在我耳边回响。马约翰先生，他可爱可敬的形象，永远定格在我的脑海里。他上身穿白衬衫，下身穿白短裤，脚穿白长袜和白运动鞋，白衬衫的领口上打着整齐的黑色蝴蝶领结，他有力地挥动着双臂，脸上露出慈祥的微笑。

　　2018年工作之余，我开始动起来，每天健步走；2019年，我开始跑起来，从数百米到数千米；2020年，我参加了线上半马和全马比赛。虽然运动的起点低、起步晚，然而，就像我深深爱着清华园一样，我渐渐爱上了跑步。在清晨，在黄昏，我奔跑在校园里。奔跑的过程中，并肩同行的、迎面相遇的有学生，有老师，一起加油，相互鼓励。校园马拉松、"马约翰杯"运动会、校庆接力跑等，师生们踊跃参与，校友们企盼回家，体育运动，永远是清华人的节日主题。清华跑者，有着一个温暖的大家庭，无论工作多忙，无论身在何处，无论跑得快慢，无论跑程长短，大家一起坚持跑步，享受跑步带来的健康和快乐。

　　从踏入清华园的那一天起，"自强不息，厚德载物"已经渐渐渗透到我的血脉，哺育着我成长。在努力工作和坚持跑步的同时，我收获着工作和跑步带来的快乐，工作的快乐，是在一次次迎接挑战、自我突破之后的恬淡和从容的快乐；跑步的快乐，是在克服惰性、甩掉汗水之后的畅快和舒坦的快乐。我已经分不清楚跑步的快乐和工作的快乐，彼此之间的界限，然而我清楚地明白，真正永恒的快乐，不是轻易得来的。"奋斗到底，绝不半途而废"已经铭刻在骨子里，流淌在血液里，与清华园的情缘，我将珍惜一生一世。

（2021 年 2 月 27 日）

9. 纪念蒋南翔校长

争取至少为祖国健康地工作五十年。

——蒋南翔（1913—1988）

在清华园学习和工作已经十多年，一直从事着工程教育的学习研究和实践探索。记得，初涉工程教育领域时，青涩稚嫩，眼高手低，导师王孙禺教授不急不慢地对我说："想做好清华大学工程教育研究，要从了解清华园的历史开始。"在老师反复耐心地教导下，我开始沉下心、凝住神，在档案馆、图书馆、院资料室里研读校史，查阅资料，徜徉在百年清华的历史长河之中。

十年树木，百年树人。我们的老校长蒋南翔，任职 14 年期间，"不唯书、不唯上、不唯他、不唯洋，只唯实"，在长期的教育实践和教育领导工作中，提出了一系列富有创造性的工程教育思想。"清华大学是工程师的摇篮，人才培养目标是又红又专的工程师。学生要'真刀真枪'做毕业设计，给学生'猎枪'而不只是'干粮'……"，一以贯之并不断发扬光大的清华大学工程教育思想，取得了丰硕的成果，为新中国的建设和改革发展，培养了一批又一批学术大师、兴业英才和治国栋梁。

蒋南翔、张光斗、张维……热爱祖国，热爱教育，热爱青年，虚怀如谷，忘我工作，他们是清华园的名师大师！"为学""为人"，他们是清华人的光辉榜样，永远活在我们心中！我追寻着这些名师大师们的光辉足迹，砥砺前行。隔空相望，我感受着他们高尚的师德、严谨的治学、渊博的学识，备受鼓舞。弥足珍贵的工程教育思想，我被它所吸引、感染，将它作为自己学术生涯的出发点，传承和弘扬清华大学工程教育思想，是对这些工程教育家们的最好纪念。

美丽的清华园，一草一木，一砖一瓦，彰显着清新灵秀，蕴含着清华情结。一条条道路，一个个体育场，承载着随处可见的清华思想，延伸着绵延不绝的清华精神。奔跑在东操，"为祖国健康工作50年"的巨大红色展板，不时映入眼帘，我牢牢地记在了心里。教职工运动会上，"为祖国健康工作50年"的高声口号，响彻天空，我热血沸腾。校友跑群的运动服上，印着"为祖国健康工作50年"的LOGO，我跟在师兄师姐们的身后，紧紧追随。冥冥之中的缘分，让我以这种特别的方式，再一次走近了蒋南翔校长。

1957年11月29日，西阶梯教室，全校体育工作干部会上，蒋南翔校长提出，清华大学要培养体魄健全的能劳动的社会主义建设者。他说道："马老今年已经七十六岁了，还是面红身健。我们每个同学要争取毕业后工作五十年。因为年纪越大，知识、经验也就越丰富。老年应当是收获的季节，但有的人却未老先衰。因此要想在老年丰收，就必须在青年时代播种。"

蒋南翔校长是倾听者。新林院2号，是他的家园，松竹掩映，清净宜人。工作之余，他将马约翰先生请到家里，倾听其对体育教学的意见，询问学生们的锻炼情况。屋内的灯光，彻夜不熄，他与马先生谈话到午夜。蒋南翔校长是亲历者。星期天，他与马先生一起奔走在校园里，察看学生们的锻炼场地，提出扩建和改善体育场地的指导意见。全校师生员工一起参加义务劳动，近春园遗址旁的池塘，修建成了露天游泳池，起名为西湖游泳池。篮球场、手球场、田径场、射击场……体育场馆陆续建成并投入使用。

1962年9月16日，在大礼堂举办的迎新大会上，他希望新同学尽快适应大学生活。他说道："不仅要努力做到学习好、思想好，还要做到身体好。将来清华毕业的同学，不仅业务上、政治上都很好，身体也很棒，独立工作能力特别强，至少为祖国健康工作五十年。毕业时二十几岁加上五十年就是七十多岁了，不是活七十多岁而是要健康地工作到七十多岁。"

西大操场上，在学生跑步队伍中，在干部锻炼队伍中，有一位年长的运动员，从不迟到，认真练习。这位年长的运动员，就是蒋南翔校长。在一年一度的全校运动会上，在每月一次的"高速度运动会"上，有一位长者，早早来到运动场，与学生们一起观看比赛，他走下看台，看望参赛的运动员，鼓励他们轻松上阵，积极比赛。对学生中优秀运动员的成绩，他如数家珍。这位懂行的特殊观众，他是蒋南翔校长。

1964年1月，二教会议室，在庆祝马约翰先生在清华服务五十年大会上，他发表重要讲话，希望全校师生要向马约翰先生学习。他说道："学习他跟着时代前进，自觉地进行自我改造，不断进步的精神；学习他热爱工作，勤勤恳恳，数十年如一日的精神；特别是学习他终身不懈地进行体育锻炼，把身体锻炼好，以便向马约翰先生看齐，同马约翰先生竞赛，争取至少为祖国健康地工作五十年！"

每天下午四点，校园广播响起，学生们从教室、图书馆、实验室、宿舍，纷纷走出来，在操场上、球场上、马路上运动锻炼，热火朝天。每年校庆日，西大操场接力奔跑，105年周年，105圈；106年周年，106圈……"健康工作50年！幸福生活100年！"号声嘹亮，奏响了清华人的心声。从清华园走出的一代又一代的毕业生，奔跑在祖国建设的各个领域，坚持体育锻炼，以饱满的精神和旺盛的精力投入在工作中。

强身健体的种子，播撒在清华园里，颗颗朴实，细细无声，却有着旺盛的生命力，生生不息。"为祖国健康工作50年"，不只停留在一句口号上，它已经融入清华人的血脉，成为一种生活方式，一种工作态度，一生的追求。"更高、更快、更强"的体育精神，让我们变得自信、勇敢、坚持，"追求卓越"的清华精神，带给我们自信、勇敢、坚持，体育精神与清华精神，如此完美地契合在一起！

我用脚步丈量着所走过的路，勇往直前。在运动中挥洒着汗水，坚定执着。"为祖国健康工作 50 年"，只要我在奔跑，它就在我眼前闪现；只要我在工作，它就时刻激励着我。踏入清华园，也许只是在美丽时刻，神往已久的一次偶遇，然而，与清华园的情缘，更是必然，因为这一份情缘，早已融进骨血，嵌入灵魂。偶遇，只是开始，珍惜，才能一生一世。

（2021 年 3 月 10 日）

10. 五道口体校

体教结合，全面发展，育人至上，体魄与人格并重。

1909 年，被誉为"中国铁路之父"的詹天佑负责设计并建成京张铁路，这是由中国人自行设计并投入营运的第一条铁路，它全长约 200 公里，连接北京丰台区，经八达岭、居庸关、怀来、宣化等地到达河北张家口。

今天的北京北站，原名北京西直门站，是京张铁路的重要车站，由南向北，在铁路与北京城里街道的交叉处，形成了道口，一道口、二道口、三道口……一百多年过去了，一个个道口淹没在四通八达的繁华都市之中，五道口的地名依然被保留了下来。

1949 年 3 月，毛主席乘坐京张铁路，经五道口来到清华园火车站。自此，新中国的新篇章开启。开国大典之时，清华园的学生们乘坐"清华专列"，从清华园火车站到西直门站，然后步行到达天安门广场，清华园与五道口的渊源，从此开启。

斗转星移，如今的五道口地区，早已从一个偏僻的铁路道口成为北京网红打卡地，北京大学、清华大学、中国农业大学、中国地质大学、中国矿业大学、中国石油大学、北京语言大学、北京航空航天大学、北京体育大学、北京科技大学、北京理工大学和北京林业大学十二所著名高校聚集于此。便利的立体交通，浓厚的文化氛围，洋溢的青春气息，时尚购物美食，成为五道口的独特标签。

清华大学，位于五道口西北方向，不知从什么时候开始，"五道口体校"成了清华大学的别称。这样的别称，承载着清华园与五道口的变迁，镌刻着中国铁路发展的烙印，彰显着朴素而独特的清华体育传统。在清华园里，在宽阔的道路上迈出的每一步，是进步，更是超越；在热闹的操场上迈出的每一步，是历练，更是成长。清华体育不仅仅是对身体素质的培养，更重要的是对人格的培养，清华体育对人的教育的迁移价值，就是体魄与人格的并重。五道口体校值得拥有。

1912年，清华学校成立体育部，校田径队成立。1913年，学校实行强迫运动，每天下午四点半到五点半，学生必须到操场运动，体育教师巡视指导。1928年，清华学校更名为国立清华大学，学生上每堂体育课都要跑1英里（约为1.61千米），通过普及长跑来训练学生体能。多灾多难的旧中国，洗雪国耻的使命感，促使清华师生将"强迫运动"升华为将"东亚病夫"的屈辱彻底抛去的奋进。新中国成立之后，在"争取至少为祖国健康地工作五十年"口号的带动下，学生们积极参加体育锻炼，将体育锻炼与建设国家的责任担当紧紧联系在一起。操场上的一条条跑道，从土泥巴路到煤渣跑道，再到塑胶跑道，学生跑坏了多少双鞋子，洒下多少汗水，也留下多少欢笑。长跑，不仅增强了学生们的体质，同时锻炼了学生的意志品质。清华的操场，就是清华的课堂。

1959年，清华园迎来新学期，大一新生们早早来到大礼堂，马约翰先生亲自为他们讲体育锻炼的教育课。生命在于运动，要与天、与地、与疾病作斗争，拥有健康的身体，才能在生活和工作中收获欢乐，得到美的享受。在马约翰先生的新生第一堂体育课上，笑声不断，掌声阵阵。2020年，清华园迎来疫情之后的大一新生，在西体育馆，以线上线下相结合的方式，第一堂体育课如期开课。清华大学校务委员会副主任、校体委主任史宗恺在"清华的体育：教育目标与传统"的主题发言中指出，清华的体育精神使一代代清华人热爱上了体育。主讲教师刘波希望同学们能够树立三个小目标，学会一个运动项目，参加一个体育协会，每学期至少参加一次体育竞赛。岁月荏苒，时空更迭，一批批学子深深懂得，做一个热爱体育的人，才是真正的清华人。新生第一堂体育课，是成为真正清华人的开始。

从秋季学期到春季学期，从冬到夏，从清晨到夜晚，在操场，在荷塘边，一个人、几个人、一群人，清华园里，总能看到学生们、教职工们奔跑的身影。从南到北，从国内到国外，从清华园走出去的学子们，在祖国各地、全球各个大洲的校友跑团，将体育锻炼的种子播撒在工作和生活的地方，继续传扬着清华的体育精神，以饱满的工作激情、积极的生活态度，每日迎接着朝阳，目送着星辰。学生马拉松协会、工会跑步协会、校友跑步爱好者协会，是清华跑者的温馨家园。

长跑，是清华园最具特色的传统体育项目，是观众最多、选手最多、气氛最热烈的大型室外活动。新生赤足运动会，"健康始于足下"、"我为班集体为荣"，赤脚上阵，快乐趣味多多。"马约翰杯"学生田径运动会，龙腾虎跃，龙飞凤舞，展现莘莘学子的精气神儿，践行"无体育，不清华"的精神。校园马拉松比赛，校友、教职工、学生齐上阵，释放和表达对清华浓浓的爱，激励大家积极加入到跑步行列之中。此外，还有校园冬季迷你马、校庆接力跑、毕业跑、跨年跑等形式多样的跑步活动，师生和校友们踊跃报名，场上比拼运动速度、较量长短距离，场外加油助威。永不停步的清华人，总有过不够、过不完的体育节日。

……

2016 年 4 月，京张高速铁路全线开工建设，最高设计速度 350 千米/小时，从张家口到北京的最快运行时间将从 3 个多小时缩短至 50 分钟。京张铁路上，最后一列绿皮车缓缓驶过，五道口道口拆除，清华园火车站结束运营，从此，这座百年老站静静地守候在历史的坐标点上，见证京张铁路和首都北京的新百年。

2019 年 9 月，作为京张铁路遗址公园的一部分，五道口启动区率先亮相，百年京张铁路，变身为"绿色休闲画廊"，穿行于充满年轻活力的海淀中心城区之间，成为北京市民和周围高校学生休闲娱乐的好去处。

2021年4月，清华大学迎来110周年校庆，五道口体校热闹非凡。习近平总书记一行来到清华大学考察，他来到西体育馆，考察清华体育教育开展的情况，与正在篮球场上训练的女篮队员们亲切交谈，随后在西体育馆后馆出席师生代表座谈会。他深情寄语广大青年，立大志、明大德、成大才、担大任，争做德智体美劳全面发展的社会主义建设者和接班人。"欲文明其精神，先自野蛮其体魄"，是毛主席在1917年发表在《新青年》上的论文《体育之研究》，习近平总书记引用这句话并且指出，要强化体育育人的重要作用，充分发挥清华体育的引领和示范作用。

2022年2月，北京冬季奥运会将在北京和张家口举办，奥林匹克运动会的圣火将再次在东方文明古国点燃。纯洁的冰雪，激情的约会。肩负使命、追求卓越的清华人，再次积极投身到人文、绿色、科技奥运之中。百年清华奥运情，自强创新添光彩。

五道口体校，永远的清华大学别称。

（2021年7月15日）

五、跑友跑团

1. 还是那个少年

因人而异，循序渐进，偏于积极，持之以恒。

——王凤生（清华大学 1958 级水利系校友）

"西山苍苍，东海茫茫，吾校庄严，巍然中央。"清华大学 110 周年校庆之际，新版清华大学校歌唱响清华园。清华人深情吟唱校歌，回忆难忘岁月，见证美好时光。校歌 MV 唯真唯美，清华风物、清华故事、清华学人……一张张影像记录着水木清华，一束束光影描绘着人文日新。其中有这样一段影像，秋天的清华园里，一位年逾古稀的老师奔跑在金色的银杏林中，身姿是那么矫健有力，笑容是那么坚毅灿烂，他就是 81 岁的 1958级水利系校友王凤生老师。

自从在清华园里晨跑以来，我已经不记得是哪天的清晨，第一次遇见王老师，但那一次遇见，却永远记住了他矫健有力的身影。无论春夏秋冬，在学堂路、二校门，在西操、东操，总能与他不期而遇，他像年轻人一样穿着单薄的运动背心和短裤，精神抖擞，步伐稳健地慢跑。彼此挥挥手，道声早安。"王老师好！加油！""早上好！加油！"他挥舞的手臂是那么有力，他的声音是那么浑厚洪亮。晨跑途中，每一次的偶遇、每一次的问候，使我一次次受到巨大的激励、汲取奔跑的力量。2002 年王老师退休，开始了晨跑锻炼，从最开始在操场跑圈，2 圈、4 圈、6 圈，到 5 千米、10 千米，再到后来先后 10 次参加半程马拉松、1 次全程马拉松。直到现在，他仍然坚持每天早上8—10千米的跑量。PM2.5超过150，不宜跑步的天气和因事早出，是他的自然休息日。

自从在清华园里晨跑以来，我已经不记得经历了多少个寒来暑往，却永远记住了王老师灿烂爽朗的笑容。无论阴晴风雨，他的笑容驱散了乌云，赶走了狂风，感染着晨练的师生和校友们。学生们喜欢与他在一起奔跑美拍，老师们及校友们喜欢与他一起在东操边跑边聊。学校里的马约翰杯、迷你马拉松赛、校园马拉松赛，在奋勇争先的选手们中间，总能看到他的身影，他就是清华跑者的榜样和偶像。师生们大都知道他是王老师，却很少人知道他有着很多正式的称谓，清华大学水利水电工程系教师，清华大学原党委副书记，北京电影学院原党委书记、院长。从水利专业的教师到分管学生和宣传工作的校领导，再到培养影视艺术人才的院长，工作期间的王老师充满了挑战自我的勇气和力量。退休之后的他，仍然保持着这种非凡的勇气和力量，继续做事，坚持跑步，风雨无阻。今年已经81岁的他，很欣慰地说，"我完成了老校长蒋南翔的要求，为祖国健康工作50年！"

自从在清华园里晨跑以来，我也有偷懒懈怠的时候。偶尔一连几天，项目工作繁重，加班熬夜，早上起不来。待到完成阶段性工作，研究工作回归常态，我便重新开启晨跑。清晨在校园里，再次见到王老师时，他微笑地看着我，问到："这几天没看见你跑步呀？"他洪亮的声音似乎有些威严，我好像做了愧疚的事儿，小声地说："最近工作太忙了，接下来我一定会坚持！"跑步过程中，呼吸着大自然的气息，收获着跑步的快乐，感悟着跑友的故事，我常常有感而发，即兴写下小文，总是喜欢发给王老师看一下，他在鼓励点赞的同时，总是及时发现小文中的不足，没有丝毫客套地指正出来。我静静反省自己，积极跑步还不够，努力学习提高自己才是硬道理！说起体育运动，特别是老年人健身，王老师认为，锻炼要讲究科学，跑步最重要的就是坚持。因人而异，循序渐进，偏于积极，持之以恒，是王老师始终遵循的基本原则。

德高望重的王老师非常具有亲和力，虽然我与他有着不同的专业背景、不同的人生经历，因为跑步，我们之间却有着很多交流和沟通，"无体育，不清华"对于我们，不再是一句口号，而是一种生活方式，更是一种理念信仰。在校园里跑步相遇的次数多了，喜欢刨根问底的我，在跑步间隙，总是喜欢听王老师讲述清华园的体育故事。封闭维修改造的东大操场全新亮相了，我和王老师不约而同地来到东操，我们一起在崭新的跑道上奔跑，步伐轻快有力，谈笑声在跑道上回荡。在颇具历史感的西体育馆前，看台上四根锈迹斑斑的粗大铁柱，看台下花岗岩柱廊上依稀可见的英文字母，王老师一一指给我看，我仔细端详，听他慢慢讲述西体育馆的历史。当回忆起自己做学生时，马约翰先生在操场上指导同学们锻炼的场景时，王老师眼中充满了深情，时光荏苒，他还是那个少年，没有一丝丝改变！

由于新冠肺炎疫情的影响，109 周年校庆活动以"云校庆"的方式举行。"西操接力 109 圈暨全球校友 110 万公里启动"活动在西操如期举行。校领导们和参与活动的校友、教工和学生共同接力奔跑，为母校送上祝福。王老师跑在队伍最前面，与校友和师生们一起，沿着操场跑了五十多圈，相当于一个半程马拉松，而我气喘吁吁只跑了十几圈。跑步活动结束时，陈旭书记和邱勇校长向王老师献上鲜花，表示祝贺。第二天清晨，我在校园晨跑，又遇见了慢速跑步的王老师。我们一起慢跑，然后停下来做拉伸放松，我不禁问他："昨天跑步累不累？"他爽朗地笑着说："不累是假，但是能参加这次特殊的长跑活动，很开心！"110 万千米活动得到了全球校友的热烈响应，三千多名校友参加，累计跑步 200 余万千米。在 110 周年校庆期间，校友捐资 1100 万元设立学生体育支持基金，支持在校学生的体育活动。"跑向 2022 校庆"活动已经开启，不忘初心，砥砺前行，自强的清华人必将迸发出蓬勃活力，共同奔跑迎接更加美好的未来！

"行远自迩，笃行不怠。"我珍惜每一次晨跑时与王凤生老师的不期相遇。我期待着，像他一样，充满勇气和力量，去迎接工作中的一次次挑战，战胜一次次困难；我期待着，像他一样，为祖国健康工作至少 50 年；我期待着，像他一样，待到白发苍苍时，也可以潇洒地奔跑在路上。

（2021 年 5 月 31 日）

2. 云识温叔

> 运动不仅仅是健身，更是一种精神状态。我依然会在跑步这条路上号召和带动更多年轻人一直跑下去，永不停步。五万公里、十万公里……
>
> ——牟文殊（清华大学 1977 级自动化系校友）

云识温叔，是在为祖国健康工作 50 年跑群（简称"50 群"）。

"50 群"跑友们来自全国各地，乃至世界各国，涉及各行各业，大家在工作之余，交流跑步经验，讨论运动问题，相互鼓励，坚持锻炼。我长期工作生活在北京，与很多跑友们相隔万里，未始谋面，却蒙其教；不曾相遇，却共云跑。大家相聚云端，通过跑步打卡、文字图片，彼此渐渐熟悉。一位被大家亲切地称为"温叔"的海外校友，引起了我的注意。照片中的他，高大俊朗，或赛道奔跑、或山地越野，精神矍铄，身手矫健；与青春飞扬的年轻人在一起，有着与年轻人一样灿烂的笑容。

温叔从 2007 年起开始长跑，是为数不多的世界六大马拉松大满贯业余选手，有着不俗的国际越野赛成绩。关于跑步健身、攀岩登山，他绝对是资深爱好者，而且思路开阔、风趣幽默，虽然已过花甲之年且长期定居法国，与大家跨越时空的畅聊，总是那么亲切自然、欢乐热闹。突如其来的新型冠状病毒施虐全球，打乱了他完成第二轮世界马拉松大满贯的计划，封城禁足期间，他学做菜，晒厨艺、酿酒、泡菜、卤牛肉、烤面包，给家人做出温馨美食的同时，也给广大跑友们带来轻松愉悦。

通过温叔的微信公众号、B 站、微博等，我开始慢慢走近这位德高望重的跑步前辈、风趣可爱的先锋榜样。他经常通过自媒体平台，分享跑步经验，普及运动知识，影响并带动更多在法国巴黎的校友、华人加入其中。同样爱好马拉松的 1979 级电子系校友蓬蔓师姐，出身体育世家，旅居美国，坚持长跑，发起并组织了一年一度的全球线上冬季勇士赛，吸引了众多国内外清华跑友参与其中，她与温叔，还有许多旅居海外的跑友们，秉承自强不息的清华精神，让生命绽放在路上。"大地托起我的脚步，给我温暖还有力量；前面就是方向，足下通往梦想。（《绽放在路上》蓬蔓词，牟文殊　曲）"

云读温叔，是在 2020 年校庆前夕。

遏制疫魔，奏响凯歌，紫荆花开，英雄归来，清华人迎来了 109 周年校庆。往年的校庆日，校庆接力跑、校园马拉松、"马约翰杯"运动会，体育运动总是最好的"集结号"。这一年的校庆很特别，按照防控疫情的要求，校园实施封闭管理，一系列 109 周年校庆活动大多以在线形式举行，校庆接力跑，作为唯一一项体育类校庆活动，以线上线下方式进行。陈旭书记、邱勇校长等校领导与为数不多的校友、在校师生们一起，在西操共同接力奔跑，校友们在世界各地，跑步 10.9 千米，遥祝母校生日快乐。"健康工作 50 年，幸福生活 100 年！"号声嘹亮，奏响清华人的心声。

作为一名在校的教职工，我荣幸地参加了这一次特殊而又难忘的校庆接力跑活动。在蓝天白云下的西操，从第一声"清华 1911"清华学堂创办的年份开始，每跑完一圈，大家就齐声高喊出下一年的年份。我跑在队伍当中，情绪激昂，充满力量，奋力奔跑。身在法国的温叔，还有世界各地的清华跑友们，在云端加入接力跑的队伍；身在美国的 1981 级计算机系曾莹师姐，还有未能返校的国内外校友们，在云端为清华跑者助力加油。与此同时，我第一次了解到温叔与西操校庆接力跑的由来。

温叔，本名牟文殊，1977 级自动化系校友。在 2016 年清华大学 105 周年校庆期间，发起了在操场跑 105 圈的形式，庆祝母校 105 岁生日，得到校友会、体育部、马协的大力支持，陈旭书记等校领导亲自前来助阵，和师生们一起，热热闹闹地在西操跑了 105 圈。之后每年的校庆日，他都如期回到学校，在西操领跑，为母校庆生。2018 年清华校友跑步者协会成立，他担任副会长职务，为海内外爱好跑步的校友们提供更多的指导和帮助。

2018 年清华大学 107 周年校庆日,校庆接力跑开跑仪式上,校军乐队在现场演奏了由温叔和曾莹师姐合作,专门为校庆接力跑而谱写的歌曲《今天为你庆生》。曾莹师姐曾是校体操队队员,像温叔一样,他们在校期间,是勤奋读书的学子,是拼搏奋进的运动员,也是才华横溢的音乐人。从这次活动开始,这首承载着清华人对母校美好祝福的歌曲,一次次在校庆接力跑、在海内外校庆活动中被深情传唱。"每一圈都是一个梦,歌声伴随脚步声,回荡在西操上空。(《今天为你庆生》曾莹 词,牟文殊 曲)"

云听温叔,是在 2021 年校庆期间。

2021 年清华大学 110 周年校庆,西操接力 110 圈如期举行,校领导们、全国各地校友会会长们、年级跑团等众多爱好跑步的校友和师生们参加了活动。我望着浩浩荡荡的跑步队伍,跑友们激扬振奋的身影,我多么希望在彩旗飞舞的队伍中,看到温叔高大帅气的身影,看到他阳光般灿烂的笑容。全球疫情发生了重大变化,防控形势严峻复杂,再次阻断了温叔等海外校友回家的路。时空或阻,无碍"云"端相聚,校庆系列活动之一的"母校 110 周年华诞 学子原创歌曲增辉"活动,让爱好音乐的温叔,乘着歌声回家了。我一遍又一遍地听着他创作的每一首歌曲,随着悠扬的旋律,我进一步走近温叔。

作为恢复高考的第一届学生,温叔在校期间,是校田径队队员,在北京高校运动会上获得过很多荣誉,达到国家田径二级运动员水平,获得过校优秀运动员称号。当时,体育代表队集中住宿,队友们共同训练、共同生活,运动场上生龙活虎,运动场外打打闹闹,队友们建立了深厚的友谊。1977 级化工系校友、校田径队队员姜倩师姐,与温叔有着相同的经历和相同的感受,他们共同创作了《体育代表队恋曲》。"念念不忘荷塘边,兄弟豪情把酒;依依不舍学堂前,姐妹欢歌聚首。相逢总是在下课后,西操的那个入口。时光匆匆的溜走,在弯弯跑道尽头。(《体育代表队恋曲》姜倩 词,牟文殊 曲)"

1988 年赴法国旅居至今,温叔做过技术主管、高级咨询师,2020 年开启退休生活。无论工作还是生活，挑战自我、勇于担当、积极乐观的清华体育精神，无时无刻不在影响着他。像温叔一样的海外清华校友们，迈着稳健的脚步，足迹遍布世界各地，追寻着美丽的梦想，克服种种困难，彰显着清华人的风采。异国他乡，风景优美，他们或独自、或结伴，走进大自然，呼吸自由空气，锻炼强健体魄。温叔和曾莹师姐再度合作，创作了轻松欢快的歌曲《我要飞翔》。"迎来了朝霞送走了夕阳，孤独的脚步声在山间回响；越过悬岸跨过险滩风雨无阻挡，奔跑在峻岭看无限风光。(《我要飞翔》曾莹 词，牟文殊 曲)"

温叔、蓬蔓、姜倩、曾莹等一批批莘莘学子，在清华园里度过了难忘的青春时光，之后远渡重洋，追求梦想，观浩瀚宇宙之大，扬中华文化之美，自信从容地续写着清韵华章。无论到哪个城市、哪个国家，只要有清华校友的地方，就有温暖的港湾。无论路有多遥远，山有多高，清华校友们与清华园的缘分，永远都在。1981级精仪系校友古丽蓉与温叔共同作词、温叔作曲的歌曲《大峡谷》，既是对2016年11月60多位清华校友一起穿越科罗拉多大峡谷的难忘回忆，更是对清华之缘的深情吟唱。"我在南缘，你在北缘，天地间有我对你的思念；我的爱，穿越大峡谷，与你相遇是注定的缘。(《大峡谷》古丽蓉、牟文殊 词，牟文殊 曲)"

倾听着清华之缘，凝望着大峡谷，我心潮起伏，眼睛湿润，跳动的音符之中轻轻地倾诉着温叔和海外校友们对母校深深的爱。回家的路，一直都在。最美的风景，在回家的路上。用奔跑、用歌声、用自己的方式，带上爱，踏上那条风景最美的路，清华永远是我们温暖的家！

(2021 年 7 月 10 日)

3. 可爱的大师姐

从没想到能将一项看似枯燥的运动坚持 5 年。跑步已经成为生活中不可缺少的部分，让我收获了健康、自信、友谊……多少个周末和跑友一起迎着初升的太阳奔跑，体会不一样的春夏秋冬，多少次赛道上相互鼓励，携手前行，不断超越自己。只有身浸其中才会享受其中！一起奔跑，拥抱更好的自己！

——杜艳（清华大学 1981 级环境系校友）

2020 年 7 月的一天，北京首都机场内，不多的乘客保持着安全距离，有序办理着登机手续。一位阳光健康的年轻人办完登机手续，与送行的美丽干练的姐姐，挥一挥手，迈着坚实的脚步，登上了飞往南方的飞机。也许，这样的送别，每时每刻都在发生，然而，这一次的远行，对于这位年轻人来说，必将终生难忘。

张冬冬，是清华 50 群年纪最小的一员，2020 级博士毕业生，晨跑队第二任队长。在清华园里，认识冬冬的学生和教职工很多，学霸、IT 男、马拉松大神、乐于助人、诚实可信、长得瘦、跑得快……是大家送给他的众多标签。然而，2020 年初，临近春节，新冠肺炎疫情突然来袭，按照防疫要求，学校封校。临近毕业的他，困守在校内，无法进实验室做最后的数据检验，不能到图书馆查阅资料，论文答辩在即，导师却身在海外，无法回国。可怕的病毒肆虐，无情地打乱了原有的学业计划，隔开了朋友间的距离，阻断了亲人们的团聚。

疫情阴霾下，在老师、同学、校友们的鼓励和帮助下，冬冬坚持跑步、增强身体免疫力，努力克服各种困难，圆满完成学业，顺利博士毕业，即将踏上工作岗位。亲自开车将冬冬送到机场，看着他登上飞机的姐姐，是 50 群中的大师姐杜艳。疫情期间，是她给了冬冬莫大的鼓励和支持，家人般的温暖和帮助。"扶上马，送一程"，这样的感慨，似乎有些俗套，然而，在全球疫霾笼罩之下，大师姐的定力和担当，对于一位苦读五年的清华学子而言，必将产生持续深远的影响。

自从加入 50 群，结识了很多优秀的校友，大家周末一起在奥森公园跑步，自律、勇敢、坚持是跑友们身上共有的特质。跑前拉伸、并肩奔跑、跑后畅聊，我享受着与大家在一起的每时每刻，不到一年的时间，我这个跑步小白，跑得更快、更美了。虽然大家只是在工作之余，因跑步而结缘，然而，大师、大师姐、小师妞、闽红师姐、星原大师等校友们对跑群的无私奉献、对事业的追求、对生活的热爱，使我深受感动、备受鼓舞。周末一起去跑步，变得那么令人期待、那么美好、那么欢乐。在这个过程中，我一直被大师姐的人格魅力所感动。

眼睛正视前方，双臂一前一后摆动，双腿用力前摆，双脚着地，行进中身体的重心不断前移，通过前脚掌的弹力不断前进，跑步如此简单！在数千米的行进中，无数次摆臂、迈步、脚落地，无数次重复着一个简单动作，跑步如此枯燥！然而，与大师姐一起跑步，不管多长的距离、多起伏曲折的赛道，一路跑来，总是充满了欢乐、打趣、热闹，挥汗之余，长距离坚持下来了，说笑之间，长坡爬上去了。与她一起跑步，你不觉得累，不觉得苦，而是说说笑笑、美美拍拍。更不用说，跑步之后，大师姐不顾自己的疲劳，成为大家的专职服务员。热乎乎的油条豆浆端上来了，自己家里香甜的水果、可口的小咸菜运来了，甚至她出差外地带回来的特产美食，也成为聚跑之后大家的口福。

户外长跑的最大乐趣是，随着时间的流淌，感受万物的变化，风雨雷电、花开花落。在数小时亲近大自然的同时，骄阳的暴晒，大风的刮摧，雨雪的侵淋，户外防护、衣服装备，特别是一双合适的专属自己的跑鞋，对跑者来说，是非常重要的，已常常使跑步小白无所适从，不是买得不适合自己，就是买得价格不实惠。然而，50群中的装备采购，从价格、款式、尺寸和颜色，尤其是女跑友的装备，大师姐总是亲力亲为，自己试穿合适了，再推荐给姐妹们，甚至发起团购，为大家争取更加实惠的价格。看似简单的采买，实则琐碎繁杂，大师姐俨然成了大家的采购员，甚至远到美国出差，回国时给姐妹们背回来，十几双不同款式、不同号码、不同颜色的跑鞋。

像其他运动项目一样，跑步需要核心力量。核心力量能够使你跑得更快、更健康、更强壮。一个高素质的跑团，同样需要核心力量。大师姐，当之无愧是 50 群的核心力量。有她在，周末早晨两小时奥森公园的长距离训练，总能如期举行，她给予新入 50 群的跑步小白，更多的关心和指导，给予年轻的清华跑友们，更多的现身说法和无私帮助。然而，谁又能想到，她曾经遭遇艰险，受过重伤，至今右腿里仍打着钢钉。有她在，国内外的马拉松比赛，清华跑者不仅是一个闪亮的马拉松参赛团队，而且还有耀眼的马拉松明星，虽然她不是跑道上跑得最快的运动员，但是，她绝对是挑战自我、最拼的那个女选手。更不必说，在比赛之前，她带领大家按照马拉松比赛计划进行科学的赛前训练。每个加入跑步运动的人，背后都有着自己的故事，大师姐绝对是瘦身楷模、励志榜样，无数次的半马和全马，一次次打破自己的最好成绩，甚至跟着一帮年轻人，安全穿越新疆无人区。与这样的一位姐姐一起跑步，有什么理由中途放弃？还有什么借口坚持不下来？50 群的大师姐杜艳，是不是很可爱？

忙碌的大师姐，经常抽出时间，回到学校，年轻校友创新创业大赛，她是资深评委；水木清华校友基金走过七个年头，一大批清华学子和校友获得投资，梦想起飞，她是唯一的女性发起人；水木三创咖啡，校园网红打卡地、学生们的精神光源，她是温暖的助力者。集心、集力、集智、集资，大师姐一直在默默做着天使投资，从创业者梦想最开始的地方一路支持！天使爱美丽，大师姐也爱美丽！大师姐在职场上、在跑道上、在生活中绽放着自己独特的美丽，引领着我，一路随行！

（2021 年 3 月 17 日）

4. 海神印象

马拉松是一个艰苦而枯燥的项目，不管是比赛的 42.195 公里，还是之前成百上千公里的训练；有幸加入清华为祖国健康工作 50 年跑群，和大家在一起，有努力，有收获，有煎熬，有汗水，但是我从没有感到寂寞！

——张海（清华大学 1990 级化工系校友）

在工作之余的周末和节假日，在安全第一的前提下，为祖国健康工作50 年群里清华跑友们或独自或结伴，在校园、在公园、在郊野跑步，大家在收获健康的同时，分享快乐，增进友谊。其中，不乏有着骄人的跑马成绩以及丰富参赛经验的精英跑者，他（她）们在 50 群中发挥着引领作用，大家以他们为健身标杆、励志榜样，向他们学习并努力提高自己。关于科学训练、安全参赛、合理饮食等，大神们不吝赐教，将跑步心得和锦囊妙计无私地分享给大家，甚至带队集训，现身说法，使跑友们，尤其是刚刚开始跑步锻炼的校友们受益良多。

张海，人称"海神"，1990 级化工专业校友。2015 年至今，3 次半马，23 次全马。半马最好成绩 1 小时 22 分，全马最好成绩 2 小时 48 分，有 22 次全马成绩在 4 小时之内。10 次参加世界顶级比赛，3 次参加波马。优异的比赛成绩，让大家称奇，作为马拉松大满贯六星跑者和北马九星跑者，"海神"的称号，如雷贯耳，在很长时间里，只闻其声，不见其人。再到后来，不多的几次见面，却给我留下了奇妙而深刻的印象。

2019 年 11 月 3 日的北京马拉松赛场外，作为跑步小白的我，加入了清华跑者的志愿者队伍，在 30 千米处的清华补给站，为清华参赛师生和校友加油助威。在做好志愿服务的同时，我还是清华精英选手的忠实粉丝，期待着偶像们从眼前飞过，一睹他们在赛道上的英姿。清晨的一阵微雨之后，比赛紧张激烈地进行着，全叔对每一位清华选手的情况了如指掌，现场及时播报着赛况。"海神跑过来了！""好快啊！"

在大家的一阵尖叫声中，我向跑道上望去，只见一位穿着清华红色运动背心、黑色短裤的选手，飞奔而来，泛着光的茶色墨镜彰显着酷帅，流着汗的发梢甩动着潇洒。手臂前后摆动，双腿交替跃起，跑姿好美啊！我惊呆了！还没来得及看清楚他的面庞，他已经风驰电掣般地向鸟巢奔去，冲刺最后的十多千米，他最终以 2 小时 52 分 45 秒顺利完赛。

比赛结束之后，清华跑友们聚在一起，邀请完赛的精英选手分享参赛体会。既是分享会，也是清华跑友们的大聚会。我和梅梅匆匆赶到现场，分享会已经开始了，悄悄找个座位坐下，向演讲台上张望。只见台上的分享人，穿着崭新的黑色 T 恤和笔挺的白色休闲长裤，面色红润，戴着一副金丝边框的眼镜，打着发胶的头发根根竖起，泛着亮光。他一手拿着话筒，一手斜插在一侧的裤兜里，在听众面前自在地踱着步，轻松地讲着话。他说的每一句话，都与马拉松比赛有关，可是刚刚跑步几个月的我，根本听不懂他在说什么。在我看来，他的分享，更像是一场轻松愉快的学术研讨会。我很难将一个多小时前，赛道上那个帅酷的跑马选手，与演讲台上这位温文尔雅的绅士，画上等号。然而，他就是海神，没有一步步丈量出来的每年几千公里跑量，不可能走上马拉松的赛场，更不可能有凯旋归来的潇洒超脱。这一次的相遇，我与海神没有对话，却记住了他赛场上的英姿和赛场外的儒雅。

　　我每天清晨在清华园晨跑，与小伙伴们一起说说笑笑地慢跑，经常会为园子里一年四季的花开花落而兴奋不已，跑步健身瞬间转换成了走马观花，因此与勤奋刻苦的严肃跑者相比，简直汗颜。晨曦中，三三两两跑步锻炼的学生和教职工真不少，那位身姿矫健、独自狂奔、一闪而过的跑者，必是海神。有一次，他与冬冬一起在东操跑步，我一时兴起，紧紧地跟在两人之后，咬紧牙拼命跟跑了两圈，被甩开老远不说，两条腿疼了好几天。有了这次经历，我深深体会到，对于精英跑者，只能望其项背，远远地欣赏，而不能贸然追随。

　　2020 年 7 月，不多的几位跑友相约在一起，庆祝冬冬博士顺利毕业，我第二次见到了跑步运动之外的海神。在工作日里，大家各自忙着自己的工作和学习，并没有太多的沟通和交流，难得的相聚，气氛热闹欢乐了许多，大家的共同话题，还是跑步。

　　快人快语的跑步小白，当然不能错过向海神取经的机会，关于跑步的问题一个接一个地抛向他。聊起跑步，他变得健谈起来，一边吃饭，一边慢条斯理地回答着我的问题，语速之慢，回答之细，与他跑步时的飞驰速度和孤独无语相比，简直一个天上，一个地下，缓慢到了极点，详实到了极致。不求过程但求结果的我，渐渐平静下来，跟着他讲话的节奏，听他娓娓道来。从他悠然有趣的话语中，你能够感觉到，他是那么热爱跑步，那么享受跑步带给他的愉悦，当说到在国外比赛的趣事轶闻时，他英俊瘦削的脸上便会露出温柔的微笑。这是我第一次听到海神跑马的故事，我简直难以想象，跑步之前，肥胖、失眠一直困扰着他，是跑步改变了他，让他变得健康又快乐。暑往寒来，夏天光着膀子在酷热下锻炼，冬天穿着单薄跑衫奔跑。谈起在雨中奔跑的过程，与大自然的亲密接触，被雨水冲刷掉汗水的爽快淋漓，他特别喜欢这种涤荡身心的美妙感受。没有科学合理的训练计划，没有日复一日严谨刻苦的跑步练习，他不可能有那么多的感悟和体会，更不可能拥有成功瘦身之后的俊逸从容。在这一次的交谈中，他踏过的足迹和收获的喜悦，给我留下难忘的印象。

像所有从清华园走出去的校友们一样，海神有着清华人固有的特质，作为第二代的清华人，父母的言传身教，潜移默化地影响着他，低调做人，踏实做事。作为50群的管理员，他对每一位跑友的跑量进行精细化管理，没达到要求的，勒令退群；上佳表现的，获得年度奖励。作为某知名IT企业的工程师，他每天骑行十多千米上下班，绿色出行，低碳环保。面对纷扰的世界、忙碌的工作、炫彩的生活，多些磨砺，少些索取；多些淡定，少些攀比；多些自省，少些透支。做最真实的自己，做更好的自己。海神，他不是神，他就是张海，一个专注的跑步爱好者，一个简单纯粹的人。

（2021年6月7日）

5. 亦师亦友

跑步是随意的，也是不随意的，得也是它，失也是它，心存敬畏，科学奔跑，让快乐与健康同行。

——高建兴（清华大学基础工业训练中心教师）

从 2001 年来到清华大学以来，高建兴老师已经在清华园工作生活 20 年了，他热爱自己的工作，作为从事实践教学的专任教师，从最初的教学实习，到如今的人工智能平台，他手把手指导过的学生一批又一批，看着学生们得到实践能力的锻炼，顺利升入高年级，他很欣慰，也很自豪。工作之余，多年担任工会教职工跑步协会会长的他，不仅自己坚持每天跑步，而且带领身边的教职工和学生一起跑步，热心分享跑步经验心得，积极倡导大家快乐跑步、科学训练、安全比赛。

第一次见到高老师，是参加教职工跑协组织的在紫操的跑步训练活动。这是我加入教职工跑协之后，第一次参加集体训练。下午 5 点下班之后，来到紫操，大家自觉排成三排，初来乍到的我，站在最后一排，开始跟随大家一起训练。一名男教练站在队伍前面，边讲边给大家示范，喊着节奏带着大家一起做拉伸，一招一式都是那么稳健有力。洪亮的声音，俊朗的外表，茂密的头发跟着动作节奏，一颤一颤，从哪里请来的帅气教练？旁边的老师告诉我，他是高老师，教工跑协会长。跟着高老师的节奏，学着他的样子，下腰，下也下不去；压腿，压也压不下去，我有点不知所措，打起了退堂鼓。看着狼狈不堪的我，高老师走过来，一边放慢节奏做着示范，一边耐心地说："慢慢来，别着急。"就这样，认识了帅气的高老师。而后在校园晨跑时，偶遇飞驰的高老师，他常常降速慢跑，三言两语提醒我，调整呼吸，注意跑姿，之后匆匆飞奔而去，要么准备 8 点的实验课，要么护送自己的小孩去上学。硬朗的外表之下，是对工作的坚守，对家的热爱。

我刚开始跑步时，是在操场上慢摇跑圈，渐渐爱上跑步后，跑步的路线和轨迹范围扩大了，也更加关注自己的跑速、跑量，为此手机上的跑步 APP 和运动手表都派上了用场，然而，在手机和手表上分别设置好参数，建立连接，对于我这个初跑者而言，简直太难了，着急忙慌地去求助于高老师，正赶上他在上课。实验室的后门开着，学生们在做着电路实验，高老师正在对学生进行着一一指导。他看到站在门口的我，悄悄地指示我坐到教室的后排，向我做着手势，保持安静。他耐心地挨个走到每个学生的实验操作台前，时而对着实验仪器，告诉学生操作规则；时而拿起元器件，给学生示范使用方法。就这样，我在高老师的实验课上，做了一个冒失的旁听生，认真专注地听高老师上了一堂生动的实验课。下课时间到了，高老师还在专注地指导着学生，而我也在下课 10 分钟的时间里，鬼使神差般地设置好了跑步 APP 和运动手表。清华大学从创立之初，就十分重视实践教学，注重学生动手能力的培养，将工程能力训练、工程素质培养、技术创新和创业教育融于一体。从事工程实践教学的高老师一直工作在实践教学的第一线，实验课一般连续几个小时，他会在课间休息时做 10 分钟运动。在小学期里，教学从早 8 点到晚 5 点，为有充足精力保障教学，没时间晨跑，他就抽时间在清华园夜跑。

无论是晨曦微露，还是夜幕降临，在清华园长跑的学生越来越多，高老师工作之余在园子里奔跑，总能遇到自己教过的学生，他与学生一起跑步，带出了不少好徒弟，他们的跑马成绩稳步提升。学生们在繁重的学业之余，克服了熬夜的习惯，从一开始对跑步不感兴趣，到后来爱上跑步；从跑不动，到后来比他跑得快，很多学生实现了从跑不下来到停不下来的蜕变。高老师在学生眼里，不仅是一位老师，也是一位跑步的榜样和标杆。无论是在奔跑途中，还是在跑前拉伸、跑后放松，他总是活力满满，甚至是最会搞怪搞笑的那一个，给学生们带来了很多的快乐和欢笑。一些学生学习生活状态不佳，抱着试一试的心态，加入到跑步队伍中。高老师认为，学生从最开始的不开心，到收获很多快乐，从最初的负能量，到克服惰性、充满正能量，需要一个过程，跑步要注意积累和注重方法。在这个过程的每一个阶段，高老师给予学生及时的指导、积极的引导和不时的惊喜，他是学生的实践课老师，是学生的跑步老师，也是学生的朋友。

在教职工跑协的微信群里，高老师每周定期跑步打卡，鼓励大家坚持跑步，工作时间之外，与教工跑协的老师们一起，定期组织集体训练，努力提高核心体能。针对跑步安全，多次联系专业人士组织心肺复苏急救培训。高老师的跑步打卡，不仅是打卡，还是活生生的跑步教程。运动轨迹轻松画出各种各样的图形；步频、步幅和心率精准控制，显示出科学有效的训练；以及 2021、1314、520 等跑量和配速的巧妙结合，彰显出他对距离和速度的精准控制。多年坚持不懈的跑步运动和超级自律的工作学习生活节奏，练就了他对跑步速度的精准把控。高老师从小在家乡东北经常跑山，上中学时，从家到学校大约有 2.5 千米的路程，他每天跑步去学校上学，不仅练就了好身体，多次荣获校运动会 1500 米的冠亚军，而且增强了自信心，学习成绩也名列前茅。2001 年大学毕业到清华工作，他保持了跑步的习惯，继续在工作之余跑步，爱跑步、科学跑步的高老师，慢慢地，离马拉松比赛越来越近，2012 年首次参加北京半程马拉松，从最初成绩 2 小时 12 秒，到之后的 1 小时 32 分 30 秒。2013 年首次参加北京全程马拉松，从最初成绩 3 小时 40 分 14 秒，到之后的 2 小时 57 分 53 秒，他一次次挑战自己，超越自己。他越来越体会到，运动锻炼给自己带来的益处，让他精神饱满投入到高强度的工作之中。除了跑步，羽毛球、篮球、跳绳、踢毽等体育项目，他样样行，多次在教职工运动会上取得好成绩，多次被评为校级和院系级的工会积极分子。

在清华园，像高老师一样，工作之余，或早或晚，在园子里或跑或跳，打球、游泳，参加锻炼的教职工越来越多。学校、院系、教职工体育协会，经常组织开展体育活动，举办体育比赛，鼓励教职工积极参加适宜的锻炼项目，科学运动健身。蒋南翔校长提出来的"为祖国健康工作 50 年"，是目标，也是动力。像高老师一样，我们作为普普通通的清华人，为祖国健康工作五十年，永远奔跑在路上。

（2021 年 10 月 26 日）

6. 跑步是我的骄傲

跑步是我生命中的一部分，跑并快乐着，和校友一起跑步更快乐开心。

——孙军科（清华大学饮食服务中心厨师）

初识孙师傅，是在 2019 年校工会组织的一年一度教职工春季登百望山比赛中。在一个初春的周末，第一次报名参加了登山比赛，初春的百望山披上了绿装，在暖阳的照耀下蜿蜒秀丽。比赛按照年龄组依次分时段登山，教职工欢声笑语，热情高涨。号令一下，大家奋力争先，快步向山顶方向奔去。平时很少运动登山，我抱着试一试的心情而来，却被大家的热烈气氛所感染，我的脚步变得越来越快，疾步向前冲去。

距离山顶还有约 1 千米的路程，道路变得越来越陡，向上望去，山顶的凉亭好像近在咫尺，却越来越费劲，我喘着粗气，迈步艰难，不时停下来休息。这时候，一位个子不高，瘦瘦的师傅从山顶往下冲，他飞快地迎面下山，一边向下跑，一边对着奋力上山的老师们喊着，"加油！马上到山顶了！"

听着他鼓舞士气的话，看着他飞奔下山的轻快背影，再望望还在缓慢登山的老师们，我猜想，他肯定是第一名！受到他的鼓励，我似乎有了力气，深呼吸，加快了速度，一口气登上了山顶，检录之后，我来到百望山山顶的平台处，与登上山的老师们一起，放眼望着远处的群山，呼吸着新鲜的空气，舒缓一下略显疲惫的身体。这时候，"加油！登上来了！"刚才鼓舞士气的话又响起来，话音急促有力，带着陕西口音的普通话，随着话音望过去，他与三位气喘吁吁的女老师一起，又登到了山顶。三位女老师停了下来，喘着粗气休息，而他又一转身飞快地下山。这时候，我有些纳闷，他为啥上山又下山好几趟，而且，与其他老师登山疲劳的神态相比，他轻松敏捷的腿脚，上下山如履平地，不禁让人感叹，体力真好！

在山顶欣赏了百望山的风景，比赛结束之后，我随着大部队的人流，向山下缓缓走去，下山的时候，老师们轻松了很多，说说笑笑。这时候，我又遇到了这位师傅，出于好奇，我问他："这位师傅，大家登山比赛，你为何上山下山好几趟呢？"他骄傲地说："我第一个冲上山去，得了第一名！"然后，笑着对我说，"我是学校饮食中心的，我下山是接应同事们上山！我下山三次，直到我的同事们都登上山！"他登山获得第一名，不休息，上山下山三趟，为同事们鼓气，真让我佩服！

我与他并排走着，我们交谈着，很是畅快，我近距离地看到了他的眼睛，他的眼睛很大，很明亮。原来他是桃李园食堂的孙军科师傅，学校后勤机关每年组织登香山活动，他年年荣获第一名，在学校工会组织的登百望山活动中，他同样名列前茅。不仅爬山，他跑步也有很多年了，他给我讲了很多跑步的事情，鼓励我有时间去跑步，最后还不忘加上一句，"身体好了，工作更有劲儿。"

再识孙师傅，是我加入了晨跑队之后，每天清晨的跑步，孙师傅从不缺勤。我刚开始跟着队伍跑步，跑得慢，气喘吁吁，孙师傅总是放慢脚步，陪我一起跑。一边跑步，一边告诉我跑步的要领，他言语朴实，我很是受用。奔跑的大队伍中，小伙伴们欢声笑语，有时候会模仿一下孙师傅的口音，开开他的玩笑，他也不介意。晨跑之后，孙师傅匆匆离开，7点钟赶到李先生牛肉面餐厅做小时工，随后到桃李园食堂上班为学生们准备午餐，晚上7点他卖夜宵，直到晚上11点下班，这就是孙师傅每天的日常工作节奏。

与孙师傅相识久了，知道孙师傅是陕西岐山人，小时候家里穷，每天上山砍柴，奔跑在大山里，练就了结实的身体，1992年职高毕业来到清华园，成为食堂的一名员工，为师生们制作一日三餐。1996年，参加第一届职工运动会，获得了400米跑步冠军，从此在业余时间跑步锻炼，保持着教职工运动会1500米、3000米的纪录。2005年起开始参加马拉松比赛，至今已经参加了12次全马，2次半马，全马最好成绩3小时6分38秒。孙师傅说起自己取得的比赛成绩时，滔滔不绝，很是为自己骄傲。他大大的眼睛里，闪着坚定和自豪。他说："认识了那么多喜欢跑步的老师和学生，很幸运；与中国最顶尖的人才在一起跑步，很幸运；能够参加马拉松比赛，很幸运。清华给了我展示自己价值的环境，发现自己特长的空间。学生们喜欢吃我做的饭，我很骄傲；我穿着清华的战袍去比赛，我很骄傲。"

然而，清华园里很多学生认识孙师傅，是从食堂的美食开始的，学生们爱吃什么，饮食中心根据季节、师生们的需求做相应的调整，孙师傅做的炒米饭、烧烤蘸酱、麻辣烫，常常是学生点赞排行榜的首位。说起自己的工作，孙师傅说："热爱我的工作，做的每一份菜都很用心，做菜和跑步一样，需要投入，需要真心地热爱它。"

谈起自己的家庭，一双可爱的儿女，在家辛勤劳作的妻子，孙师傅的眼睛里闪着柔情。孙师傅的女儿，是一位大学生，寒暑假会来到清华园食堂勤工俭学，赚取一些学费的同时，也是父女两人难得相聚的日子。在孙师傅的带动下，女儿也喜欢上了跑步，参加了马拉松。他最期待的事情就是，一家四口能够在操场，在路边，在田野一块跑步，那是多么的幸福！他经常对女儿和儿子说，"要感恩曾经帮助过我们的人，要多做善事，要多参加公益活动。"

晚上工作晚了，很累，很迷茫，我会走进食堂，在孙师傅的窗口前排队，买一碗热汤面。孙师傅带着口罩，动作麻利地做汤面，为买面的师生们，盛上一碗碗香喷喷的面。"师傅，一碗面！"孙师傅认出了我，大大的眼睛里闪着温暖。我接过他递出窗口的面，找一个离窗口最近的座位坐下，一边吃面，一边望着窗口中忙个不停的孙师傅，吃到嘴里的面，软软的、香香的，我的眼睛里湿湿的。吃完面，看着孙师傅窗口前排起的长队，我来不及向他打招呼，走出食堂，漫步在灯光闪烁的校园里，呼吸着静谧的清凉空气，吃过面，我顿时疲惫全消，精神振奋，抬头望着夜空中一颗颗闪亮的星星，就像孙师傅的眼睛一样，明亮而美丽。

（2021 年 6 月 22 日）

7. 姥姥舵主小明

跑道不止400米。

——尹西明（清华大学经管学院2011级校友）

2021年的6月，繁花锦簇的春天即将过去，绿树成荫的盛夏悄然而至，又是一年毕业季。经历了疫情，即将毕业的清华学子们，更加依恋清华园，更加珍惜师生情、同学情。离毕业典礼还有70天，晨跑队小猴子队长，感慨道，"所有的暂别，都是为了久别重逢"；离毕业典礼还有50天，晨跑队干饭小分队晒出了唯美合影，"坚持晨跑，认真干饭，紫操不见不散"；离毕业典礼还有10天，晨跑队队员月月毕业报告开讲，带着晨跑队满满的正能量，她要起飞了。

一起晨跑，一起欢笑，看着晨跑队里这些憧憬着美好未来的年轻小伙伴们，让我想起了难忘的2020年毕业季，想起了去年毕业的晨跑队第一任队长尹西明，大家都称他小明。

2020年6月22日上午8时，清华大学研究生毕业典礼如期举行，清华历史上第一次"云上"毕业典礼在校内大礼堂前举行，同时人民日报客户端、央视新闻客户端、新华网客户端等多家媒体及平台面向全球进行中英文双语视频直播。为数不多的毕业生代表参加了现场活动，大多数毕业生和师生们相聚云端，见证了这一难忘的重要时刻。邱勇校长殷殷寄语毕业生，"用一生去坚守不可放弃的职责"。莘莘学子，致敬母校，承担责任，肩负使命，畅想未来，清华园永远是我们温暖的家。

庄重而特别的毕业典礼结束之后，在悠扬的校歌声中，由央视新闻全程报道的清华大学云毕业季节目，"云游清华园"直播活动开始了。刚刚参加完毕业典礼的经管学院2020届博士毕业生小明，作为特邀现场主持人，手拿自拍杆，站在清华广场上，带领着千万网友，跨越时空，开启了美丽清华园的云游之旅。我在电脑屏幕前，跟随穿着博士学位服、戴着口罩的小明，听着他熟悉的声音，感受着画中的清华园，分享着他毕业的喜悦。

从百年校庆时建成的新清华学堂，到每天上课必经的学堂路，每天清晨跑步必经的清华路，再到典雅古朴的二校门，小明一边漫步，一边讲解，将清华园里学生们的日常生活，用朴实的语言和洪亮的声音，在现场一一介绍给观看直播的网友们。九年的校园时光，清华园里的每一条路、每一个教室、每一个食堂，都深深地印在了他的记忆里。他像唠着家常一样，分享着清华学子们的点点滴滴；又像数着自家珍宝一样，说着校园里的趣闻趣事。美丽的画面、清晰的话语，在网络上传播，吸引了无数网友，特别是青年学生的关注。镜头前的小明，戴着口罩，我虽然看不到他招牌式的"明式微笑"，然而我看到了他眼里闪着光、透着亮。在清华园，他跑过的路很长，看过的书很多，正如小伙伴说的那样，小明"读了亿字书，行了亿米路"。

水木清华，荷风送爽，一草一木都浸染着时光的温柔，不同于往年的毕业季，园子里少了热闹和欢乐，多了宁静和庄重。在介绍校园美丽风光的同时，小明将参加毕业典礼的师生代表请到镜头前，请他们谈一谈对毕业、对清华的感受，提问的小明机智潇洒，回答的师生轻松自然，一问一答中包含着对清华的深深眷恋，对美好未来的无限憧憬。正如他连线直播采访经管学院党委书记、副院长陈煜波教授所说的那样，2020届毕业生的起点很特殊，承载着社会、世界、人类的独特使命，相信自强不息的毕业生们一定会更好地担负起历史重任，为休戚与共的人类命运共同体做出卓越贡献。镜头前的小明，就像热情朴实的邻家大男孩，然而他可是清华园学生中的佼佼者，学术新秀、科研大拿、跑马大神、越野大佬……不仅学业和运动都很棒，而且热心公益，一次又一次深入贫困地区去支教和社会实践，一次又一次参加校园无偿献血，发起"清华善行者"的公益活动，还从父亲做环卫工人的经历中受到启发，与好友们一起发起了"Plogging China（拾行中国）"的社会公益运动，周末一起在清华园跑步捡拾垃圾，以实际行动号召并带动同学们做绿色校园、绿色地球的守护者。

直播过程中，听到小明说得最多的、聊得最多的还是与跑步有关的话题。面对疫情，健康不是支出，而是投资；投资健康，就是投资未来。他在求学期间，不仅自己坚持晨跑，还发起成立了清华大学晨跑队和清华学生冬泳协会。清华晨跑队从最初的几个学生，发展到今天的数百人，浩浩荡荡的晨跑队伍，成为清晨校园一道靓丽的风景。正如小伙伴说的，晨跑队，是一团由小明点燃的火。他跑在哪里，哪里就充满了欢声笑语，小明就像一束光，照耀着清华园。毕业之后，他成为了一名高校教师，走上自己热爱的学术和教书育人之路。工作之余，他依然坚持晨跑，有所不同的是，他开始带着自己的学生一起跑步。业余时间，他继续越野训练，攀登的山更高了，探索的路更长了。

直播活动气氛热烈，互动频繁，直播间的主持人将网友提出的问题一一抛给小明，他有问必答，妙语连珠。有网友提问，"对 2020 年即将高考的高中生，有什么寄语？"走到大礼堂前的小明，表情有些凝重，他说，想起自己参加高考的经历，坦言说自己也会紧张，但是家人和老师给了无限的鼓励，让他明白，无论是面对高考还是面对人生的未知，最重要的是保持良好的心态，自信地迎接挑战，发挥出自己的最好水平。他勉励疫情期间的高考生，不忘初心，迎接挑战！

看着屏幕中妙语连珠的小明，时光流转，岁月变迁，让我们听一听时光沙漏中小明的细响。

2011 年，河南偏僻乡村的一个农家小院里，三间房顶漏光的土坯房中，穿着磨出了洞、洗得发白的运动衫的那个瘦弱和自卑的男孩儿。

2013 年，在河北廊坊，深入乡村开展城镇化与乡村振兴主题的社会实践者。

2014 年，暑假里来到甘肃支教，播洒阳光的大学生志愿者。

2016 年，穿着清华红色的运动衫，奋力向前奔跑的马拉松赛选手。

2018 年，担任清华大学"地平线青年领军人才培育计划"首任团长，赴纽约世界银行总部开展反贫困与可持续发展访谈的国际青年交流者。

2019 年，在秦皇岛百公里越野赛场上，披荆斩棘夺取亚军的年轻勇士。

2019 年，在数九寒冬中，与清华冬泳协会师生们在冰水中畅游的"清华泳士"。

2020 年，在大学校园潜心研究技术创新、数字创新管理与可持续发展的青年学者。

……

那个眼睛里闪着光，脸上带着笑，阳光般灿烂的小明，肩负使命，追求卓越，正在奔向远方。

（2021 年 7 月 11 日）

8. 奔跑的冬冬

跑步让我更加自律自强，更加开朗，遇事更加淡定！

——张冬冬（清华大学机械系 2015 级校友）

2019 年 7 月，我在紫操结识晨跑队，开始与小伙伴们一起晨跑，每天清晨在紫操西南角集合，热身后 6：10 出发，绕着校园 5 千米心形路线跑步，途中总能遇见一个瘦弱单薄的学生迎面跑来，他总是默默调转方向，加入大部队，一起慢跑回紫操，与大家完成颇具仪式感的大合影之后，又悄然离开，迅速加速，独自继续奔跑。小伙伴告诉我，他就是张冬冬，晨跑队队长，机械系博士研究生，学生马协成员，中长跑二队成员。

时间久了，我渐渐发现，冬冬每天起床时间更早，比大部队起跑时间更早、跑量更大、跑速更快。他话不多，却是晨跑队的灵魂人物，是小伙伴们的榜样和标杆。他 2016 年开始长跑，6 次参加全马比赛，最好成绩为 2 小时 43 分 33 秒。2017 年 10 月，冬冬接任晨跑队队长，在带领大家坚持晨跑的同时，途中跑拍，跑后合影，分享报告，渐渐成为晨跑队每天晨跑时的传统节目。从最初的几十人发展到如今的四百多人，晨跑队在校内外的影响越来越大，从开设晨跑队公众号，到寻求赞助，晨跑队员们终于有了心仪的队服，他热心为大家服务，为晨跑队做了很多基础性的建设工作，而且他真诚热心地对待每一名晨跑队员，不管是晨练已久的老队员，还是刚刚入队的新队员，他坚持不懈的精神和尽职尽责的责任感赢得了大家的尊重。冬冬说过，"晨跑队是一个可以让人享受到'恩惠'和自愿付出的地方。作为晨跑队队长，我更应该以身作则，坚持早起和大家一起晨跑，若是哪天没与大家一起晨跑，我一定会感到自责。"

长跑是一个需要长期坚持并且科学训练的运动健身项目，年龄、体质、生活习惯不同的人，在跑速和跑量上有很大的差别。晨跑队中，大多数是学生，还有一些教职工，学生又有本科生、硕博研究生，有多年运动锻炼的，也有刚刚加入的，跑步水平参差不齐，除了一起晨跑外，找教练、拜师傅，求教跑步经验，加练黑练，投缘的师徒还真不少。因为同是河南人，又都来自贫困小城，我与冬冬有着天然的亲近感，他似乎顺理成章地成为我的跑步师傅。

没有拜师礼，也没有尊师茶，工作学习之外，我与冬冬和师姐梅梅相约在学校食堂一起吃饭，为了表示拜师的诚意，请他来点菜，他说："我点一份花生米，其他的菜，你们点。"后来的几次聚餐，冬冬点的菜，不是油炸花生米，就是盐煮花生米。母亲多病，父亲瘫痪，家庭的贫苦，让冬冬比同龄的孩子更加节俭和独立，他很小就与哥哥一起扛起家庭的重担，至今胳膊和手上还留着小时候干重活儿落下的伤疤。上了研究生之后，他凭借自己的勤奋努力，不仅自己养活自己，还靠勤工俭学挣来的钱贴补家用。冬冬从小体质弱，体育课一直是他的弱项，到了清华读博之后，学业的压力，一度让他很难适应。冬冬说："在学业最艰难的时候，是晨跑影响并改变了我。"

除了清晨跑步，冬冬忙于学业，我忙于工作，同在清华园，却很少见面。即使早上一起晨跑，匆匆相遇，也几乎没有太多的交流。然而，一时兴起，跑量突飞猛进，他会及时提醒我，注意跑休，防止受伤；冬天来了，晨跑打卡，变得三天打鱼两天晒网，他又会毫不客气地对我发出预警，这个月跑量不够，每天要加点量。寡言少语的他，有着清华理工男的严谨，又有着处处为他人着想的细腻。

2019年10月，冬冬卸任晨跑队长，除了继续坚持跑步之外，开始专注于完成自己的博士论文。临近年末，在毕业去向明确之后，他决定在寒假期间留在学校，在实验室做实验，补充论文数据并完成毕业论文，做好下学期博士论文答辩前的准备。我在读博士期间，也曾经有过因为学业，放弃春节回家，在图书馆修改并完成毕业论文的经历。似曾相似的经历，让我很能体会，在万家团圆、欢度春节的日子里，独自埋头苦读的个中滋味。我将家乡人寄来的一盆牡丹送给冬冬，对他说："放在实验室吧，做实验累了，给花浇浇水。"

然而，临近2020年的春节，突如其来的新冠肺炎疫情暴发，清华园实行了封闭管理，实验室和图书馆暂时关闭，冬冬只能待在宿舍学习，他几经周折，与相关老师沟通，将实验室的电脑搬到了宿舍，继续论文的研究和写作。在很长一段时间里，空荡荡的校园里，他独自一人在跑步，寂静无声的学生宿舍楼，只有他房间的灯彻夜亮着，宿舍、食堂、操场，三点三线，成了他生活的全部。临近春节，我与冬冬通过电话，聊了很长时间，互相祝福问候的同时，我感觉到了冬冬的孤独和迷茫。疫情肆虐，给祥和的春节蒙上了阴影，更何况是远离家乡、远离亲人，憧憬着顺利毕业、走上职场的他。通话之后，他释然了许多，只是有些愧疚，放在实验室的牡丹花，无法搬运出来，他说，"可惜了，一棵那么好看的牡丹花！"

2020年春节过后，为防控疫情，学校延期开学、如期开课。冬冬和其他寒假未回家的同学们留守在校内，教职工们在线教学、灵活办公，全校师生同心抗疫。我与冬冬的几次见面地点，是校园的围墙处，他戴着口罩在围墙里，我戴着口罩站在围墙外，我们保持着安全距离，我给他递进去他爱吃的花生米，他给我递出来跑步的魔术头巾，我们相约，一起加油，独自奔跑，共同战疫。我将刚刚出版的新书送给他，并且在书的扉页上写道，清晨跑步的匆匆相遇，化作悄悄的生命动力；曾经的困苦和磨难，终将是人生的宝贵财富。冬冬如期以在线方式顺利通过博士论文的答辩，相聚云端，我第一次看到穿着笔挺的白衬衫，打着深蓝色领带的冬冬，是那么帅气阳光，他的脸上终于露出了轻松的微笑。

即将离开学校，奔赴南方工作，冬冬将自己最心爱的北京马拉松奖牌留给了学校，在给校体委主任史宗恺老师的信中写道，"跑步带给我强健的体魄和坚忍不拔的精神，也使我更加自信、积极、乐观和自律。我即将走上工作岗位，我希望自己像跑马拉松一样努力工作，为社会多做贡献，回馈自己，回馈清华，回馈社会。"

2021 年参加工作已经一年的冬冬，不仅顺利转战职场，升职加薪，而且坚持跑步，保持着良好的工作干劲和跑马状态。工作之余，他带动公司同事们跑步，被任命为跑步兴趣圈的"圈长"。在当地清华校友会的支持下，成立了当地的校友跑群，周末定期组织集体跑步。他还参加了 2020 广马比赛和 2021 高校精英马拉松公路接力赛，取得了优异的比赛成绩。正如他所说，"有了跑步，才有了不一样的我！"

冬冬每天跑步打卡的地方，是峰峦环抱的松山湖畔，从冬到夏，或早或晚，我每天都能看到松山湖的美景。虽然四季风景多变幻，冬冬的心，就像湖水一样温润纯净，虽然职场道路遥远漫长，但冬冬的眼里，充满了执着和希望。

（2021 年 8 月 26 日）

9. 晨跑对儿

跑步使人上头，在跑步中，我遇见了一群可爱的人，自己也变得越来越可爱。希望可以继续健康快乐奔跑下去。

——童心（清华大学环境学院 2010 级校友）

跑步真是一个奇妙的活动，它能增强生活的幸福感、成就感与满足感，能让你思考人生，还能交到一群志同道合的有趣的朋友。跑起来的时候，觉得整个世界都是自己的，整个世界都变得美好了。

　　　　　　　　　　——刘嘉倩（清华大学环境学院 2010 级校友）

　　长跑不可谓不是一项枯燥乏味的运动，特别是对于清华园里学业繁重、喜欢挑灯夜读的学生们来说。然而在园子里一圈全长约 5 千米的心形轨迹中，无论你跑多快，都有人与你一起飞，无论你跑多慢，都有人陪你到终点。在晨跑队里，欢乐的气氛，感染着每一个人，满满的正能量，传递给每一个人。你也许因为跑不动，而哭过；也许因为跑不下来，而沮丧过。然而，运动之后释放压力的快感，挑战不可能带来的自信，让这些年轻的学子们越来越阳光，越来越充满活力。

　　正青春的学子们，在奔跑中相遇、相知、相爱，在学业上互帮互助、共同进步，是晨跑队最浪漫的事儿。"晨跑对儿"，是晨跑队送给队里相恋的情侣最浪漫的名字。从 2016 年起，晨跑队成就了二十多个晨跑对儿，浪漫的故事一直在延续。嘉倩和心心（人称"夹心 CP"，夹心情侣）是晨跑队里的明星对儿，晨跑队的开心果，制造浪漫的顶级高手。

　　认识这对神仙情侣，是在 2019 年 8 月 28 日清晨，夹心 CP 晨跑三周年的日子，他们送出了惊喜大报告，两人自制的几十张明信片。明信片上是他们穷游泰国时拍下的美景美照。晨跑之后回到阳光明媚的紫操，大家欢聚在一起，热热闹闹地争抢着这些明信片，一边欣赏着照片，一边倾听他们两人讲着旅行的甘苦、精彩瞬间的抓拍，以及一路精打细算的攻略。在成长路上保持好奇心，勇敢地去尝试一些不可能的事情，总会遇见美妙的风景。他们的惊喜大报告，让我眼前一亮，记住了这对可爱的晨跑对儿。从此，我的晨跑旅途，变得清新浪漫，充满了纯真诗意。

　　嘉倩和心心是大学同学，毕业时双双以优异的成绩在清华园继续攻读研究生，同一个班级，同一个专业，同样喜欢跑步健身，都有着不俗的跑马成绩。在教室、食堂、健身房、操场，总能遇见形影不离的他们，更不用说，在假期里，两人穷游世界，比翼齐飞。心心，小伙伴们送外号"他大姑"，颇具文采，跑步健身，拍照录像，美工编辑，样样棒，小小童心似我心的公众号，图文并茂地记录下他们对世界的探索和思考，除此之外，他还有着自己的今日头条（旅行见闻与微攻略）、马蜂窝（旅行游记与笔记）、抖音（跑步知识分享）、B 站（旅行视频）、图虫（照片分享平台）等多个自媒体账号。嘉倩，晨跑队第三任队长，完成第一个铁三后获封号"铁人青"，威震晨跑队，说话快人快语，行动雷厉风行，骑行、游泳、跑步三项全能。我总在想，出去穷游的两个人，铁人青肯定是那位乘风破浪的侠女，而心心就是守护在她身边的保护神，两人相拥相伴地欣赏着属于他们的美丽世界，或许像其他同龄人一样，"夹心 CP"需要面对和克服的困难很多；或许像其他校园情侣一样，"夹心 CP"在一起有过争执和吵闹，然而，他们把属于他们的浪漫、快乐和甜蜜，大大方方地分享给晨跑队的小伙伴们。每天在校园晨跑之后，小伙伴们回到紫操，最开心的时刻，是分享报告。我翻看了晨跑队的报告，在嘉倩担任晨跑队队长期间，他们晨跑报告的次数最多，也最热闹。是巧合，也是缘分，他们的每一次浪漫报告，我都在现场，即兴记录下了他们的报告。

2020 年 8 月 28 日，返校之后进入新学期的"夹心 CP"，为小伙伴们带来了解渴的大西瓜和甜甜的娃哈哈，庆祝晨跑四周年。全国疫情得到有效控制，清华园如期开学，陆续返校的晨跑队员开始归队，坚持晨跑，恢复体能，开启正常的学习生活。清晨的紫操，穿着铁人三项情侣衫的"夹心 CP"，与大家一起分享快乐和甜蜜。回忆起在防控疫情的关键时期，学生延期返校，晨跑队员们虽然不能返校一起晨跑，大家的心永远在一起。不管是作为队长的嘉倩，还是作为队长助理的心心，通过微信群，给予了大家最多的加油和鼓励，他们开动脑筋，发起云上晨跑，云上体能训练，并在疫情期间加入了读书分舵皮匠团队，一起筹备云上读书会。嘉倩的生日快到了，心心精心策划并制作了生日祝福视频，他联系上了在家里在线上课的小伙伴们，天南海北，云祝福在一起，通过他们自己卿卿我我的小爱，连起来晨跑队团结向上的大爱。难捱的几个月里，我在云端感受到了他们的努力和勇敢，而今晨在紫操，再次见到健康活泼的他们，我即兴写下一段祝福。

与你们晨跑相遇的每一次，

在我眼里，

都是一张张唯美唯真的明信片。

清华园里正芳华，

你们就是那一对儿神仙情侣；

晨跑队里真热闹，

你们就是那一对儿浪漫情侣；

健身房里很嗨皮，

你们就是那一对儿开心情侣。

世界很大，

路还很长，

期待你们，

更多唯美唯真的明信片……

晨跑四周年快乐！

2020年9月18日，"夹心CP"带来了花花绿绿、各式各样的糖果，向小伙伴们报告，他们结束了八年恋爱，领证了。小伙伴们送出最真挚、最热闹的祝福，细腻周到的心心大大方方地讲起他们的恋爱经过。八年前的新生舞会上，心心邀请当时只有16岁的嘉倩作为自己的舞伴，从那一天起，他们一起见证了清华园里的春夏秋冬、花开花落；八年之后，相亲相爱的他们，结束了爱情长跑，收获了爱情的果实。经历了疫情，我们的工作、学习和生活都发生了很多变化，然而，唯一不变的是，疫情的考验，让我们更加珍惜时光，珍惜友情、爱情和亲情。看着幸福甜蜜的"夹心CP"，我就像在欣赏一幅唯美唯真的画儿，激动不已。

每一次的相见，

你们都像在画里，

浪漫、欢乐、搞怪、撒狗粮。

亲历了一对新人的甜蜜浪漫，

见证了两位学子的努力拼搏。

得益于一对铁三选手的鼓励，

受教于两位体能教练的严苛。

从此，

你们的画儿更爱、更暖了。

我会一直静静期待，慢慢欣赏，

你们描绘的神奇而又美丽的画儿。

接下来的日子，一切似乎归于平静，"夹心CP"各自忙着做实验、写论文，铁人青往返于学校和企业之间做着实验，晨跑的次数少了；心心继续坚持晨跑，为小伙伴们拍美照，体贴的他会将小伙伴们报告分享的牛肉干、橙子带一点点回去，留给做完实验返回学校的嘉倩。虽然他们结婚了，可是日常的学习和生活与以往似乎没什么两样。然而，我明显地感觉到心心变得更加沉稳了。

2021年5月21日，一个特殊的日子，有着美好寓意，"我爱你"，跑步爱好者会以跑步的方式，521的跑程、配速以及轨迹，向自己心爱的人进行表白。"夹心CP"当然不能错过这样的好日子，在这一天的清晨，他们一起晨跑，相互祝福，跑步之后，在浪漫的紫操，与大家分享浪漫和甜蜜。这一次，他们讲述了过去旅行中收获的种种意外。虽然或多或少会影响旅行体验，但也不失为一段段难得的人生经历。旅行的魅力之一在于，它并不会按部就班、如你所想地呈现沿途风景与故事，那些意料之外的经历同样值得，甚至还会带来浪漫与惊喜。就像他们一样，虽然经历风风雨雨，然而却总能给大家带来惊喜与浪漫。看着"夹心CP"，我仿佛觉得自己也年轻了许多，快乐了许多。

甜甜的西瓜，香香的坚果。

嘉倩和心心的报告，

一如既往地热闹欢乐。

然而，

今天的报告很珍贵。

因为，

芳华岁月不都是绚丽鲜花，

浪漫路上不只是卿卿我我，

今天的报告很真诚。

因为，

青葱年少的稚嫩和烦恼，

十字路口的迷茫和彷徨，

就是完整的人生，

就是生活的本色。

相互携手，一起加油。

夹心 CP 的浪漫和惊喜，

我会静静期待，慢慢欣赏。

晨跑队就是一个充满爱的大家庭，正值青春少年的清华学子们，每天在爱的轨迹上奔跑，在爱的紫操拉伸放松，在爱的欢笑中听着报告，爱的蜜语在空旷的紫操久久回荡。晨跑对儿的爱情故事，像紫操上空的蓝天白云一样纯净，像大礼堂前的朝阳一样温暖，像荷塘里的荷花一样美丽。晨跑对儿在清华园里，一起奋勇拼搏，在未来浪潮中，一起乘风破浪。

（2021 年 8 月 28 日）

10. 干饭小分队

从我做起，从现在做起。

——清华大学化工系

2020 年 8 月中旬，宁静的清华园渐渐热闹起来，经过了半年多的宅家上课之后，学生们陆续返校，晨跑队队员们陆续归队，不断有新的小伙伴加入，晨跑的队伍越来越壮大。清晨的清华园一派生机勃勃的景象。

晨跑的队伍中，有一位皮肤黝黑的年轻学生，他跑姿优美，身体健硕，跟随大部队跑到紫操后，经常会与跑步大佬孙师傅一起，在跑道上以四分左右的速度飙上一两圈，飞奔之后的畅快淋漓，写在了他质朴的脸上，他笑起来真好看，一对浅浅的小酒窝很是可爱，阳刚之气中透着些许羞涩。

晨跑之后，小伙伴们在紫操一角，做着拉伸放松。这位年轻学生双手撑地，一口气可以做几十个俯卧撑，匀称发达的肌肉线条，一招一式的健身动作，一看就是运动达人。在闲聊中我得知，他的名字叫张有弛，来自化工系，大四学生，毕业之后希望到国外继续深造。有弛大方地向我分享了一张他高中的毕业照，俨然是一个敦实可爱的小胖子！上大学之后，不仅成功瘦身 20 多斤，而且爱上了篮球、阳光长跑和健身。看着他瘦身前后的对比照，我眼前一亮，一个多么自信又自律的阳光大男孩！

2020 年 11 月 16 日，2020 世界工程教育论坛（WEEF）以在线方式举行，主题为"疫情期间教育技术进步以及对于工程教育的影响"的学生分论坛同期在线举行，有弛作为中国工科大学生代表，与来自荷兰的大学生在线联合主持了学生分论坛，并做了题为"学习技术的变化和影响"的演讲，展示了中国大学生的风采，给参会大学生们留下了深刻印象，得到了论坛组委会的赞扬。在此次国际会议召开之前的一个月，正在准备出国申请的有弛递上了他的简历和准备材料，经过论坛组委会的层层选拔，有弛成功入选本次国际学术会议的大学生代表。作为这次学生分论坛的指导教师，我全程参与了学生分论坛的准备工作。每天晨跑的间隙，与有弛讨论沟通学生分论坛的各项工作，与此同时，我进一步认识了跑步之外的有弛，他学业非常优秀，曾获清华大学学业优秀奖学金和清华大学挑战杯科创大赛三等奖。

经过短短一个多月的会议准备，在繁忙课业的间隙，初次参加重要国际会议的有弛，迎接挑战，顶住压力，克服困难，出色完成了会前沟通、会议准备、在线主持、主题演讲等各个环节的任务。会议的当天，我正赶上去昆明出差，在出差间隙，收到有弛圆满完成参会任务的消息，我在他身上看到了清华优秀学生的拼搏劲头和无限潜能。由于此次会议涉及到工程教育所涉及的工程领域，也让我加深了对有弛所在的化工系的进一步认识和了解。清华大学化学工程系始建于1946年，在七十多年的发展过程中几经调整，现有化学工程与工业生物工程（简称"化工"）、高分子材料与工程（简称"高分子"）两个专业，有弛来自化工专业化71班。化工系秉承清华大学"严谨、勤奋、求实、创新"的学风，为培养具有国际视野和担当精神的优秀化学工程师作出了积极贡献。

我从昆明回京，回归晨跑队，从昆明空运回来一棵棵向日葵，祝贺有弛出色完成了参加国际学术会议的任务，祝福即将进入期末考试的小伙伴们学业进步，考出好成绩。在晨跑过程中，我陆陆续续结识了有弛的四位同学，李姝承、蒋辉、吕乐、赵祺铭，他们来自同一专业同一年级，在有弛的邀请和游说之下，先后加入晨跑队，逐渐适应了每天晨跑的时间和节奏，感受到了晨跑带给他们的健康和快乐。

每天清晨，我都能看到他们充满朝气的年轻面孔和迸发着活力的跑姿。有弛的好朋友祺铭，别看他稍显文弱，说起话来可是有板有眼，笑起来非常甜，晨跑时两个人并肩，边跑边聊，似乎还沉浸在课业问题的讨论之中；乐乐娇小可爱，大大的眼睛，柔美的长发，像一个可爱的洋娃娃，是晨跑队的开心果，欢跑的队伍淹没不了她小小的身影；辉辉和姝承，总是飞奔在前，并排跑在晨跑队伍的第一排，而且她们两个长得太像了，相似的身高和身材，圆脸庞、齐刘海、戴相同款式的眼镜，两人都爱笑，笑起来时，眼睛眯起来，嘴巴翘起来，一样的神态，俨然一对双胞胎姐妹。眼拙健忘的我，在很长时间里分不清楚辉辉和姝承，经常把两人的名字叫混。跑后拉伸时，辉辉时常站到我面前，调皮地问我："田老师，我是辉辉还是姝承呀？"

时间久了，我终于将辉辉和姝承分清楚了。辉辉乐观开朗，有着山东人的热情豪爽，脸庞更圆润；姝承内向稳重，笑起来露出两颗小虎牙，身体素质超级棒。来自化工系的五位小伙伴们，一起晨跑，一起跑后拉伸，一起说笑，晨跑之后一起去吃饭，是晨跑队中一道青春靓丽的彩虹。后来，他们有了一个共同的称号——"晨跑队干饭小分队"！吃饭最积极、喜欢拿主意的辉辉，当仁不让被推举为小队长。"干饭吗？走！"成了他们的接头暗号；约早餐，约食堂，约美食，成了他们学习生活的一部分；能吃，会吃，喜欢吃，成了他们晨跑之外的共同爱好。

干饭小分队的成员都是化工系大四学生中的佼佼者，学习成绩均排在年级前二十名。祺铭拥有超级"码力"和语言天赋；辉辉多才多艺、宣传能力出色；姝承曾是国旗仪仗队队员，也是热心公益的献血达人；乐乐在学业、科研、恋爱之间游刃有余。在加入晨跑队之前的学业过程中，他们就建立了深厚的友谊。在大三秋季学期，他们不约而同地选择了卢滇楠老师开设的化工系颇具挑战性的难度很大的《化工热力学》挑战班课程，一起上课学习，相互沟通合作，攻克课程难题，解决学习问题。因此，干饭小分队是一个团结奋进、共同成长的集体！在晨跑队中，能够获得大家的认可，拥有干饭小分队的独立称号，是偶然，也是必然。

在两年多的跑步锻炼过程中，我认识了许多化工系跑者，是偶然，也是必然。晨跑队的老队员王芳倩，是化工方向的博士研究生，跑马、越野样样棒；1990级化工系校友、为祖国健康工作50年校友群群主张海，每天在东操飞奔、严苛晨练，有着不俗的世界大满贯成绩；1983级化工系校友李次会，在校读书期间经常跑步，曾经有一周跑五次圆明园的经历，如今在每隔一天的早上去奥森公园跑步十多千米，同时他心系母校，多次向学校捐款并担任学生职业生涯教练；1981级化工系校友朱玉霞，1981级校友跑群第一任群主，不仅自己长期坚持长跑，而且热心为校友服务……无论是在校学习的化工系学子，还是在行业领域建功立业的化工系学长们，一代代清华人，传承清华体育精神，一直奋勇奔跑在路上。

2021年春节过后，春季学期开始，干饭小分队的又一位新成员曹煜恒加入了，同样的青春年少，同样来自化工系，与其他小伙伴们不同的是，他来自化工系高分子专业，在六个成员之中，个子最高，笑容最灿烂。除了本专业之外，煜恒还辅修了行政管理第二学位，在校级和院系学生工作岗位均有任职，课余时间充实而忙碌。与小分队其他成员在学习生活中有着很多交集的他，早就知道大家加入晨跑队的来龙去脉，跃跃欲试，一心向往，然而想要兼顾两个学位的学习和学生组织的工作并不容易，他常常熬夜到很晚。大四下半学期，在课业压力相对较小，也卸掉了很多社工岗位后，他终于有时间加入到了晨跑队的行列。有着良好团队意识和沟通能力的他，很快融入到了晨跑队的大家庭和干饭小分队的小集体之中，灿烂的微笑、得体大方的沟通，得到了小伙伴们的认可。

2021 年 5 月 28 日下午 1 点，我接到项目组紧急电话，下午 3 点准时采访退休教师、抗美援朝纪念章获得者安洪溪老师。由于安老师已经 91 岁高龄，对他的访谈计划，项目组老师们一直比较谨慎，犹豫不决。终于等到了可行的采访安排，我欣慰之余，也为项目实习生临时生病不能一同前往而着急。情急之下，我联系了干饭小分队，几分钟之后，煜恒回复，他可以陪我一起去访谈安老师。我立即电传给他相关材料，他迅速了解项目背景和访谈内容，调试好相机和录音设备，在下午 2 点 50 分到达采访地点，我们当面简要沟通之后，一起来到安老师家里，准时开始对安老师的访谈。在一个小时的采访过程中，安老师坐在书桌前，目光坚定而慈祥，思路清晰地将他的人生经历，娓娓道来，他少年时投笔从戎，青年时抗美援朝，随后三十多年在清华读书学习、教书育人，我和煜恒被安老师心系家国的情怀、锐意进取的勇气和行胜于言的作风所震撼和感动。访谈期间，煜恒落落大方，熟练自如地协助拍照、录音、提问，采访工作圆满完成。随后，他不仅整理了详细的录音材料，而且发来了他对此次访谈的深刻感想，让我对接触时间不长的煜恒，顿然起敬。后来，我进一步了解到，低调友善的煜恒曾多次获得奖学金和各类荣誉称号，毕业前夕，他还作为优秀本科毕业生接受了学校表彰。

2021 年的毕业季，干饭小分队的六位成员中，有弛即将出国留学，其他五位成员将留在清华园里继续研究生的学习，他们留恋即将结束的大学本科生活，珍惜大家在一起的美好时光。晨跑中，给他们最多感动、最让他们割舍不下的，是桃李园食堂的孙师傅。家庭贫困的孙师傅，在辛苦忙碌的食堂工作之外，坚持晨跑，经常与他们一起飞跑，积极乐观的精神给了他们很多的感动，看着孙师傅穿着破旧的跑鞋，他们集体凑钱，为孙师傅买了一双新跑鞋，在给孙师傅的明信片上，他们写道：

"仅以此鞋纪念与孙师傅跑步的每一天，

祝愿孙师傅越跑越快，越活越年轻，

啥事都如意，天天好心情！"

每天晨跑时的相遇，让干饭小分队于我已经亦师亦友。他们在课余时间，作为学生志愿者，或多或少地参与了我的项目工作，贡献着闪闪发光的青春智慧和力量。我一次又一次被干饭小分队的每一个人、每一件事感动着，德智体美劳全面发展，在他们身上得到如此充分的体现。我一直在思考，为什么他们个性张扬却温暖和谐？为什么他们学业辛苦却活力满满？为什么他们年轻稚嫩却勇于担当？翻看着化工系的发展历史，我似乎找到了答案。

"1960、1965、1966 年，化工系三次荣获清华大学校运动会团体总分第一名。

1968 年，以工程化学系技术为基础设计的核燃料后处理中间试验厂建成，为我国核工业的发展作出了重大贡献。

1978—1986 年，化工系八次荣获校运动会男女团体总分第一名。

1979 年，化工程系 1977 级 2 班提出'从我做起，从现在做起，为社会主义现代化事业多作贡献'的行动口号，成为一个时代青年精神的象征。

2011 年，清华百年校庆之际，'从我做起，从现在做起'理念墙矗立在工物馆 422 教室的外边。

……"

"从我做起，从现在做起"是清华化工系特有的精神和文化，是厚德载物、自强不息的清华精神的生动诠释。几十年来，"从我做起，从现在做起"的口号，激励着一代又一代清华学子为祖国建设发展事业作出贡献。新时代的清华人，必将把"小我"融入祖国、人民之"大我"，传承清华精神，担当时代责任，以果敢坚毅的步伐勇往直前！

（2021 年 9 月 10 日）

11. 81 战队

快乐奔跑，健康生活。

自从踏进清华园的那一天起，我便一直深深爱着这个安静灵秀的园子，喜欢园子里的一草一木、浓厚的学术氛围、志同道合的研究团队。在良师益友的引导下，追随着工程教育前辈的足迹，一步一个脚印向前迈进，存敬畏之心，行勤奋之路。担当与压力同在，激情与挑战并存，让我在平衡工作、生活、学习的过程中，感到越来越吃力。在清华跑友的鼓励和督促下，从来不运动且不爱运动的我，开始了跑步，逐渐融入到清华跑者的行列之中。一次次的相遇相知，让我认识了清华跑者中的一个优秀团队，由一百多位 1981 级校友组成的 81 战队。

2019 年 11 月 3 日，北京马拉松赛如期举行。作为初跑者，我报名加入到了北马清华志愿者队伍，为清华参赛选手做好服务的同时，期待感受一下北京马拉松的比赛气氛。北京马拉松比赛，是最具影响力的马拉松赛事之一，也是清华跑者的盛事，不仅参赛人数众多，而且佳绩频传。由 30 多位清华志愿者组成的两个清华补给站，分设在 32 千米和 37 千米处，为参赛者提供补给，为他们加油鼓气。1981 级校友符全和杜艳是清华补给站的总指挥和总协调，1984 级杨洁和 1981 级校友朱玉霞分别是一站和二站的站长。虽然与三位 1981 级校友以及其他老师和同学们从未见过面，但是初次见面没有客套寒暄，人人都是志愿者，大家很快按照分工，进入工作状态。特别是符全师兄，他是校友跑协的负责人，大家尊敬地称呼他，"全叔"。在志愿者沟通、协调、组织等环节，他是最辛苦操心的人。通过这次志愿者活动，我深切体会到，清华跑者有着一个温暖的大家庭，虽然毕业之后，分别工作在各行各业，分布在全国乃至全球各地，然而，因为共同的爱好，大家一直都在一起。

半年之后，在 2020 年 5 月的一个清晨，我来到奥林匹克森林公园跑步，完成了南园和北园共 10 千米的跑程之后，在北园的一座长长的平桥旁进行跑后拉伸时，遇到了一起晨跑的杜艳和魏闽红两位师姐。这是在 2019 年北马之后，三人的再次相见，相互打量着对方，都依然那么健康美丽，充满活力，我们都非常高兴和欣慰。同时，偌大的奥森，不同的起点、不同的速度、不同的距离，不期而遇，实在是难！就像人生路上，相遇，就是有缘！这次偶遇之后，我经常在周末的清晨来到奥森，与校友们一起参加周末奥森快乐跑。杜艳师姐总是跑前跑后为大家做好各项服务，从跑前热身、跑中指导，到跑后补给，只要她在北京，周末奥森快乐跑，就会如期开跑。记得有一次，她从云南出差回来，连着一个多月，咽喉发炎，暂停了自己的跑步运动，却亲力亲为给大家安排好周末的跑步活动。在咽喉不适期间，大师姐源源不断地收到暖心祝福，不留姓名的爱心梨、诊疗方案、止咳偏方。奔跑的路上，爱的传递，一棒接一棒。

经过了一段时间的短距离跑步锻炼，在 8 月的一个周末清晨，我挑战奥森公园半马的跑步训练正式开始，陪同我一起的是 1981 级校友胡金麟和朱玉霞、1984 级校友杨洁。跑前热身时，与胡师兄初次相识，他谦虚地说自己是跑步小白。在 21 千米的跑程中，有了师兄和师姐的助阵，我倍感轻松，跟随着他们的步伐，一路欢声笑语。特别是胡师兄，稳稳的跑姿，均匀的配速，让我刮目相看。在红色的跑道上，他一会儿前、一会儿后，为我们三位女跑者护驾。在挑战半马成功之后，他不知疲惫地为我们拍美照。这次挑战半马，我了解到，胡师兄虽然加入跑步行列的时间并不长，然而他对跑程、配速、步频和心率等指标数据的认识、理解和体验，俨然是清华园典型理工男的风格，严谨务实，科学精准。

为了备战 2020 线上北马，我赛前计划挑战一下 30 千米的长距离，然而心存忐忑，犹豫再三，与玉霞师姐沟通，两人一拍即合，相约一起进行 30 千米长距离训练。玉霞师姐从 2016 年开始跑步，已经参加了 5 次全马比赛，可谓久经沙场。为数不多的见面，玉霞师姐总是面带微笑、嘘寒问暖，像姐妹般亲近而温暖。9 月的一个周末清晨，奥森公园刚刚从沉睡中醒来，我和玉霞师姐迎着第一缕阳光开跑了。在 30 千米的里程中，在哪里补给、如何补水、怎样注意心率变化，玉霞师姐逐一进行着非常细致的专业指导。我与她肩并肩、默契地迈着整齐的步伐，同呼吸齐飞翔。后来，玉霞师姐晒出了自己在校期间，参加学生运动会获得的 800 米比赛的获奖证书和三级运动员证书。我心生万分感激，原来面带微笑、默默陪我一起跑步的师姐，曾经是清华园里的运动健将，如今已近耳顺之年，依然奔跑在路上，英姿飒爽。我再次深切体会到，无体育，不清华。清华跑者，是一个追求卓越、不断奋进的群体，自律执着、团结友爱。虽然专业不同、年级不同，我感悟并汲取着师兄师姐们的力量，紧紧相随，勇往直前，离自己的目标越来越近。

　　作为全国高校的重要路跑赛事，高校百英里接力赛（简称"高百"），无论是在校大学生，还是已经走上工作岗位的校友，大家跨越专业和年龄，为母校的荣誉而奔向赛场。每年的比赛，清华团队都取得了优异成绩。根据疫情防控的要求，全新启动的 2020 云上高百赛事正酣，1981 级校友奋勇当先，组织了一支 16 人的团队，合计年龄近千岁，接力奔跑，致敬母校。

　　早在一个月前，1981 级师兄师姐的密谋便已经悄然展开——云上排兵布阵。刘斌和王建 4 分配速美国跑，张凤银 4 分 30 跑，田晓峰 4 分 59 澳洲跑，13 位同学相约在奥森按照预计配速跑，符全和柳耀权 5 分 30、胡金麟 6 分 30，朱玉霞和万水娥两位师姐巾帼不让须眉，请缨出战。多位 1981 级优秀跑者集体亮相，机会难得，怎能错过？为了一睹师兄师姐的风采，我早早守在了奥森北园的跑道旁。符全和柳耀权两位师兄，表情严肃，大将风范，快速飞过；胡师兄跑过来了，步伐稳健，步频匀称；两位师姐，看到我在跑道旁拍照，优雅地挥挥手，露出招牌式微笑，美美的跑姿，格外引人注目。最终，师兄师姐都跑出了自己的最好成绩，实际成绩均超过预计成绩，引来清华跑者一阵阵喝彩。

高百比赛当天，除了1981级校友之外，还有20多位清华跑者欢聚在奥森，快乐奔跑。大家完成了各自的跑量，陆陆续续聚在了一起，分享着跑友们的快乐。81战队挑战高百接力赛，顺利完赛；2004级邓静芝，顺利生产，晋升妈妈；2010级童心和嘉倩，新婚燕尔，比翼齐飞。严肃的全叔，绽放了笑容，轻轻松松为大家办喜事；雷厉风行的大师姐，张罗着大家吃早餐，笑声朗朗。金秋时节，收获满满。1981级陈星原师兄，多次完成全马、半马的跑步大神，扛着沉重的摄影器材，全程相随，为奔跑的集体，为每一个人拍出了震撼灵魂的美照，用镜头记录下最美的跑姿、最甜的微笑。

这次活动之后，我翻阅着清华校友的时间简史。1981级校友，在恢复高考的第五年，成为清华园的"一字班"。曾经芳华年少时，教室里埋头苦读，操场上挥洒着汗水。走出清华园，融入到改革开放的大潮中，踏实工作，施展才干。如今，他们是社会的中坚，单位的脊梁，也是校友跑群中的优秀先锋战队。因为跑步，我走近了他们。因为跑步，我理解了，体育迁移价值带给他们的影响。

（2020年10月8日）

12.85 跑团

85/90 再同学

自从开始跑步，我融入了清华跑者大家庭，不断得到跑友们的鼓舞，并感受着团队的温暖。一场突如其来的全球疫情，给我们的工作和生活都带来了很大的变化，与此同时，清华人的心贴得更近了，清华跑者的队伍更加壮大了。截至 2020 年 11 月 8 日，清华校友的全球同跑接力，已经提前完成了 110 万千米的目标，寰宇同跑迎校庆微信群中沸腾了！点赞、加油、呐喊，声声入耳。其中，由 1985 级校友组成的 85 跑团雄踞榜首，保持着众多单项第一的记录。团队总人数第一，468 人，占总人数 3201 的 15%；总里程第一，21.67 万千米，占累计总里程 110 万千米的 20%；个人排名第一，张竞平，1985 级无线电专业校友，累计 5070 千米，占累计总里程 0.5%；打卡国家总数第一，遍布亚洲、美洲、大洋洲、非洲等全球五大洲……形散神聚的 85 战队，是如何集结起来的？浩浩荡荡的队伍中，有哪些精兵强将？赫赫战功的背后，到底有着怎样的故事？也许是冥冥之中的缘分，一次次的相遇、相识和相知，让我走进了优秀的 85 跑团。

2019 年 12 月 8 日，清华园一年一度的冬季迷你马拉松如期在紫荆操场举行。每年的冬季迷马比赛，都是清华园最精彩热闹的体育节日之一。在作为起点和终点的紫荆操场上，师生们欢聚，校友们回家，汇成了三千多人欢乐热闹的海洋。现场热身，互动游戏，气氛热烈；同学见面，相拥相亲，温馨感人。刚刚跑步不久的我，第一次看到这样的阵仗，兴奋不已，全然忘记了，这是一次比赛，而当作了一次众多家人的大团聚。

上午 10 点，校体委主任史宗恺、体育部主任刘波为比赛鸣枪。跑者们途经图书馆、二校门、新清华学堂等校园标志性建筑，在长约 4.2 千米的赛道上，你追我赶，激烈角逐。面对熟悉的校舍，熟悉的跑道，我不甘示弱，奋力向前。临近终点时，一个身材纤瘦，扎着马尾辫，戴着墨镜的酷酷美女，像一阵风一样，从我身旁飘过，超过了我。虽然有一丝的不服气，但是减肥未见效果，只能甘拜下风，美丽闪过的身影，深深地印在我的脑海里。

榜样的力量总是无穷的，那个美丽闪过的身影，似乎离我越来越近，时时在激励着我，向着更加健康、更加美丽的目标而奔跑。周末在奥森公园里跑步次数多了，总能看到她奔跑的身影，依然那么轻盈，依然那么美丽。跑步之后，大家相聚在一起，她与杜艳师姐一起，把长跑之后的疲惫和汗水抛下，瞬间变身，忙着为大家张罗早餐，削好一块块苹果，递上一杯杯热乎乎的豆浆，忙前忙后，那么温柔体贴，那么细致周到。那个美丽的身影，变得越来越清晰，越来越熟悉。我记住了她美丽的名字，魏闽红，1985级建筑专业校友。

曾记得，在一个周末清晨，与闽红师姐一起在奥森跑步，同行的还有刘自敏师姐。这一次，闽红师姐放慢了脚步，依然那么轻盈，依然那么美丽。她轻声细语，将长跑防护、跑步装备等秘籍，娓娓道来，让大意粗心的我恍然明白，看似简单的跑步运动中，有着这么多的考究门道。自敏师姐是1985级环境专业校友，虽然跑步时间不长，但是风采依然，英气不减当年，曾经是校女足队长的她，暖心地鼓励我，要根据自身条件，通过科学合理的训练来提高跑步水平，让缺乏运动基础知识的我，受益匪浅。两位师姐，一个霸气跑步女神、一个校园铿锵玫瑰，因跑步而相识，那份情、那份爱，让我这个跑步小白，备受鼓舞。与她们在一起，让我多了一份自信，多了一份憧憬。闽红师姐参加了北京、上海、西安等城市举办的5次全马和6次半马，全马最好成绩4小时7分。

在"为祖国健康工作50年"跑群中，有许多师姐和师妹们，有着丰富的跑马经历和不俗的成绩。作为一个长距离的极限运动，女子马拉松进入奥运会，与男子相比，整整晚了88年，随着跑步运动的普及，女跑者的身影，成为马拉松赛道上最美的风景，奔跑着的杜艳、魏闽红等姐妹们，是那么坚毅美丽。一次次相聚，让我越来越感受到，她们不仅是美丽的女跑者，而且在工作和生活中，同样绽放着独特的美丽、自信、自律、乐观、睿智……

2020年4月26日，与众不同的清华校庆日，最具历史感的西大操场上，"云校庆：清华建校109年，西操接力109圈，暨全球校友110万千米启动"活动正式开始。全世界各地的校友们，线上线下相互呼应，以最坚实的步伐、最响亮的心声献上对母校最真挚的祝福。邱勇、陈旭等全体校领导带领43名校友、教工和学生绕操场跑步两圈，一起奔向清华大学110周年。

在间隔有序、勇往向前的队伍中，高高举起的清华大学、教职工跑步协会、校友跑步爱好者协会等大旗，迎风招展。其中，四面崭新的紫色旗帜，一面大旗，三面小旗，在明媚阳光的照耀下，格外鲜艳夺目。校庆接力活动结束了，全体人员合影留念，所有大旗闪亮展开。面对着四面独特的旗帜，我凝神注视，细细品味。清华紫的背景上，白色的 LOGO 格外醒目。白色的清华学堂标识，与两侧的两个四位数字，形成一个完整和谐的整体，清晰地表明，入学和毕业的年份，1985 和 1990。LOGO 下方，"再同学"的白色字体，真切地表达着强烈的心声，一生的同学，永远的朋友。我明白了，独特而醒目的旗帜，是 85 跑团的队旗。

合影结束了，现场参加校庆跑的校友们，依依不舍。参加活动的七位 1985 级师兄师姐们，戴着口罩，挥舞着他们的队旗，留下难忘的瞬间。精心筹备的毕业 30 周年庆典，化为泡影；近 2000 名同学的校庆日返校，变成了仅仅七位代表的短暂相聚。清华紫的队旗，在春风中飘荡，似乎代表了 1985 级全体同学们难以平抚的心。他们对母校深深的爱，对同学浓浓的情，感染着我，震撼着我。我和自敏师姐等校友们再次高高举起 85 跑团的旗帜，在跑道上，奋力奔跑，将心中的爱，尽情释放出来。我记住了七位代表的名字，他们是：姜冬、王锋、林巍、陈晓明、魏闽红、刘自敏和舒楠。

毕业走出校园的 30 年，时代赋予了 1985 级校友们强烈的责任意识，现实赋予了他们创新的历史使命，他们秉承着"自强不息，厚德载物"的清华精神，用智慧、勤劳和真诚，赢得了各自的一片天地，或像耀眼的星辰，或似芳香的幽兰，岁月在他们身上留下了成熟和稳健。他们对清华园的热爱，就像珍藏的美酒，质朴醇厚，历久弥香；重拾校园情缘，重温青春激情的愿望，是那么强烈、那么炽热。他们着实让我汗颜，每天在校园来去匆匆，在大师云集团队中的我，似乎忽略了四季变换的校园美景，薄待了老师们的谆谆教诲。

在难忘的校庆日，紫色的旗帜，托起了美丽梦想，85 跑团正式成立。在这一天，我认识了 85 跑团的群主姜冬师兄，他是 1985 级材料专业校友，也是 2019 年的校园迷马，在全叔和闽红师姐的怂恿下，身穿毛衣和牛仔裤，脚蹬旅游鞋，连呼带喘、又跑又走，在比赛队伍的后面负责"打狼"的人。2020 年元旦，在校园东大操场，他欢欣鼓舞地迎接新年的第一缕阳光；一次次在奥森公园的晨跑中，引领着大部队慢慢晃悠，身材魁梧的"大将军"；跑后聚会时，面带憨憨的微笑，戴着一次性手套，为大家剥好一个个鸡蛋的温和师兄。即使他跑龄还不够长，离跑马大咖还很远，然而，身体力行率先垂范，无私奉献服务大家，群主，非他莫属！

也是在难忘的校庆日，注定了我与 85 跑团的缘分，换来我与 85 跑团的一次次相遇。一个初夏周末的清晨，在奥森公园里，我完成 10 千米晨跑，离开南园的跑道，走上通向园外的长长廊桥。高高的廊桥，横跨在奥林西路之上，我在桥上，做着跑后拉伸，望着桥下飞驰而过的来往车流。这时，一支长长的红色队伍，缓缓上了桥，我眼前一亮，队员们都穿着统一的红色跑衫，"自强的清华更奋进"的字样格外醒目，是 109 校庆纪念 T 恤！我连忙拿出手机，为越来越近的红色队伍拍照。我看到了熟悉的面孔，姜冬师兄、闽红师姐，我们相互微笑，彼此挥挥手。熟悉的红色跑衫，拉近了我们彼此的距离。长长的红色队伍，跨过了长长的廊桥，就像当年红军队伍横渡大渡河般气势雄壮，惊心动魄，吞没了桥下呼啸的车流声。

又一个假日清晨，奥森公园的北园清净宜人，我一边慢跑，一边欣赏着安静的溪流和翠绿的小丘。在生态廊道上，再一次迎面与浩浩荡荡的红色队伍相遇，长长的队伍从南园进入北园，向北一路行进。这一次，红色的队伍更长了，跑得快的，冲在了队伍前面，跑得慢的，三三两两，边跑边聊。我放眼向南望去，蓝天白云下，高高的奥林匹克塔，熠熠生辉，如同高擎的火炬；红色的队伍，就像一条红色的巨龙，蜿蜒驰骋在郁郁葱葱的山峦之间。壮观的队伍，吸引着无数跑友和晨练者的目光，我再次拿出手机，记录下 85 跑团的雄壮气势和师兄师姐们快乐的笑脸。

在周末奥森晨跑中，无论是在跑道上，还是在劳动广场上；无论是大部队，还是小分队；无论是飞奔的大佬，还是漫步的小白，统一定制的限量版红跑衫，成为85跑团最醒目的统一标识。身着红跑衫的同学们，精神抖擞，英姿焕发，成为周末的奥森公园里，最亮丽的风景。后来，身穿红跑衫的85跑团小分队，出现在广州、上海、深圳、郑州、重庆等全国各地。再后来，身穿红跑衫的清华人，出现在美国、加拿大、日本、新加坡、澳大利亚、英国等世界各地。一件红跑衫，像星星之火，点燃了大家运动的激情；像红色纽带，串连起同学们年轻的心；像红色的号角，吹响"85/90再同学，为祖国健康工作五十年！"的口号。

谈起红跑衫，闽红师姐兴奋不已，回忆着过往，4月26日，是一个不同寻常的校庆日，七名同学身穿红色校庆T恤跑衫的照片，让1985级同学们艳羡不已，不能重返校园，能拥有一件红色的、印有清华校徽的跑衫，成为无数同学的愿望。85跑团的核心成员一拍即合，舒楠负责设计、王锋、姜冬、魏闽红、刘自敏、简国新踊跃赞助，李小龙办理海内外托运，85限量定制版红跑衫，从设计、征订、制作、发放，仅用了短短两个月的时间。6月26日清晨，41名队员，身穿红跑衫，首次相聚北京奥森公园，"85/90再同学"的愿望，以奔跑的方式得以实现。

听着闽红师姐的讲述，我明白了，为什么85跑团成立后在仅仅两个月的时间内，规模迅速扩大，人数逼近500，月跑量以超越第二名将近3万千米的跑量而稳居年级战队的第一宝座。同时，也了解到85跑团中的一个灵魂人物，王锋师兄，建管专业校友。在校友跑群中，他赫赫有名，人称"锋帅"。在同学们眼里，他老谋深算；在微信群里，他是"超级大忽悠"。虽然不曾谋面，但是在我看来，这位神秘师兄，就是85跑团中运筹帷幄、足智多谋的"诸葛亮"！他驰骋健身行业多年，尽显领军人物风范，为85跑团做了大量工作，同时作为一个资深健身达人，他将多年健身和跑马的经验心得分享给同学们。

为了让我更多地了解85跑团，闽红师姐将栗威师姐的日记转发给了我，她详细记录了85跑团从成立到成长的无数个日日夜夜。细细地读着，我感动得流泪了，字里行间浸透着每一位同学跑步的进步。黄建岭师姐发来了她编辑设计的小人书，我静静欣赏着每一幅图片，忍不住开怀大笑。

姜冬师兄让我加入了85跑团的微信群，刚刚入群，师兄师姐们的夹道热烈欢迎，此起彼伏，让我倍感温暖。虽然许多85跑团的同学们，像我一样，似曾相识，不曾相见，然而，疫情阴霾，山水相隔，丝毫阻挡不了他们凝聚成一个高效和谐的团队，每个人都贡献着各自的智慧、才能和力量。

每天24小时，天南海北、跨越时空，我与85战团的师兄师姐们相聚云端，打卡接龙、经验分享、问题讨论、点赞祝福，我仿佛与他们一起，重返校园，在操场上运动健体，在教室里埋头苦读，在宿舍里轻松夜谈。水木清华今生缘，又岂在朝朝暮暮？"无体育，不清华"的强大基因，已经深深融入清华校友们的血脉，跑步打卡，声声不息，一个个数字记录着每天前进的步伐，也记下了日月星辰的轮回、天地万物的变幻和心心相印的期盼。

（2020年11月28日）

六、漫行漫语

1. 邂逅晨跑队

一天之计在于晨，短暂而又珍贵。

2019 年 7 月的一个清晨，我来到紫操，几圈慢跑之后，看到在操场的一角，晨跑队的王立军老师和其他队友们，聚在一起，跑后拉伸，开心地吃着西瓜。我有些怯怯地走了过去，王老师说，"一起吃西瓜吧。"没有一个队员问，你是谁？来自哪里？干什么的？

跑步后干渴的我，拿起西瓜就啃。王老师又说，"我们跑步后，经常会有西瓜吃。"酷爱吃瓜的我，听到这句话后，顿时感觉是一个利好消息。不管晨跑队有多么高标准的入队条件，对于自律性良好的我来说，根本不在话下，关键是，爱好和喜欢。

从此，我开始了不间断的晨跑，无论是艳阳高照，还是细雨蒙蒙的多变的天气，不变的是准时 5 点 55 分，热身、跑圈、拉伸、谈笑。大家简单的自我介绍，使我认识了很多队员，王老师、杨老师、雪峰、冬冬、芳芳……还有，在晨跑过程中偶遇的跑友，大家因为共同的爱好和追求，养成了早睡早起的习惯，一起奔跑在路上。短短一个月，我的身体素质发生了悄然变化，收获的快乐越来越多，认识的新朋友越来越多，用一句甜腻腻的话说，我越来越爱晨跑了，越来越爱队员们了。

在晨跑的十多天里，八十多岁的母亲住进了医院，我早晨坚持晨跑，然后赶到医院照顾母亲，在医院里看到许许多多的病痛，很欣慰老母亲一天天见好。我暗自下定决心，一定要坚持晨跑，把身体练得棒棒的，自己强壮了，才能更好地照顾母亲，给家人带来快乐和幸福。

晨跑队中，有很多队员是正在学习或工作的本科生、硕士生、博士生、博士后。想起十年前，自己读博士时，已经是高龄学生，经常纠结于对读书的热爱与求学艰难的矛盾之中，做学问、发论文、盼毕业……可谓压力如山大，想想当时的自己，与他们感同身受，终于在苦苦求索五年之后，毕业留校工作。我很幸运，认识了大家。同时，大家也很幸运，在读书期间，成为晨跑队的一员，在奔跑中，寻找学业成绩和身体健康的平衡点，释放压力，迸发活力，健康快乐，积极进步。

每天清晨的第一缕阳光，我们一起迎接；清华园特有的清新空气，我们一起深呼吸；紫操、荷塘、二校门、主楼的美景，我们一起领略。一天之计在于晨，短暂而又珍贵。

（2019 年 8 月 8 日）

2. 处暑

有人陪跑的分分秒秒，感觉真好。

"春雨惊春清谷天，夏满芒夏暑相连。秋处露秋寒霜降，冬雪雪冬小大寒。"在今年的夏天，对古代先人们留下的二十四节气歌，我体会尤其深刻。一年之中，在气温最高又潮湿闷热的小暑和处暑之间，也就是所谓的三伏天里，酷热难耐，八十多岁的老母亲住进了医院，用母亲的话说，她中了"伏邪"。在每天照顾母亲的同时，与晨跑队结缘，连续晨跑近一个月，累计 120 多千米。

去年的秋天，在一位朋友的启发和鼓励下，开始了长距离的健步走和慢跑。每周一次的8千米健步走和两次的5千米慢跑，循序渐进，持之以恒。从此，经常从室内走到户外，从电脑前离开，去感受一年四季中节气的变化，霜降时的红叶浸染，冬至时的金光穿孔，春分时的桃红柳绿。大自然的美好，冲淡了工作中的压力，消解了生活中的忙碌。

然而，在三伏天里坚持晨跑，是一件不太容易做到的事情。每天在晨跑的队伍里，我总是跑在最后、连呼带喘的那一个。无论是恢复体能，还是科学跑步，还需要经历很长一段时间的学习和练习。苦中作乐，时不时观察着奔跑在前面的队友们，总有些纳闷，跑步宝典里写道，正确的跑姿，应该是保持头肩稳定，两眼注视前方，身体重心前移，前脚掌着地……但为什么每个人跑步的姿势各不相同呢？

突发奇想，小伙伴们像一群快乐奔跑的动物。雪峰，像飞奔的黑马；王老师，像稳健的棕熊；高老师，像怒吼的狮子；冬冬，像敏捷的小松鼠；阿蔡，像高傲的黑天鹅；馨月，像潇洒的梅花鹿；晨宇，像可爱的小企鹅；还有不知名的博士后小夫妻，像一对优雅的丹顶鹤……而我，像慢吞吞的乌龟，跟在后面，紧追慢赶。

最难坚持的往往是最后1千米，终点，似乎遥不可及。每当这个时候，方方、馨月、王老师、雪峰、阿蔡……总有队友，放慢速度，肩并着肩，鼓励着我，陪我一起跑向终点。与惠云老师一起奔跑时，我第一次知道了，步频180，深呼吸……有人陪跑的分分秒秒，感觉真好。经过十几天的磨炼，渐渐跟上了大家。偶尔，在最后1千米，也像队友们一样，陪着新加入的小伙伴，一起跑完最后一程，到达紫操的那一刻，我们相视一笑，击掌庆祝。虽然，我们彼此只是清晨刚刚见面，甚至不知道对方的名字。

到达终点紫操，每个队友，都是大汗淋漓，汗水不停地从头上往下滴，运动衫像水洗一样，但是大家有说有笑，拉伸、蹲墙根、报告、合影，样样不能少。蓝天白云之下，阳光明媚的紫操，就是我们的大舞台。

今天是处暑，是二十四节气中的第14个节气，意味着炎热离开，人们可以开始养精蓄锐了。老母亲也渐渐恢复了健康，翻看着她爱看的黄历，数着她的日子，安享着晚年。暑假过去了，新学期即将开启，队友们，无论学习多忙，工作多累，早起早睡，紫操打卡，一起奔跑！备战半马、北马的小伙伴们，练兵秣马，我在后面，为你们加油！

（2019 年 8 月 23 日）

3. 晨跑布达佩斯

轻松奔跑，无畏向前。

与家人团团圆圆过完中秋节之后，准备踏上匈牙利布达佩斯的旅程。像往常一样，整理着开会的文件、出国的行囊，顺便查一下当地的信息，偶然发现，拥有"全球最美马拉松赛道"的布达佩斯马拉松比赛，将在 9 月底举行。虽然，对我来说，跑马拉松，还只是一个遥远的梦想，但是按捺不住好奇，世界上最美的跑道是什么样子？莫尔吉特岛上的 5.6 千米跑道与奥森公园的跑道有什么不同？在多瑙河边跑步的感觉，是不是很神奇？

与以往出国不同，行李中多了两件跑步队队服、一双跑鞋，还有童心刚刚送给我的暖心腰包，装上护照和手机，刚刚好。在倒过时差、顺利完成开会各项任务之余，挤出一个清晨的时间，准备从酒店出发，沿着多瑙河畔跑 5 千米左右，然后到达莫尔吉特岛，体验一下 5.6 千米的环岛橡胶跑道，最后返回住地。天公作美，雨过天晴，在星星点点的雨丝中，在多瑙河两岸旖旎迷人的灯光中，我沿着布达城一侧的河岸，向河心岛跑去。

在微微见亮的天空下，呼吸着凉凉的空气，缓缓地跑着，布达佩斯的美景，仿佛只属于我一个人，又仿佛觉得自己很渺小，与苍茫的天、荡漾的水、辉煌的城堡、璀璨的灯光融合在一起，是那么和谐，暂时忘却了身在异国的孤独。轻松跑过自由桥、伊丽莎白桥、链子桥之后，逐渐靠近玛格丽特桥，这是离莫尔吉特岛最近的一座桥。这时候，天还没有放晴，眼看着莫尔吉特岛就在眼前，就是找不到上岛的道路，询问过桥下执勤的警察之后，顺着长长的引桥，来到了莫尔吉特岛上。

登岛之后，稍作停留，我感觉到体力已经消耗了很多，但是寻到了深红色的橡胶跑道，见到了陆陆续续、擦肩而过的晨跑者，还是按捺不住激动的心情。天色渐亮，才发现自己是从 5.6 千米处的终点起跑，外国友人们，没有一个是与自己同方向的，轻松奔跑，无畏向前。想起来在校园晨跑时，跟在队伍的后面，大部分时间里，是看着小伙伴们的后脑勺，也许是老天眷顾，让我在世界最美的跑道上，与每一位跑者迎面相遇，有帅哥、美女、还有一同陪跑的漂亮狗狗，如此近距离地看到千差万别的模样，还有千差万别的跑姿，以及奇奇怪怪的装备。

最美跑道，果然名不虚传，虽然跑道不像奥森那么宽，但是踏上去的感觉很舒适，在全程跑道上，视野十分开阔，可以轻轻松松地左顾右盼，多瑙河的河水，全程陪伴着你；岛上绿荫、沙滩、雕塑、鸟园……让你感觉不到奔跑的寂寞；随处可见各种形状的长椅，让人可以坐下来休息、赏景。刚刚使用悦跑圈，也不知道是否记录下跑步的轨迹，到达起点时，打开手机，试着给晨跑圈发出记录视频，有小伙伴立即回应，橘子洲！只要能够带来身心健康和愉悦，何论中国的橘子洲？还是外国的橘子洲？

第二天清晨，迎着微微晨光，跑向布达佩斯英雄广场，作为匈牙利马拉松比赛的起点，想必有它的特殊意义。5 千米左右的路程，大约半小时，却找不到它的所在，打开地图查看，英雄广场已经匆匆而过。于是放慢脚步，在太阳升起的光辉中，才得以寻觅到它，英雄的雕像永远是那么让人敬仰，然而，所谓的中心广场，其实就是一个丁字路口，整个面积最多是天安门广场的十分之一，想必晨跑队的大佬们，闪电而过，几个来回都难觅到它的存在。站在广场上，一位绅士帮忙拍照，了却了小小的虚荣心，算是不虚此行。

布达佩斯，一座值得静下来慢慢欣赏的小城，充满了历史的厚重和沧桑，穿城而过的多瑙河，让这座小城变得精致灵动、变幻莫测，令人神往。

（2019 年 9 月 25 日）

4. 志愿者随想

一场马拉松，就像人生，有精彩，有幸运，有遗憾，有感伤。

2019 年北京马拉松比赛的话题，在晨跑队员群中已经热议了很长一段时间，听得多了，促使自己开始了解它的来历。就像大家熟知的那样，北京马拉松比赛，简称"北马"，开始于 1981 年，每年举办一次，至今已经举办过 38 届，是中国跑友们心目中的国马。

早在 1956 年 2 月 15 日，北京市举办了"胜利杯"环城赛跑，是当时全国最大规模的群众性长跑赛。起点是天安门，沿顺时针方向途经西单、西四、平安里、地安门、铁狮子胡同、东四、东单回到天安门。全程约 13 千米，共有 1450 人参赛，比赛前六名的奖品是一张奖状和一套绒衣绒裤。

六十多年过去了，北京城早已由一座历史悠久的文化古城，变成了国际化大都市。北京城里跑步爱好者的脚步从未停止过，长跑成为越来越多人健身的重要方式。从环城赛跑到北京半程马拉松，再到全程马拉松，北京路跑赛事也在不断发展变化，不变的是人们对健康的追求，对生活的热爱，对极限的挑战。

作为初跑者，我很荣幸加入到 2019 年北马清华志愿者队伍之中。

11 月 3 日清晨，我在微微细雨中来到北马的清华补给二站，虽然与站长朱玉霞师姐、符全师兄以及其他老师和同学们从未见过面，然而大家对补给物品的分类和发放、运动员的到站时间和需求、每个志愿者的分工合作等事宜的讨论，融洽热烈，就像一家人围在一起，准备为自家人张罗一个热闹而隆重的仪式，一切安排都是那么井井有序、自然亲切。

顺着赛道望去，一个个补给站陆续开张，各具特色而又细致温馨，不禁感叹，跑步是一个人孤独的运动，马拉松是一项挑战自我极限的比赛，然而像清华的参赛选手一样，所有的选手都不是孤军奋战，有家人、朋友、团队在背后默默地支持着、鼓励着、祝福着。

天渐渐放晴，时间一分一秒过去，起点处，天安门广场已经鸣枪开跑，符全师兄打开手机的赛事APP，播报着赛事实况，特别是清华几位大神的到站时间，提醒大家做好迎迓准备。我的心却似乎异常紧张，急切地张望着跑道，清华的参赛选手有100多人，我见过面的最多只有十人，生怕漏掉任何一个清华参赛者的身影。"留意'清华'字样的比赛服！"不知是哪位志愿者的一句话，提醒了我，紧张的心情才稍稍平复。

在赛事引导车的护航下，前几名选手争先恐后地从眼前飞过，完美的身材、潇洒的跑姿，让观赛者们频频向他们挥手致敬。校友张海、魏瑞莹，学生张冬冬、王恒志，高建兴老师、孙军科师傅等选手在清华志愿者震耳欲聋的加油声中，依次通过补给站，他们奔跑的速度让志愿者们几乎没反应过来，甚至来不及递上一支能量胶、一小杯水，这也使志愿者万分兴奋，惊喜于他们一个个突破了自己之前的预想成绩。

女性参与马拉松运动的过程异常艰难，也使这项运动更加丰富。1972年波士顿马拉松正式允许女性参赛，有7名女选手参赛；1989年北京马拉松比赛首次增设女子全程马拉松项目，有19名女选手参赛。能参加北马的女选手们，让我很是敬佩，看到陆陆续续经过补给站的女选手，我兴奋地向着她们喊出最热烈的加油声，她们是赛道上最靓丽的风景！

当然，我最牵挂的是，晨跑队队长嘉倩和好朋友梅梅的参赛状况。嘉倩跑过来了，依然是那么飒爽，依然是那么可爱，我急切地递上水果，让她吃这个吃那个。梅梅跑过来了，招牌式的微笑，优雅的跑姿，让我忍不住与她拥在一起，留下最美的笑脸！

六个小时过去了，关门兔子从清华补给站经过，志愿者们把最后的水果，切成一颗颗小块儿，一一递送到素不相识的最后一波选手的手中，给他们加油，鼓励他们坚持下去，到达终点。放眼望去，喧嚣的道路旁，已经悄然，清华补给站是最后一个撤离的补给站。

这时候，黯然离开赛道、一瘸一拐移向人行道的最后一位选手的背影，永远定格在我的脑海里，一场马拉松，就像人生，有精彩，有幸运，有遗憾，有感伤。

北马结束后的当晚，大家意犹未尽，参加了清华跑团分享会。张海、魏瑞莹和张冬冬等优秀跑者分享了参赛体会，短短一个多小时，收获了很多宝贵的经验，坚韧、自律，是一个跑者的品质；健康、快乐，是大家共同的目标。不断奔跑，才能变得强大，离梦想更近！同时，我也了解到在幕后默默付出、鼎力支持的清华校友和赞助商，再一次体会到，清华跑者，有着一个温暖的大家庭，我们永远在一起！

（2019 年 11 月 13 日）

5. 晨跑墨尔本

坚持晨跑吧，未来一定更美好！

近一个月来，工作繁忙，不是往返在高铁上，就是坐飞机飞越太平洋；不是经历冬季的大风降温，就是感受春夏交替的细雨纷飞。然而，做着有意义的工作，干着喜爱的专业，忙且快乐着。特别是来到墨尔本，参加 2019 年世界工程师大会，并在教育分论坛上发言，与来自世界各地的工程教育专家交流中国工程教育的经验，兴奋之余，倍感责任和压力。

刚到墨尔本的第一天，清晨六点，明媚的太阳早早升起，天空格外蓝，白云朵朵。放眼望去，美丽的亚拉河上，皮划艇不时划过，好早！晨跑去，匆匆穿上队服，走进电梯，电梯上陆续进来三位身穿运动服的男士，与我一样喜欢晨练的人，好巧！奔跑在亚拉河畔，这里不仅景色宜人，而且道路平坦，自行车道和跑道标识分明，不时遇见慢跑和骑行的人，好美！参加大会的各国代表近 3000 人，注册时间从早上 7 点开始，一直到晚上 7 点。我匆匆完成 5 千米晨跑之后，跑进墨尔本会展中心，会场井然有序，在志愿者的引导下，很快完成注册，好赞！

在顺利完成大会发言任务之后，我仔细查阅地图，计划完成一次轻轻松松的晨跑。清晨，在蔚蓝的天空下，飘浮着几片阴云，非常适合跑步。我沿着亚拉河，穿过亚历山大花园、维多利亚女皇花园，来到墨尔本皇家植物园，并在战争纪念馆稍作停留之后，返回住地。10 千米的往返，真切感受到，墨尔本真是一个名副其实的运动城市，即使在寸土寸金的市中心，跑道、骑行道、自行车停放处等道路设施规划合理，体现出人性化设计，富于美感而又充满活力和情趣。在行进过程中，分别经过了黑色的柏油、枣红色的塑胶、黄色的砂子、灰色的木板等各种跑道，特别是环绕皇家植物园的跑道，踏上去似乎有弹性，随着你脚步的节奏，沙沙作响，让人倍感身心愉悦。沿途不时看到千奇百态的植物和盛开的鲜花，特别是可爱的多肉植物，忍不住停下脚步，拍照留念。

精彩丰富、高效紧张的大会，每时每刻都在经历着头脑风暴，来自世界各地的专家学者聚在一起交流分享，畅想未来 100 年的工程发展，思路和想法的碰撞，经历着世纪的跨越，烧脑！从北半球到南半球，从寒冷的冬季走来，沐浴在明媚阳光下，迎着温暖的海风，身体状态的调整似乎就在转瞬之间，疯狂！让我不禁感慨，坚持晨跑吧，未来一定更美好！

（2019 年 11 月 25 日）

6. 冬跑趣事

在慢跑中，抬头望望天空，低头看看脚下的路，放空自己，回归初心。

自从今年7月份跟着王老师和小伙伴们晨跑，已经有半年的时间，对于之前从不锻炼、拒绝运动、远离健身的我来说，身上发生的一系列变化，不只我自己感受到了，家人和朋友也都感受到了，自我压力释放了，工作效率提高了，精气神提升了，更不用说，在晨跑队里收获到，那么多洋溢着青春气息的快乐和自律坚持、挑战自我的正能量。

　　尝到了夏练三伏的甜头，很想尝试一下冬练三九的感觉。然而，进入冬季之后，无论是晨跑还是夜跑，跑步时的穿戴，让我大费脑筋，穿少了，冻得瑟瑟发抖，穿多了，捂一身汗，很容易感冒。于是，把春夏秋冬的运动服全翻出来，长的、短的、厚的、薄的，试了一遍，终于找到了，依据天气变化最适合跑步的穿戴。由于清晨的温度很低、风很凉，经常会淌眼泪、流鼻涕，双手冻得通红，很容易伤皮肤，戴上面纱、帽子、手套是必须的，跑步出发之前，做好防护和热身很重要。

　　年末的忙碌，自己的工作和生活节奏似乎乱了，特别是在清晨，黑漆漆的天、呼呼的西北风，以及不时出现的降温降雪，从暖热的被窝里爬出来，实在是一件痛苦万分的事情。王老师每天清晨在群里的一声"早"，以及接下来伙伴们的一声声"早"，就像号令一样，把我从床上叫起来，披着星星、追着月亮，急急忙忙赶到紫操，在王老师的带领下，跟着大家一起奔跑在校园里。

　　有那么几天，王老师没来晨跑，我一阵窃喜，终于可以不那么早被闹醒，甚至可以在他不在的时候，过把瘾，学着他的样子，引领伙伴们跑步。没成想，晨跑队里的新生代，有说有笑地争先飞奔，把跑得慢的队员一个个远远地甩在了后面。小的不理，大的不听，整齐的队伍不见了，我干着急没办法，心想："老王，你是回家收麦子，还是盖房子？怎么还不回来呢？"从此，王老师的"慢！慢！慢！"，算是受教了，还是乖乖跟在他后面，养生跑吧。

　　由于跑步时捂得很严实，加上视力不太好，还闹出来不少笑话。一天早上，天色漆黑一片，寂静的紫操空无一人，为了轻松地奔跑，我摘下了眼镜，绕着跑道开始跑圈。不一会儿，身后的脚步声让我意识到，有人在我的身后跑步，步伐略显沉重，距离我越来越近，居然跟上了我的步伐，然后以与我相同的配速，跟着我跑了三圈。最后实在跑不动了，我停下了脚步，转身回头，对着跟在我身后的黑影，大声喊到："同学，别跟着我了！"黑影措不及防，来了个急刹车，气喘吁吁地对我说："同学，我原本是在走圈……"走近了，面对着面，我才看清楚，原来是一位老爷爷！顿时觉得有些唐突，对寒冬中晨练的他肃然起敬，同时也意识到自己的跑速有多么慢！

慢就慢吧，贵在坚持。然而，晨跑队长，我的跑步师傅冬冬，对我的要求实在太高，他经常对着我喊话：

"冬天保持在每个月 100—150 千米能完成嘛？"

"好吧，争取吧，师傅说的话总是对的。"

"每次跑步 5 千米起步，不要低于 5 千米！"

"太苛刻！"

"每次跑步里程太短根本起不到锻炼作用，并且换衣服、洗澡等时间占比太大。"

"太实在！"

……

在晨跑队轻松愉悦的氛围中，在大家的相互鼓励督促下，我顺利完成了冬训任务，对新年的跑步计划有了新的期待，对跑步也冒出来更多的问题，与冬冬有了更多的交流。

"师傅跑步的时候，边跑边思考什么？"

"跑慢的话，能够思考；跑快的话，需要专注呼吸、配速等节奏，思考不了什么。"

"那么长距离，时间也不短，多无聊！"

"我从来没有感到跑步无聊啊，跑步不思考，放空自己也挺好的啊！"

放空自己，说得多好！古有"目无所见，耳无所闻，心无所知，汝神将守形，形乃长生"，对放空的诠释；今有"暂时抛开世俗的一切，放松自己，让心灵沉淀"，对放空的理解。

然而，放空自己，做到实在太难！

也许是我跑得慢，也许是我天生随意，呼吸扑鼻而来的空气，触摸迎面轻抚的风，在慢跑中，抬头望望天空，低头看看脚下的路，放空自己，回归初心。

（2019 年 12 月 27 日）

7. 跑步那些事儿

在时光中奔跑，每一个脚印，都留下人生印记，绘就一条生命跑道。

2019 年的最后一天，在洋洋洒洒写下年度工作总结之后，有一种莫名的冲动，写下一年之中关于跑步的点点滴滴。

2019 年 3 月份，新学期刚刚开始，加入了清华教职工跑协。一个春光明媚的下午，在紫操，领到了队服，第一次学着做跑前拉伸，第一次参加教职工跑步活动。接下来的时间里，在跑友们的鼓励下，开始跑步锻炼。到了 2019 年 12 月，月跑量已经达到了 100 千米以上，12 月 31 日清晨，在紫操完成 10 千米慢跑，在轻松愉悦之中，为过去的一年，圆满画上了句号。

1. 最幸运的事儿

加入清华教职工跑协，认识了那么多努力工作、热爱跑步的老师们，是 2019 年最幸运的事。

工作之余，在校园跑步，经常会遇到高建兴老师，他的一声吆喝、一个搞怪动作，总会让我觉得，跑步其实没有那么难，而是一项轻松愉悦的运动。惠云老师，面带招牌式微笑，总是鼓励我说，你能在操场上跑上一圈，就一定能跑两圈。你能坚持跑 1 千米，就一定能跑 5 千米。

偶尔晚上加班，在桃李园一楼，看到买夜宵的孙立军师傅，相视一笑，相互鼓励，工作再辛苦，也一定要坚持跑步。

更不必说，在丹丹老师的精心编辑下，让我总是有一种写作冲动，把跑步的感受分享给大家。

2. 最浪漫的事儿

2019 年的暑假，三伏天里，在清晨的校园跑步，认识了王立军老师，遇到了晨跑队的小伙伴们，成了 2019 年最浪漫的故事。

小伙伴们，是朝阳中清华园里一道亮丽风景，穿着晨跑队服的队员们，就是这幅清华园图画中，一朵朵绽放的紫荆花。

晨跑路上，荷塘、二校门、新清华学堂、主楼下，行进中的跑拍，记录下每天清晨，第一缕阳光下，浪漫的跑姿，正值芳华。

晨跑之后，来自小伙伴的大报告，有大家最爱零食，有来自家乡的特产，有亲手制作的小吃，有 DIY 旅行贺卡，浪漫的美食，口齿留香。

更不必说，全马半马的个人最好成绩，越野冬泳的挑战，小伙伴儿们不仅能学、能跑，而且会玩、会乐，只有你想不到的，没有他们做不到的。

之所以有那么多的唯美浪漫，是因为浪漫的背后，有着太多的故事，图书馆里的静心苦读，实验室里的专心钻研，研讨会上的踊跃发言……

3. 涨知识的事儿

在 2019 年，我学会了使月手机跑步 APP，学会了使用运动手表，渐渐明白了一个道理，大数据分析不仅在每天的科研项目中，更在我们的运动健康中，涨知识了！

每天 1 小时的跑步锻炼，可以让你一天都充满活力；5 千米的跑量、6

分钟的配速，只要坚持，总可以做到；保持 120~150 次/分的心率，既能达到运动效果，又能保持安全健康。

虽然对"内啡肽分泌量与跑步运动量之间的关系"的认知和了解，还在进一步感知和实践中，但是，我越来越感觉到，要想获得快乐，就要促使"快乐激素"的分泌，那就来跑步吧。

4. 最激动的事儿

11 月 3 日，北京马拉松赛如期举行，我加入到北马清华志愿者队伍，成为一名志愿者。热闹温馨而又井然有序的清华补给站，此起彼伏而又震耳欲聋的加油声，精彩完赛以及遗憾退赛的反差，至今记忆犹新。

一场马拉松，如此涤荡身心。虽然我距离马拉松比赛，还很遥远；但是北马志愿者经历，让我对马拉松，充满敬仰和向往；对参赛选手，充满了由衷的尊敬和喜爱。

通过这次北马，我再一次认识到，清华跑者，是一个温暖的大家庭，大家永远在一起。无论工作多忙，无论身在何处，无论跑得快慢，无论跑程长短，大家一起坚持跑步，享受跑步带给我们的健康和快乐。

5. 最奇妙的事儿

当跑步成为爱好，无论你工作在哪里，你都会跑在哪里；无论你走在哪里，你都会用脚步去丈量世界。外出旅行时，行囊中多了跑步队队服和跑鞋。

当我来到匈牙利布达佩斯、美国檀香山、澳大利亚墨尔本，完成工作之余，我都会找寻历史悠久的马拉松比赛带给这个城市的独特魅力。

奔跑在"全球最美马拉松赛道"上，我真切地欣赏到璀璨星空下缓缓流淌的多瑙河；奔跑在"不设关门时间的最佳初马"赛道上，我清晰地听到太平洋海岸边的波涛声；奔跑在世界体育之都的街道上，我切身地感受到这个城市的运动气息。

在世界各地的跑道上，总能与三三两两的跑者，或是迎面相遇，或是擦肩而过，相视一笑，挥挥手，拍个照。拥有超越国界、超越语言的共同爱好，是多么奇妙的一件事儿。

6. 小确幸的事儿

2019 年让我觉得小确幸的事儿，并不太多，参加了包括校园迷马等六次 10 千米之内的跑步比赛，获得了相应的完赛成绩和 4 块完赛奖牌。然而，跑步带给我的健康和快乐，远远超过了这些阶段性跑步记录。

2019，我的跑步元年。

（2019 年 12 月 31 日）

8. 西湖玫瑰乐跑

大自然中，奔跑的精灵，很美！

崇祯五年十二月，余住西湖。大雪三日，湖中人鸟声俱绝。是日更定矣，余拏一小舟，拥毳衣炉火，独往湖心亭看雪。雾凇沆砀，天与云与山与水，上下一白。湖上影子，惟长堤一痕、湖心亭一点、与余舟一芥、舟中人两三粒而已。

到亭上，有两人铺毡对坐，一童子烧酒炉正沸。见余，大喜曰："湖中焉得更有此人！"拉余同饮。余强饮三大白而别。问其姓氏，是金陵人，客此。及下船，舟子喃喃曰："莫说相公痴，更有痴似相公者。"

这是明末清初文学家张岱描写雪后西湖美景的《湖心亭看雪》。人们常说，晴西湖不如雨西湖，雨西湖不如雪西湖。湖心亭看雪的场景和心境，也许一辈子不可能遇见，也不可能感悟到。他留下的名篇佳作，留给后人无限遐想。在2020年12月的一个周末，与校友俞富裕、俞玮、屠明奇、晶晶等杭州清华校友们相约，乐跑西湖玫瑰，庆幸自己遇见了缥缈烟雨、温暖如春、断桥飞雪的西湖。

清晨7点，天微亮，气微凉，俞师兄等校友们陆续来到约定地点。水木清华人，因为相同的爱好，又相聚在了一起。轻松地聊天，认真地热身，大家都非常期待，连日阴雨，今天放晴，是一个适合长跑的好天气。从西湖湖滨公园出发，一路向北，湖滨晴雨之后，眼前这一条荡漾碧波边的绿色丝带，格外清新明亮，抬头望去，道路一侧郁郁葱葱的香樟树，散发出一阵阵若隐若现的幽香。

不知不觉中，一行人慢跑到了断桥边。天色尚早，断桥上，白堤旁，行人很是稀少，两旁的柳树，黄绿相间，丰盈窈窕；平静的湖面上，一叶扁舟卷画帘，一对鸳鸯相依伴。断桥残雪的凄美，俨然变成了柳浪鸟栖的祥和。奔跑的人，完全为美景所吸引，张开双臂，畅快奔跑，笑声盈盈。曲院风荷，枝头的莲蓬，像金色的笑脸，静静地看着欢声笑语的人儿。

跑跑停停5千米之后，我们跑上了杨公堤。相比于苏堤春晓，起起伏伏、若隐若现的杨公堤，就像一幅幽野的山林画。挺拔的水杉林，茂密的梧桐树，还有点缀其中的红枫，美不胜收；飘飘落落的绚烂秋叶，像一只只五颜六色的蝴蝶，轻盈飞舞。就连骑行跟拍的我家先生，都惊叹道："景美！奔跑在景中的跑者，就像美景中的仙人！我也要跑步！"在观景奔跑中，俞玮师兄挑战了自己的第一次10千米慢跑。

随后的5千米，我跟上富裕师兄的节奏，将步频、心率等调整到最佳状态，身心完全融入到山水的怀抱中，飞翔在虎跑梦泉、玉皇飞云之间。身穿统一红色跑衫的跑者，陆陆续续与我们一次次迎面相遇，就像一朵朵盛开的红玫瑰，他们也在西湖玫瑰乐跑！大家相互鼓励，招手致意，高喊加油，以脚为笔绘出西湖玫瑰！

回到西湖岸边，我和富裕师兄完成了 23 千米的跑程，收获乐跑玫瑰。冬日暖阳下的雷峰塔，华丽雄壮，熠熠生辉。"雷峰夕照"，经典美好，此时此刻的宝塔，同样难忘美妙。湖滨公园里，玫瑰乐跑庆典暨花神南宋婚典正在举行，引来众多游人驻足观看。健康与浪漫，传统与现代，在杭州西子湖畔，通过玫瑰乐跑，得到如此淋漓尽致地诠释！意犹未尽，应和张岱的《湖心亭看雪》一篇，《西湖玫瑰乐跑》。

庚子年十二月，余至西湖。连日阴雨，湖中人鸟影朦胧。次日辰时许，余与友人约，寻西湖玫瑰，同往西湖看景。水墨丹青，天与云、与山、与水，上下浑然自成。湖上影子，唯长堤一线、湖心亭一点、鸳鸯一对、画中人三四而已。

柳浪闻莺，众跑者欢乐拉伸。一教练示范，正酣。友人见俞师兄，大喜，曰："兄焉得玫瑰乎？"不约而同，与兄畅练。问其姓氏，是江南人，宜居于此。及话别，余喃喃曰："莫说西湖美，更有美似钱塘人者！"

（2020 年 12 月 19 日）

9. 西安半马纪实

跑马比赛，是狂欢节，像璀璨烟花；跑步锻炼，是修德行，似粗茶淡饭。

跑步一年多，经历了疫情的阴霾，终于迎来了自己期待已久的西安半程马拉松比赛。由于上一个周末参加清华校园马拉松，腰扭了一下，造成腰部和左腿不适，经过有经验的理疗师三次治疗，错位腰关节得到复位。恰逢自己本科所在学校西安交大 125 周年校庆，同时不想放弃来之不易的西马参赛机会，犹豫再三，还是登上了去往西安的火车。

在火车车厢里，偶遇交大的师弟王鑫，他也来参加西安马拉松比赛，已经连续四年参加全马，而且成绩都在 3 个半小时左右。这次参赛，作为 96 名幸运跑友之一，他得到了自己心仪的西马终身参赛号码。他感慨地对我说："每次参加西马，就像回到家一样，看到的，听到的，吃到的，都是那么自然亲切。"记得，在清华园里，遇见参加国际会议的西交大王树国校长，他和蔼地对我说："要常回家看看哦。"西交大，是我的家，清华也是我的家，我是如此地爱着我的家！

下了火车，跟着熟门熟路的师弟，我和小伙伴儿芳倩和嘎玛很快来到参赛领物地点，领到了参赛号码和刻有自己名字的西马五周年纪念徽章。来到西马配速员介绍展板前，王鑫师弟骄傲地介绍说，"交大校友跑步群中有一些优秀的跑者，担任西马官方 3∶30 配速员。"在领物现场，还遇到了交大的另一位跑者，光头师弟飞鱼与清华的跑友光头强师兄，都那么帅！因为跑步，我与他们相识。饮水思源，没有清华和西交大的培育，没有清华和西交大跑友的相互鼓励和帮助，我不可能爱上跑步。我是如此地幸运！

第二天清晨 5 点，起床准备比赛，窗外马路上已经开始热闹起来。打开窗户向下望去，排成长队的存物货车已经准备就绪，志愿者、安保人员已经陆续上岗。匆匆吃过早餐，手脚忙乱地整理参赛物品，颇具仪式感地穿上比赛服，急急忙忙下楼来到备赛区，心情反而由紧张变得平静。看到坚守岗位的大学生志愿者，向他们道一声早。在安检门前，一边热身一边等着与一同前来参赛的清华校友们合影。每一次大型马拉松比赛，清华跑友们都是一个团结友爱的集体。

7 点左右，经过安检们，跟着黄大帅一起到指定备赛区域。28000 名选手，齐聚在永宁门南广场，人山人海，却秩序井然。厚重的历史、灿烂的文化、优美的风景，吸引着来自全国各地的马拉松爱好者来到古都西安。等待的半小时是如此漫长，欣赏着站在前后左右选手们的一举一动，听着他们说着跑马的故事，还真是涨知识。同时，不停地活动一下腰身，抬一抬腿，祈祷自己能够安全完赛。

7 点半，比赛枪响，由于离比赛起点有一定距离，我没有听见枪声，比赛的队伍开始向前移动，我跟着人流陆续向前小跑。前 5 千米，我在人流中穿梭，避让着飞奔向前的年轻跑者，感觉着自己的身体状态，调整着配速，从原计划的 6 分降到了 7 分。10 千米以内，我按照自己的节奏，看着熟悉的城市美景，找寻着曾经的记忆。城墙城门，钟楼鼓楼，长相思，在长安；梧桐树，石榴花，西安春风花几处。

15 千米以内，我彻底被赛道两旁热情的市民所感染，大爷大妈，可爱的小朋友，敬业的志愿者，沿途全程为选手们加油助威，西安加油！西马加油！15 千米之后，腰伤没有复发，体力基本正常，我彻底放下包袱，轻松慢跑过终点。

清华参赛选手都圆满顺利完赛，取得了很好的成绩。我虽然没有实现半马跑进 2 小时的目标，但是安全比赛、快乐比赛、享受比赛，何尝不是一种意境呢？

过了终点，在拉伸区排队等待拉伸。在平日跑步中，嘉倩和心心总是提醒我，跑前跑后一定要做好拉伸，这是自己的短板。赛后体验一下拉伸师的服务，虽然只有几分钟的时间，整个人却从比赛的疲惫中解脱出来，感觉像换了一个人。看着拉伸师认真专业地依次为完赛选手们做拉伸，满头大汗，很是辛苦，很感动，感谢成千上万的志愿者们！

中午，陕西清华校友会副秘书长李艳和唐皓晨代表陕西清华校友会，渭南数字经济产业园管理服务有限公司总经理刘明校友代表在陕校友企业家，接待了来自全国各地参加西马的三十多名清华参赛者。从赛前备赛，赛中助威，再到赛后接待，他们热情地为校友们提供了细致周到的服务。

大家欢聚一堂，交流参赛体会，分享跑步的快乐。正值 110 周年清华校庆之际，大家共抒清华情，清华的体育基因已经深深注入我们的血脉，同筑爱国梦，为祖国健康工作至少五十年。作为一位跑龄不到两年的跑步小白，我深受鼓舞，西安，我一定会常回来！西马，我一定会再战！

（2021 年 4 月 18 日）

10. 我和我的队友

越山向海，同心所向，合力竞速。

2021BMW 越山向海人车接力中国赛（简称"2021HTC"），起源于 1982 年美国的 Hood to Coast 赛事，被全球跑友称为"地球最伟大的超长距离跑步接力赛"。该项赛事于 2017 年成功落地张家口，凭借优美的赛道风光、特有的 5 人 1 车团队接力赛制和日夜兼程的挑战体验，已经成为中国乃至全球跑步爱好者期待参与的路跑赛事。

2021 年 5 月 23 日晚上，接到炜忠师兄的电话，一个路跑接力赛，问我是否可以参加，当得知比赛时间在周末，比赛地点在张家口的草原天路时，我爽快地答应下来，因为前年夏天，曾经与先生一起自驾去过那里，蓝蓝的天、白白的云、一望无际的草原、漫山遍野的小花，让我们留下了很多美好回忆。我当即决定，加入有四位清华 1985 级师兄组成的天健战队，与 85 级跑团另一支队伍紫荆战队，组成了 8590 越山向海先锋队。在越山向海人车接力中国赛中，呼吸着新鲜的空气，沐浴着明媚的阳光，自由自在地奔跑在无际的旷野，这将是一场多么美妙的比赛！

5 月 29 日周六，清华校友的奥森聚跑活动照例进行，与闽红、自敏师姐相约在奥森进行仰山拉练，跑马大神海兰姐和小吴老师亲自带队，原以为直接上仰山拉练，却变成了 21 千米跑和三趟仰山上下。21 千米路跑中，没做好准备的我，渐渐感到体力不支，自敏师姐提供能量胶，金老师沿途买水，勉强坚持跑完 21 千米。在仰山拉练时，第一次见到强悍健硕的队长强师兄，他默默无语，表情严肃，眼神犀利，轻轻松松地跑上跑下。我气喘吁吁地跑过仰山，似乎从强师兄的神色中看到，这个女队员有点勉为其难。不过，我可不想服输，既然答应了参加比赛，而且有充足的时间准备，还有大师指点，我一定可以！在仰山顶、北京中轴线的标识前，8590

越山向海先锋队留下了第一张集训合影。

随后三个月里，参赛准备和体能训练一直在有条不紊地进行着，除了我之外，天健战队的其他四位队员分别来自清华焊接、物理、电子和空调工程专业，他们都有着深厚的专业背景、丰富的越野和路跑经验，关于比赛线路的地形、上升下降的剖面图、天气数据、配速、装备等，在一起讨论起来，争论之激烈，分析之认真，就像在学校读书时一般，我压根儿就没有插嘴的份儿，每一次讨论之后，大家达成共识，制定出周末和节假日的训练计划并且如期完成，四次西山越野拉练、四次奥森仰山训练和先后刷二环路跑、半马、30千米的挑战和健身房体能训练等等。在认真训练的同时，我与四位队友渐渐变得熟悉起来，他们都有一股不服输的认真劲儿，每个人都个性迥然，张跑精、李味精、宋园精、黄山精，"四大精钢"的绰号，在一次次抬杠互掐、激烈争论中产生，虽然不够文雅，四位师兄却欣然接受了。比赛日期一延再延，比赛要求一加再加，住宿预订取消多次，"四大精钢"镇定自若，加上我这个不操心的女队员，照常备战，其乐融融。

9月9日，终于收到组委会的正式通知，9月25日比赛开启。9月15日下午，在1个小时的赛前在线培训会中，我听得云山雾绕，慢慢缓过神儿来，出于治安、防疫、交通、医疗、卫生等各个方面的要求，比赛如此复杂繁琐！比赛规则如此严苛！不过有了师兄们和春荣师姐的排兵布阵表和装备清单，一一对照准备，应该就没有太大问题，牢牢记住了自己要跑第3、8、12棒。然而，直到9月24日晚上检录完毕，稀里糊涂的我，才搞明白，凌晨12点半要从酒店出发，凌晨1点开跑，对于习惯于早睡早起晨跑，很少熬夜夜跑，怕黑怕冷的我，挑战才刚刚开始。

9月25日凌晨1点20分，比赛正式开始，按照计划，天健战队将在十几个小时的时间内，人车接力，并肩作战，完成145.6千米的路跑。在大家的加油声中，健师兄第一棒开跑。平日里大大咧咧、经常犯迷糊的我，才缓过神来，按照计划，我大约在5：00左右，开始自己的第一棒接力跑。"几点钟太阳出来呀？"我莫名其妙地问了一句，车里没有人接我的话茬儿，我默默地在心中祈祷，"天快快亮起来吧！"第一棒健师兄和第二棒炜忠师兄出师顺利，比原计划快了大约半小时，因此我早在4：11起跑。车上的四位师兄齐声为我加油，而我就像被亲人们抛下一样，开始了自己的第一赛段，8.9千米，爬升125，下降112，难度系数E。比赛之前，有朋友调侃说，"清华北大是邻居，喜欢看隔壁邻居掐架。"我回应说，"是邻居没错，更是双胞胎！"比赛第三棒，黑夜漫漫，鬼雾缭绕，我紧张害怕地攥紧了手电筒，孤单单前行，沉重的头灯压得我的脑袋昏昏沉沉，迷离之中，似有一个妖怪或是一只狼出现在我眼前，我将手电筒高高举起，用力投掷出去。这时候，身后跟上来隔壁高高的帅哥，"一起跑！""好！""你是哪个队？""清华的！""你是哪个队？""北大光华的！"就这样，我们一起并肩跑完第三棒，牵手冲过接力点。然而，我不知道他是谁，甚至没看清楚他的帅模样！我想当面对他说一声，"谢谢！"第三棒，我以6分21秒完成自己的第一赛段。

接下来的第四至七棒，"四大精钢"轮番上阵，由于平时训练准备充分，关键时刻表现出色的他们，一路超越，跑姿帅极了，在每一个CP点，我和其他三位师兄，做好接应准备，完成交接棒，同时及时补给。在各个补给点内，冷热饮、能量补给、水果、糖果应有尽有，志愿者们尽心尽心值守岗位，给我留下深刻印象。第八棒8点21分，我从炜忠师兄手里接过接力包，开始我的第二赛段，7.2千米，爬升197，下降264，难度系数M。这时候，天放晴了，太阳出来了，虽然上下坡难度加大，但是在大囫囵和木屋停车场之间的赛道上，我清楚地看到了起起伏伏的大草原，初秋的草原，黄绿相间，路旁的格桑花开得正艳，我脚步飞快，心情大好。我的队友们开车经过我身边时，一边为我加油，一边用手机视频记录下我最灿烂的微笑和最美的跑姿。第八棒，6分29秒，我完成了自己的第二赛段。然而，突然传来紫荆战队的简师兄意外受伤的消息，给刚刚开始的比赛蒙上了阴影。

第九棒，强师兄超越多个帅哥美女，轻松接力。第十棒，黄师兄在松树和桦树林中奔跑，蒙蒙小雨、雾气腾腾，车上的我们四个人有些担心，但是黄师兄多年越野跑山，走过了全国的山山水水，以6分25秒完赛，获得单项坡王奖牌。第十一棒，健师兄的赛段难度不小，加上比赛前后繁忙的工作，一直没能很好地休息，在我们的焦急等待中，以6分38秒艰难完赛。我接过接力包，开始我的第三赛段，6.4千米，爬升184.3，下降104.3，难度系数M。也许是第二棒时过于兴奋，我倔强地甩下强师兄递给我的冲锋衣，换上短衣短裤和另一双跑鞋，11点55分，飞快地跑了出去。然而，天有不测风云，雾越来越浓，我的眼镜上充满了雾气，几乎看不清楚前面的路，温度越来越低，我冻得瑟瑟发抖，路上积满湿湿的泥巴和坚硬的碎石块，我遭遇到跑步以来最恶劣的天气，我拼命加快脚步，以便使自己感觉到一丝温暖，我只有坚持到底，才能冲出重重迷雾。靠着意念，我飞快地奔跑着，寻找着光亮，我不顾一切地超过了一个又一个选手，终于，我看到了浓雾中微弱的红色亮光，我高喊着天健战队的编号，焦急等待的队友们听到了我的声音，给我递上暖衣，5分44秒，我完成了我的最后一棒。

坐在车里，看着满是泥巴的跑鞋和湿透的袜子，回想起比赛之前，检查装备时，炜忠师兄说，"田田这双跑鞋不错！"如果我没有及时换掉防滑效果不佳的旧跑鞋，遭遇如此意想不到的天气和泥泞的道路，后果不堪设想。经过了近12个小时的紧张比赛，我感觉到体力和精力几乎消耗殆尽，肚子空空，幸好强队长准备了非常充足的补给。作为唯一的女队员，我手脚麻利地当起了"煮妇"，拿出5个自热锅，为大家准备可口的米饭套餐，一路上四位师兄对我关爱有加。一直没让我开车，在肚子吃得暖暖饱饱之后，我来驾车，让四位师兄轻轻松松吃一顿午饭。这时候，紫荆战队在简师兄因伤不能继续参赛的条件下，调整战术，连连反超，自敏师姐和春师姐稳扎稳打，显现威力，王锋师兄和斯剑师兄迎难而上，超常发挥，8590越山向海先锋队胜利在望。

接下来的赛段，强队长绝对彪悍，连续赶超年轻后浪，4分50秒完成第十三棒，炜忠师兄发挥出色，5分22秒完成第十四棒，获得日行千里奖牌。直到这时候，大家才发现，我们比预计时间快了3个多小时！在CP

点，向 81 战队胡师兄进一步确认了相关比赛要求。按照比赛规则，如果比预计用时提前或延后 3 小时到达终点，将有罚时 2 小时处理。81 战队以平均年龄 57 岁参赛，凤银师兄、峯师兄、胡师兄、全叔四位师兄均来自清华81 级跑团，特邀 1984 级高手海兰师姐加盟。1981 战队，清华标杆战队，在每一个集结点，1981 级师兄们的简短问候、温和微笑，都让我感到踏实和温暖。经过天健战队的集体讨论，大家达成共识，遵守比赛规则，享受路跑快乐，一致决定，最后两棒，健师兄和黄师兄轻松佛系跑。最终，天健队以总成绩 15 小时 40 秒完赛，在 12 支前浪组位列第 7，在全部 351 支队伍中排名 224。

清华校友、教职工和学生约 50 人组成了多支队伍参加了比赛，跑协领导全叔和 50 群群主张海不仅全程协调组织，而且亲自上阵参加比赛。在比赛的终点，清华各支队伍全部安全完赛并且取得了良好成绩，胜利大会师，大家互致问候，无比欢乐，一起高喊着"无体育，不清华"的口号，留下珍贵的集体大合影。曾经在比赛过程中，我一再发誓，我再也不来了！而在比赛结束之后，我久久不能平静，无比珍惜和想念我的队友，我的清华跑团，还有那位不知名的北大人。

（2021 年 10 月 25 日）

后　记

2018年冬天，我一次次说服自己，走进了颐和园，环绕昆明湖，仰望万寿山，走走看看，停停歇歇。每一次的邂逅，都是一次奇妙的身心体验，身体不再麻木，而是轻盈舒缓；心绪不再忧郁，而是淡然沉静。能工巧匠的杰作、皇家帝后的传说，跨越时空，在上下五千年的历史长河之中，化作了生命的智慧，淹没在山水园林之中。冥冥之中，又或许早有注定，恰巧在二十四节气前后，我徜徉在园中，欣赏物性的神奇，聆听天地的声音，品味民俗的味道。渐渐地，我悟到了身心与自然的关系，四时有序，天人合一，我开始找回真正的自己，汲取神奇的生命力量，感知人与自然的默契。

2020年初，新冠病毒突袭，喜庆迎春蒙上了阴影，整个人变得慌乱落寞，刚刚养成的晨跑习惯，坚持下去，变得困难重重。在离家不远的地坛，晨练的人，寥寥无几，我独自慢跑，在红墙外、柏树林中游荡，在祭坛、斋堂外静思。曾几何时，在繁华美丽的北京城里，它距离我那么近，我却视而不见，在奔波忙碌的生活中，我一度离它而去，渐行渐远，然而，疫情阴霾下，风雪严冬里，我奔跑在宽阔平坦的御道上，棂星门近了，红墙黄瓦近了，天地近了，看在眼里，暖在心里，奔跑的脚步变得更加坚实有力。千回百转之间，我始终在辽阔天地的怀抱里，消融在茫茫都市中，天圆地方，天青地黄，我还是最爱我的北京城。

2020年的夏天，我跑进了北京奥林匹克森林公园，从此，几乎在每个周末，作为一名长跑爱好者，我成了公园的常客。在园内，绕着十公里塑胶跑道奔跑，无穷的力量在身体里涌动，超越自我的勇气在精神世界里升华。2008年北京奥运会，我是一名亲历者；十二年之后，我是一名受益者，这座奥运公园成为北京城市中心的天然氧吧，越来越多的跑步爱好者在公园里参加跑步活动，与跑友们一起奔跑，呼吸着新鲜空气，感受着人与人、人与社会、人与自然的和谐之美，我活力满满。2022年的立春，北京冬奥会开幕，千年农耕文明与奥林匹克精神邂逅，身心和谐，全球和谐，世界和谐，留下了许多温暖而浪漫的故事，我无比幸福。

从晨曦微露到月明星稀，清华园里，总有人在跑步。在整洁的校园道路上，在蜿蜒的校河边，在宽阔的操场上，风华正茂的学生，精神矍铄的长者，一线教师，食堂师傅，在学习工作之余，或独自向前，或结伴同行，途中偶遇，相视而笑，挥手加油。新生跑、毕业跑，晨跑、夜跑，节气跑、校庆跑，校园马拉松、迷你马拉松，跑步活动是清华园里最热闹的体育节日，每迈出一步，就是一处风景，就是一次自我超越。校园晨跑，是我在工作日清晨，一个养成的习惯，一件必做的事情，一种自觉的行为。春华秋实，似水流年，我迎着朝阳奔跑，与清华园的脉搏一起跳动，不忘初心，砥砺前行，我与清华同呼吸共成长。

作为一名普普通通的清华人，我亲历了"无体育 不清华"在清华园里的鲜活故事，见证了"为祖国健康五十年"与清华人的血脉联系。我不是严肃跑者，也不是精英跑者，幸运的是，我拥有一群热爱跑步的朋友们，一起奔跑的时刻，是那么开心快乐。行进中，喜欢跑友的你追我赶，感受同伴的如影随形；挥汗后，更加热爱工作，更加享受生活，更加珍惜友谊。这是跑步带给我的最大收获，我将一直奔跑在生命跑道上。感谢清华！感谢跑友们！感谢家人们！

2022 年 12 月 30 日

于清华园